Navegar pelas letras

Edna Bueno, Lucilia Soares e Ninfa Parreiras

Navegar pelas letras
As literaturas de língua portuguesa

1ª edição

CIVILIZAÇÃO BRASILEIRA

Rio de Janeiro
2012

Copyright © Edna Bueno, Lucilia Soares e Ninfa Parreiras, 2012

PROJETO GRÁFICO DE MIOLO
Evelyn Grumach e João de Souza Leite

DIAGRAMAÇÃO DE MIOLO
Ilustrarte Design e Produção Editorial

CIP-BRASIL. CATALOGAÇÃO-NA-FONTE
SINDICATO NACIONAL DOS EDITORES DE LIVROS, RJ

B94n   Bueno, Edna
        Navegar pelas letras: as literaturas de língua portuguesa/Edna Bueno, Lucilia Soares & Ninfa Parreiras. – Rio de Janeiro: Civilização Brasileira, 2012.

        Inclui bibliografia
        ISBN 978-85-200-1123-2

        1. Literatura em língua portuguesa – História e crítica. 2. Literatura em língua portuguesa – Estudo e ensino. I. Soares, Lucilia. II. Parreiras, Ninfa. III. Título.

12-3033.   CDD: 869.09
                                                             CDU: 821.134.3.09

EDITORA AFILIADA

Todos os direitos reservados. Proibida a reprodução, armazenamento ou transmissão de partes deste livro, através de quaisquer meios, sem prévia autorização por escrito.

Este livro foi revisado segundo o novo Acordo Ortográfico da Língua Portuguesa.

Direitos desta tradução adquiridos pela
EDITORA CIVILIZAÇÃO BRASILEIRA
Um selo da
EDITORA JOSÉ OLYMPIO LTDA.
Rua Argentina, 171 – Rio de Janeiro, RJ – 20921-380
Tel.: 2585-2000

Seja um leitor preferencial Record.
Cadastre-se e receba informações sobre nossos lançamentos e nossas promoções.

Atendimento e venda direta ao leitor:
mdireto@record.com.br ou (21) 2585-2002

Impresso no Brasil
2012

Sumário

PREFÁCIO — 9

1. INTRODUÇÃO: A LÍNGUA E SUAS DIVERSIDADES — 11

2. AS LETRAS PELOS CONTINENTES: AUTORES E OBRAS — 17
   2.1. Um breve contexto histórico do Brasil — 18
      2.1.1. A literatura brasileira — 20
   2.2. Um breve contexto histórico de Portugal — 36
      2.2.1. A literatura portuguesa — 38
   2.3. Em países da África — 52
      2.3.1. A literatura em língua portuguesa na África — 52
      2.3.2. Um breve contexto histórico de Angola — 59
      2.3.3. A literatura angolana — 61
      2.3.4. Um breve contexto histórico de Cabo Verde — 67
      2.3.5. A literatura cabo-verdiana — 69
      2.3.6. Um breve contexto histórico de Guiné-Bissau — 75
      2.3.7. A literatura guineense — 76
      2.3.8. Um breve contexto histórico de Moçambique — 79
      2.3.9. A literatura moçambicana — 81
      2.3.10. Um breve contexto histórico de São Tomé e Príncipe — 86
      2.3.11. A literatura são-tomense — 88
   2.4. Um breve contexto histórico do Timor Leste — 91
      2.4.1. A literatura timorense — 92

3. CRUZANDO OCEANOS: INTERTEXTUALIDADES — 97
   3.1. Pelo vento — 98
      3.1.1. Entre amores — 103
   3.2. Nas entranhas — 106
      3.2.1. Entrando nas palavras — 115
   3.3. Fora do seu lugar — 117
      3.3.1. Onde? — 127
   3.4. Imensidão — 129
      3.4.1. Entremares — 136
   3.5. Suspiro na alma — 139
      3.5.1. Águas de lá e águas de cá — 143
   3.6. Lugar desconhecido — 146
      3.6.1. Do outro lado — 151
   3.7. Na contramão — 155
      3.7.1. Sobre as violências — 162
   3.8. Outra fala — 164
      3.8.1. Além das letras — 167
   3.9. Anos roubados — 172
      3.9.1. Que lugar tem a criança na prosa de Guimarães Rosa? — 178
   3.10. Recordar é viver — 181
      3.10.1. Das lembranças — 187

4. UM ENREDAMENTO DE CULTURAS: A LÍNGUA, AS TRADIÇÕES — 191

5. PARA NAVEGAR MAIS LONGE — 205
   5.1. Referências bibliográficas — 205
      Obras literárias — 205
      Obras de referência — 217
   5.2. Artigos — 220
   5.3. Sugestões de obras de referência — 221

5.4 Sugestões de sites, blogs e outras referências — 231
    Dos autores com obras abordadas — 231
    Instituições, universidades — 232

AGRADECIMENTOS — 235
AS AUTORAS — 237

Prefácio
Assumir a história

O convite das autoras Edna Bueno, Lucília Soares e Ninfa Parreiras para escrever a apresentação desta obra pioneira, *Navegar pelas letras: as literaturas de língua portuguesa*, que oportunamente elas resolveram organizar, apanhou-me de surpresa e, sobretudo, encheu-me de temor.

Eu explico-me. Como escritor angolano que, como digo no meu poema "Crónica verdadeira da língua portuguesa", citando o grande mestre Luandino Vieira, reivindico o uso da língua portuguesa como um "troféu de guerra", essa que é o idioma de Camões e Pessoa, mas também de Machado, Neto, Amílcar Cabral, Marcelino dos Santos, Alda do Espírito Santo e Ramos Horta.

Para mim, a língua portuguesa é a língua de várias pátrias e de várias culturas. A maioria delas, inclusive, usou a língua portuguesa para enfrentar e derrotar os antigos dominadores, que, presunçosamente, acreditavam que a sua língua seria capaz de humilhar e subjugar os povos que, tantas vezes acidentalmente, "acharam" na sua gesta marítima. Mas como dizê-lo sem correr o risco de questionar injustamente os laços e — porque não? — os afetos criados ao longo desse processo, por mais doloroso que ele tivesse sido — e foi — na maior parte do tempo?

Portugal não pode fugir da sua herança africana, inclusive genética, assim como Angola, tal como a conhecemos hoje, com as suas fronteiras atuais e a mistura cada vez mais homogênea dos diferentes grupos que habitam o seu território reconhecido, não seria o que é sem o colonialismo português (e a luta de todos os angolanos pela sua liberdade).

A própria língua portuguesa sofreu (e continua a sofrer) o resultado desses seculares e complexos relacionamentos entre os nossos povos. Desde logo, há muito que, devido à sua enorme plasticidade (essa uma das suas mais notáveis qualidades), a língua portuguesa se tem africanizado, não só incorporando centenas de vocábulos de origem africana (em especial das línguas angolanas kimbundu, kikongo e umbundu), mas também construções e, digamos assim, "soluções fonéticas" (a tendência para vogalização e a abertura das vogais característica da variante brasileira do português é uma influência dessas línguas).

No caso do Brasil, uma parte dessa nossa história comum tem sido ignorada e esquecida, pelo menos até recentemente. De África, em particular de Angola, foram levados quase a metade dos antepassados da atual população brasileira. O historiador e diplomata brasileiro Alberto da Costa e Silva não tem dúvidas: "A história do Brasil começa com as migrações ameríndias, com os portugueses a partir de Afonso Henriques e com os africanos, desde quando trabalhavam o ferro e o barro em Nok e disseminavam continente afora os idiomas a que chamamos bantos", escreve ele, no seu *Um rio chamado Atlântico*.

Este *Navegar pelas letras: as literaturas de língua portuguesa* chega, pois, em boa hora, pois vem preencher uma importante lacuna. Atrevo-me a vaticinar que se tornará rapidamente uma obra básica de referência, nesse domínio.

João Melo
autor de Filhos da Pátria *(contos),*
publicado no Brasil pela Editora Record

1. Introdução: a língua e suas diversidades

O português: a língua, a mãe da nossa gente, da nossa literatura. Dos nossos sonhos e das nossas expressões literárias. A nossa possibilidade de comunicação, de contato entre as pessoas, de troca de experiências, de transmissão de saberes no processo de ensino. No deleite da leitura de poesia, de prosa, de dramas...

A Península Ibérica era o fim do continente: à frente havia apenas o mar e além dele novas terras e novos mundos a descobrir e a desbravar. Convite atraente demais para um povo sonhador e aventureiro, impossível resistir. Ir além do oceano, do limite dos olhos.

Quando visitamos a Escola de Sagres é que podemos sentir, de fato, a dimensão da importância do mar para o povo português. Chegar à beira do penhasco e avistar o mar à frente num convite irresistível para se lançar a ele. Numa entrega. Isso nos faz entender o apelo e a atração que ele exercia sobre o povo português.

Ali, naquele lugar, entendemos por que nossos antepassados foram capazes de largar a sua terra e sua gente para se lançar em busca de uma terra desconhecida e promissora como o Brasil. Portugal fundou um império: teve terras por aqui, na África, na Índia e na Ásia. Depois da independência do Brasil, em 1822, contava com possessões nas Índias, Macau e Timor Leste, assim como as colônias africanas: Cabo Verde, São Tomé e Príncipe, a então Guiné Portuguesa (hoje Guiné-Bissau), Angola e Moçambique. Ali, entendemos que o novo e o desconhecido nunca assustarão aqueles que têm o sangue lusitano correndo em suas veias. A novidade era o que ia chegar ainda. Estavam lançadas as caravelas ao mar!

Trazemos aqui uma outra novidade: a da literatura. Para ser conhecida, para abrir novos mares de leituras: o contato com as literaturas de língua portuguesa. Palavras de lá e de cá para serem lidas pelos educadores, pelos estudantes, por aqueles que quiserem se aventurar por oceanos de letras, de uma mesma língua, de uma diversidade de obras literárias lusófonas.

No Brasil, falamos a língua portuguesa, presente nas produções literárias dirigidas às crianças, aos jovens e aos adultos. Além, é claro, de línguas indígenas faladas por diferentes povos nativos. Com a mesma estrutura e gramática da língua portuguesa dos outros sete países da Comunidade dos Países da Língua Portuguesa (CPLP) — Angola, Cabo Verde, Guiné-Bissau, Moçambique, Portugal, São Tomé e Príncipe e Timor Leste —, a nossa língua é uma das mais faladas no mundo. Também falada em Macau, na China, a língua portuguesa está presente em todos os continentes. Em Macau, inclusive, os documentos têm a obrigatoriedade de ser registrados em português, por ser *uma das línguas oficiais*.

No documentário *Além-mar*, do cineasta Belisário Franca, de 1998, uma jornada pela arte, cultura, arquitetura, dança, culinária e religião dos países que fizeram parte do império português no século XV, há falantes do português em Macau e Goa. O português é, por razões históricas, falado em algumas partes da antiga Índia Portuguesa, inclusive Goa. E ainda em Damão e Malaca, que foi posto importante do império português para o comércio com o Japão.

Em Moçambique e Guiné-Bissau não é a maioria da população que é falante do português, mas ele é a língua oficial. Em Cabo Verde grande parte da população é bilíngue, fala português e crioulo cabo-verdiano; quem não fala duas línguas fala apenas o crioulo. E em Timor Leste o português é um dos idiomas oficiais junto com o tétum, esse sim falado pela maioria da população. Então, em Macau é como no Timor: há dois idiomas oficiais.

A Guiné Equatorial fez pedido de adesão à CPLP em 2010 e vai adicionar o português como terceira língua oficial do país, junto com o espanhol e o francês.

O nosso idioma é um dos cinco mais falados no mundo. É oficial em oito países, pertencentes a continentes e culturas diversificadas. Esses países têm participado em instâncias internacionais e iniciativas humanitárias pela manutenção da paz e têm contribuído para o diálogo entre organismos internacionais.

É uma das línguas que nasceram a partir do latim, chamadas de línguas românicas, latinas ou neolatinas. Elas integravam o conjunto de línguas indo-europeias que nasceram com uma transformação e evolução do latim, principalmente de um latim falado pelas classes populares, dito vulgar. Na atualidade, essas línguas estão representadas pelos idiomas mais conhecidos e falados no mundo: o português, o castelhano, o italiano, o francês, o romeno, além do catalão, do valenciano, do aragonês, do asturiano, do galego, do leonês, do napolitano, do vêneto, do provençal e outros, falados em alguns países da Europa.

O idioma oficial de Portugal é o português, mas lá também é protegido oficialmente, no Concelho de Miranda do Douro, o mirandês, com origem no austro-leonês. O mirandês é a segunda língua facultativa em escolas de Miranda do Douro e parte do Concelho de Vimioso.

Em relação à língua adotada por cada país, temos na CPLP:

Portugal — idioma oficial: português (reconhecido: mirandês)

Brasil — idioma oficial: português

Angola — idioma oficial: português

Moçambique — idioma oficial: português

Guiné-Bissau — idioma oficial: português (reconhecido: crioulo guineense)

Cabo Verde — idioma oficial: português (reconhecido: crioulo cabo-verdiano)

São Tomé e Príncipe — idioma oficial: português

Timor Leste — idiomas oficiais: português e tétum

Em relação ao português falado e escrito, sabemos que há os sotaques, os regionalismos na língua falada e escrita. Mesmo no território brasileiro, há diferenças linguísticas, sonoras e semânticas, que variam de região para região, de estado para estado e de cidade para cidade. Essas diversidades enriquecem a literatura que nasce das origens das histórias cantadas e contadas. Nasce da oralidade. Da fala de cada povo.

Com nosso estudo, pretendemos trazer um panorama de algumas obras literárias para a leitura do professor de língua portuguesa, de literatura e de redação, bem como para os demais professores e educadores do Ensino Fundamental. Nosso estudo está bem dirigido também aos pais, profissionais e estudiosos que lidam com a leitura e a literatura lusófona e se interessam por elas. E aos professores do Ensino Médio, que ampliam os estudos das literaturas iniciados no Ensino Fundamental.

As obras comentadas e analisadas aqui são sugestões de leitura para você que nos lê. Não necessariamente são para ser lidas pelos alunos. Uma das principais ações da formação leitora de educadores é a leitura literária. O contato com a leitura e o mergulho em contos, poemas, novelas, peças, romances, crônicas nos levam a uma aproximação com o mundo dos sentimentos, de coisas que nem sempre nomeamos nem conhecemos. Isso pode nos facilitar a comunicação interpessoal, o conhecimento de nós mesmos e dos outros com quem convivemos. E, certamente, nos ajuda a desenvolver nossa missão de educadores, que transmitimos informações e dialogamos com os nossos pares e alunos. Pelas literaturas de língua portuguesa, tomamos contato com a língua mãe, com aquilo que nos traz identidade e autonomia, seja na fala, seja na leitura, seja na escrita.

NAVEGAR PELAS LETRAS: AS LITERATURAS DE LÍNGUA PORTUGUESA

A literatura é uma das expressões artísticas que promove naquele que a cria a possibilidade de se subjetivar, de se colocar como sujeito. Essa função se estende aos que a leem, ou seja, aos leitores. Pela leitura, nos tornamos sujeitos da nossa própria história: fantasias, sonhos e dúvidas são vividos. Transgressões e inter-relações nos levam a uma gama de situações possíveis na leitura e no nosso mundo interno.

Ler na nossa língua materna nos coloca em contato com as origens, com o berço de nosso povo e com a aproximação que há entre brasileiros e outros povos que falam a língua portuguesa. Aqueles que são nossos irmãos pela mesma língua falada. Num momento de fronteiras que são estabelecidas entre nações, de muros que se erguem, de medos que não cessam, aproximar povos irmãos é um passo para reforçar a identidade e aceitar as diversidades do mundo contemporâneo.

Não pretendemos, aqui, passar um roteiro nem um manual de trabalhos dirigidos ao professor. Trazemos leituras comentadas de obras que selecionamos como relevantes. Sabemos que há outras obras que não foram abordadas e que merecem ser lidas e estudadas. E também sabemos que algumas das indicações que trazemos poderão ser trabalhadas com os alunos. O importante, caro leitor, é que você se sinta seguro para ler e discutir um conto ou um romance com seus alunos, filhos ou pares e que possam tirar daí um proveito significativo para a vida e a formação pessoal e acadêmica.

A literatura pode ser um instrumento de aquisição da cidadania e de constituição dos nossos afetos e da nossa personalidade. Isso porque a literatura habita o território da desrazão, da irracionalidade, da criação de sentidos. Ela se abre em um feixe de possibilidades de interpretações, de associações. Ela pode fazer sentido para cada um dos seus leitores, de forma diferente.

Esperamos que as obras aqui trazidas sejam caminhos para outros mares e territórios de leituras, de imaginação, de busca de sentidos. Abra as páginas deste livro e deixe as palavras levarem você a outros povos, outros textos, outros continentes e outros afetos. Deixe-se levar pelo outro, o desconhecido, como o mar navegado pelos portugueses antes de aportarem em nossas terras e em muitas outras, antes de formar o grande império. Boa navegação!

2. As letras pelos continentes: autores e obras

Neste capítulo, nos debruçaremos sobre as literaturas dos integrantes da CPLP: Brasil, Portugal, Timor Leste e países da África: Angola, Cabo Verde, Guiné-Bissau, Moçambique e São Tomé e Príncipe. A não ser por Timor Leste, essas literaturas contam com várias obras publicadas e acessíveis aqui no nosso país. Não serão tratadas aqui obras e autores de Macau; sentimos falta de livros de autores de lá para consultas em bibliotecas e centros culturais; e são poucos os títulos disponíveis no mercado editorial brasileiro.

Lembramos, a título de ilustração, a obra *Contos e lendas de Macau*, da autora portuguesa Alice Vieira, ilustrada por Alain Corbel, vencedora, em 2006, do Prêmio Fundação Nacional do Livro Infantil e Juvenil, na categoria Literatura em Língua Portuguesa. E também *Nocturno em Macau*, da portuguesa Maria Ondina Braga, que relata o tempo em que a República Popular da China vivia o isolamento imposto pela barreira militar e ideológica denominada Cortina de Bambu, quando eram muitos os refugiados chineses em Macau.

No Brasil, temos três obras do autor Henrique de Senna Fernandes (1923-2010), macauense, a quem Macau tem como um testemunho das décadas de 1930, 1940 e 1950. Suas obras (*Amor e dedinhos de pé: romance de Macau*; *Nam Van: contos de Macau*; e *A trança feiticeira*, romance) trazem referências biográficas e históricas importantes.

A internet, cada vez mais, tem nos ajudado no acesso a livros de outros lugares, com a facilidade da entrega a domicílio. Obras provenientes de Portugal e de autores de África podem ser encontradas em livrarias brasileiras e também em livrarias virtuais, além, claro, de poder ser consultadas em bibliotecas públicas e alguns centros culturais.

Não pretendemos contemplar todos os autores e todas as obras destacadas e consagradas das literaturas de língua portuguesa, até porque nosso estudo não é exaustivo e propõe um olhar sobre essas literaturas. Sabemos que o caminho que escolhemos é apenas uma das possibilidades de se conhecerem as literaturas lusófonas e de trabalhá-las em escolas e universidades. Descubra você outros caminhos com a sua experiência, a sua singularidade.

2.1 UM BREVE CONTEXTO HISTÓRICO DO BRASIL

Localizado no continente sul-americano, o Brasil — República Federativa do Brasil — tem um extenso território, incluindo vários arquipélagos. Tal extensão lhe permite fazer fronteira com quase todos os outros países do continente, com exceção do Chile e Equador.

Oficialmente descoberto pelos portugueses, em 1500, torna-se a maior das possessões ultramarinas de Portugal. E embora a terra já fosse habitada por povos indígenas, isso não impede que os portugueses instaurem uma política colonizadora, inicialmente por meio das capitanias hereditárias e depois por um governo geral.

No século XVII, a descoberta de ouro nas terras equivalentes aos atuais estados de Minas Gerais, Mato Grosso e Goiás contribui para o povoamento do interior do país.

Em 1808, para fugir de Napoleão, a corte portuguesa se muda para o Brasil e cria mudanças estruturais na colônia. Em 1815, o

Brasil passa a ser um reino unido com Portugal. Em 1816, morre a rainha Dona Maria I e seu filho, o príncipe regente dom João de Bragança, assume o trono e se torna regente do Brasil.

Em 1822, no dia 7 de setembro, o príncipe dom Pedro de Alcântara proclama a independência do Brasil, funda o Império do Brasil e se torna o imperador dom Pedro I. Reina até 1831, quando abdica do trono em favor de seu filho, na época com 5 anos. Em 1840, é declarada a maioridade de dom Pedro de Alcântara e no ano seguinte ele é coroado como dom Pedro II. O reinado de dom Pedro II é marcado pela estabilização, com a pacificação das províncias.

Em 1849, a extinção do tráfico negreiro favorece a vinda de imigrantes europeus, que chegam para exercer alguns trabalhos dos escravos. Ainda durante o reinado de dom Pedro II ocorre a Guerra do Paraguai (1864-1870), quando o Brasil se torna aliado da Argentina e do Uruguai para lutar contra o inimigo comum. A presença de negros e mestiços nas tropas brasileiras é fundamental para o movimento abolicionista e a consequente queda da monarquia. Em 1888, a princesa Isabel assina a Lei Áurea e coloca fim à escravidão no Brasil. Os donos de escravos esperam por uma indenização que não ocorre e, assim, dom Pedro II perde o apoio da base que sustentava o seu Império.

No ano seguinte, em 1889, ocorre a Proclamação da República, conhecida como República Velha, que perdura até 1930, quando Getúlio Vargas assume o poder e dá início à chamada República Nova. Nos anos subsequentes, o Brasil passa por uma fase de industrialização e participa da Segunda Guerra Mundial, como aliado dos Estados Unidos.

Em 1964, um golpe militar leva o general Castelo Branco ao poder. O regime militar, sob a justificativa de livrar o país da subversão, comete várias arbitrariedades, como a supressão dos direitos constitucionais, a censura aos meios de comunicação, a extinção dos partidos políticos (havia apenas o bipartidarismo — Arena e MDB).

Em 1988, após o término do regime militar em 1985, é proclamada uma nova Constituição, que permite a redemocratização do país e, com o passar dos anos, um avanço em sua economia, que o coloca na posição de país emergente, graças às suas condições tecnológicas e naturais.

2.1.1 A literatura brasileira

A literatura brasileira traz uma gama de estilos e de obras a serem lidas por você, por alunos e demais interessados. Você poderá escolher suas leituras a partir de um estudo histórico, pelos estilos de época que identificamos na história da nossa literatura. Também por uma seleção de obras em prosa (a escrita em parágrafos) e em poesia (a escrita em versos). E também por antologias, como as de poesia, organizadas por Manuel Bandeira (1886-1968): *Antologia dos poetas brasileiros da fase romântica; Antologia dos poetas brasileiros da fase parnasiana; Antologia dos poetas brasileiros da fase moderna, vol. 1; Antologia dos poetas brasileiros da fase moderna, vol. 2; Antologia dos poetas brasileiros bissextos contemporâneos; Antologia dos poetas brasileiros: poesia simbolista*. A literatura brasileira é considerada uma das mais importantes do mundo e traz obras para todo tipo de leitor, devido à diversidade de estilos, de abordagens, de gêneros.

Uma opção interessante pode ser uma leitura temática: a questão da dicotomia campo *versus* cidade; a questão da mulher; o trabalho; o amor; a morte; a violência; a infância... São muitos temas e assuntos que abrirão caminhos de descoberta de obras e autores. Há temas que são considerados universais, como o desamparo, o sucesso, a inveja. E há outros que são mais regionais: a mata Atlântica, as tartarugas marinhas, o sertão nordestino, os pampas, o sertão mineiro etc.

Você pode seguir uma seleção de obras por regiões ou estados de proveniência de cada autor. As obras do nordeste, do norte, do centro-oeste, do Rio Grande do Sul, de Minas Gerais, do Rio de Janeiro, de São Paulo... Atualmente, não podemos identificar tantas marcas regionalistas nas produções, até porque há um hibridismo que se sobressai na literatura. Os autores se mudam de cidade, de país, se deslocam em viagens profissionais e o uso dos meios de comunicação tende a padronizar expressões linguísticas etc. Mesmo assim, a diversidade é o que caracteriza as literaturas de língua portuguesa.

Houve uma época, no Modernismo, no início do século XX, em que as características regionais pesavam muito nas obras em prosa e em poesia. Você poderá pesquisar sobre isso e escolher as obras que vai ler. Há muitos caminhos a percorrer.

Alfredo Bosi, estudioso e crítico da literatura, professor da Universidade de São Paulo (USP), autor e acadêmico (membro da Academia Brasileira de Letras [ABL]), na sua obra *História concisa da literatura brasileira,* nos apresenta uma análise de autores e suas obras. No próprio sumário, o leitor poderá identificar os subcapítulos, as abordagens, as obras e os autores. Apresentamos um esboço cuja referência é a obra de Bosi.

a) A condição colonial

Contribuição para as produções históricas e de informação. Alguns textos e autores: a carta de Pero Vaz de Caminha (1450-1500), que pode ser considerada a primeira crônica feita em território nosso; o *Tratado descritivo do Brasil* (1587), de Gabriel Soares de Sousa (1540-1591); beato José de Anchieta (1534-1597) e as cartas dos missionários jesuítas (dos dois primeiros séculos de catequese). Período considerado inaugural de uma produção de cunho histórico e político, com o objetivo de registrar, de tomar posse, de nomear o que era visto, principalmente a paisagem e os nativos.

b) O Barroco

Por um lado, a atmosfera do Barroco se apresenta saturada pela experiência do Renascimento; por outro, herda formas como o Classicismo e o Maneirismo. No Brasil, destacam-se ecos do Barroco europeu, nos séculos XVII e XVIII. Gregório de Matos (1636-1695), Manuel Botelho de Oliveira (1636-1711) e Frei Itaparica (1704-1768) copiaram motivos e formas herdadas do Barroco ibérico e italiano. A partir do fim do século XVIII, pode-se falar em um Barroco brasileiro e também em um mineiro, com representações de Antônio Francisco Lisboa, o Aleijadinho (1738?-1714), Manuel da Costa Ataíde (1762-1830), na arquitetura, escultura e pintura; e Lobo de Mesquita (1746-1805) e Marcos Coelho (1763-1823) nas composições sacras.

Bosi considera *A prosopopeia* (1601), de Bento Teixeira (1561?-1618?), um primeiro e canhestro, em suas palavras, exemplo de Maneirismo nas letras da colônia.

c) Arcádia e ilustração

A busca do natural, do simples e a adoção de esquemas rítmicos de menor graça/beleza são alguns dos traços reconhecidos no Arcadismo. Há dois momentos: o poético (encontro com a natureza e os afetos) e o ideológico (crítica da burguesia culta aos abusos da nobreza e do clero). Autores de destaque: Cláudio Manuel da Costa (1729-1789), Basílio da Gama (1741-1795), Santa Rita Durão, Tomás Antônio Gonzaga (1722-1784) e Alvarenga Peixoto (1744-1793).

d) O Romantismo

Aprendemos com Bosi que qualquer tentativa de caracterizar o Romantismo correrá o risco de simplificar a riqueza desse movimento cultural, que só pode ser entendido à luz de exemplos literários. Alguns aspectos dos vários Romantismos: a expressão dos sentimentos dos descontentes; um eu romântico que se lança à evasão, por não lograr resolver os conflitos com a sociedade; uma natureza expressiva. José de Alencar (1829-1877), com seus romances de linha colonial, e Gonçalves Dias (1823-1864), com a poesia indianista, são exemplos da aspiração de fundar em um passado mítico a nobreza recente do país.

Gonçalves de Magalhães (1811-1882), com *Suspiros poéticos e saudades* (1836), é considerado o marco da introdução do movimento romântico entre nós. Álvares de Azevedo (1831-1852), Junqueira Freire (1832-1855), Fagundes Varela (1841-1875), Laurindo Rabelo (1826-1864), Casimiro de Abreu (1839-1860), Castro Alves (1847-1871), Joaquim Manuel de Macedo (1820-1882), Manuel Antônio de Almeida (1831-1861), Bernardo Guimarães (1825-1884), Visconde de Taunay (1843-1899), Martins Pena (1814-1848), na prosa, na poesia e no teatro, são alguns dos nomes consagrados.

e) O Realismo

Os temas da Abolição da Escravatura e da Proclamação da República a partir de 1870 são o centro das atenções dos ideários ideológicos, políticos e culturais dos intelectuais brasileiros. As questões históricas e políticas costumam ser foco das produções literárias. Joaquim Nabuco (1849-1910), abolicionista e memorialista, deixou obras como *O abolicionismo* (1883) e *Minha formação* (1898).

O distanciamento do fulcro subjetivo, nos transmite Bosi, é a norma proposta ao escritor realista, numa *atitude de se aceitar a existência tal qual ela é*. A obra de Machado de Assis (1839-1908) é o ponto mais alto e equilibrado da prosa realista. *Memórias póstumas de Brás Cubas* (1881) é considerado um divisor de águas na obra de Machado (e na literatura brasileira), com a presença de um defunto narrador, que traz uma revolução ideológica e formal: o desprezo às idealizações românticas e a ruptura do mito do narrador onisciente, que tudo vê e julga. Em seguida, com *Quincas Borba* (1892) e *Dom Casmurro* (1900), Machado se consagra como um dos mais importantes escritores do mundo. Em *Quincas Borba*, ele retoma a narrativa em terceira pessoa e em *Dom Casmurro* retoma o estilo das memórias, quase póstumas.

As obras de Machado têm sido fruto de estudos e de recriações. Destacamos *Capitu: memórias póstumas*, do professor e acadêmico Domício Proença Filho, de 2005. Nessa obra, tomamos contato com uma interessante intertextualidade e uma profusão de associações e fantasias provocadas pela personagem Capitu. Domício conta com outras obras técnicas (gramáticas), de ensaios, de ficção e antologias.

Raul Pompeia (1863-1895), Aluísio Azevedo (1857-1913), Inglês de Sousa (1853-1918), Adolfo Caminha (1867-1897), Coelho Neto (1864-1934) e José Bento Monteiro Lobato (1882-1948) se destacam na prosa realista.

Na poesia, como parnasianos (que se dedicam *à arte pela arte; a arte que se faz por si só*), destacam-se: Alberto de Oliveira (1857-1937), Raimundo Correia (1859-1911), Olavo Bilac (1865-1918), Francisca Júlia (1871-1920), Artur Azevedo (1855-1908), Vicente de Carvalho (1866-1924). E como neoparnasiano: Raul de Leoni (1895-1926).

Devemos lembrar a pesquisa histórica e crítica presente em: Capistrano de Abreu (1853-1927), Sílvio Romero (1851-1914),

Araripe Junior (1848-1911) e José Veríssimo (1857-1916). E a palavra como ação política, na voz de Rui Barbosa (1849-1923). Ou seja, conhecemos a produção literária, a crítica, a manifestação da palavra em prol da política.

f) O *Simbolismo*

O Parnaso (ideais literários do Parnasianismo) legou aos simbolistas a paixão pelo efeito estético. Os novos poetas almejavam o *sentimento de totalidade*. O Simbolismo vai reagir às correntes analíticas dos meados do século. Tanto o Simbolismo quanto o Romantismo foram movimentos que pretendiam ir além do aspecto empírico.

Alguns autores: Cruz e Sousa (1861-1898), com *Broquéis* (1893), Alphonsus de Guimaraens (1870-1921), com *Kryale* (1902), Augusto dos Anjos (1884-1914), com *Eu* (1912). E também: Medeiros e Albuquerque (1867-1934) e Wenceslau de Queirós (1865-1921) como precursores do Simbolismo.

Na prosa de ficção, destacam-se: Lima Barreto (1881-1922), Nestor Vítor (1869-1932) e Gonzaga Duque (1863-1911).

g) O *pré-Modernismo e o Modernismo*

A denominação Modernismo está associada à Semana de Arte Moderna (realizada em 1922, na cidade de São Paulo). Os artistas de 1922 destacados: Mário de Andrade (1893-1945), Oswald de Andrade (1890-1954), Manuel Bandeira, Guilherme de Almeida (1890-1969), Paulo Prado (1869-1943), Cândido Mota Filho (1897-1977), Menotti Del Picchia (1892-1988) e Sérgio Milliet (1898-1966).

E os que seguiram o movimento: Carlos Drummond de Andrade (1902-1987), Sérgio Buarque de Holanda (1902-1982),

Gilberto Freyre (1900-1987), Tristão de Ataíde [Alceu Amoroso Lima] (1893-1983), Cassiano Ricardo (1895-1974), Raul Bopp (1898-1984), Alcântara Machado (1901-1935), Plínio Salgado (1895-1975)... Entendemos com Bosi que alguns autores que os precederam viveram com maior ou menor dramaticidade uma consciência dividida entre a sedução da cultura ocidental e as exigências do seu povo. São eles: Euclides da Cunha (1866-1909), Oliveira Viana (1883-1951), Lima Barreto, Graça Aranha (1868-1931), Monteiro Lobato.

O pré-Modernismo pode ser entendido como o período que antecede a Semana de 22 e discute nossa realidade social e cultural. Euclides da Cunha (com *Os sertões*, de 1902) é o grande representante desse momento literário. João Ribeiro (1860-1934), de poeta parnasiano a crítico literário, de filólogo a historiador, é considerado o profeta do Modernismo. O romance social de Lima Barreto (*Triste fim de Policarpo Quaresma*, de 1911) e Graça Aranha (com *Canaã*, de 1902) são destaques.

Como representantes modernistas, destacamos Mário de Andrade (ficção); Manuel Bandeira (poesia regional-universal); Tristão de Ataíde (ensaios); Gilberto Freyre (ensaios); Tarsila do Amaral (1886-1973) (pintura); Cândido Portinari (1903-1962) (pintura); Victor Brecheret (1894-1955) (escultura) e Villa-Lobos (1887-1959) (música).

É oportuno lembrar a Semana de 22, com o seu processo de desdobramentos no Modernismo. E Sérgio Milliet e Paulo Prado, como ensaístas.

h) Tendências contemporâneas

Vale a pena pensarmos sobre o que é o contemporâneo. Em seus estudos, Bosi reflete sobre o termo contemporâneo, que traz polêmicas para os estudos históricos e literários. Ele afirma que a produção após 1930 podia ser contemporânea, do ponto de vista de uma realidade econômica, social, cultural e política. Torna-se difícil falar do que era contemporâneo, à época da escrita do livro, em 1970, pois muitos autores que começaram a escrever na primeira metade daquele século continuavam a produzir até a década de 1970.

Nossa contemporaneidade já não é mesma da década de 1970. Poucos autores continuam vivos, a produzir, e novas gerações de autores começaram a escrever e a se consagrar no Brasil e fora daqui, tanto na poesia quanto na prosa.

Citamos alguns autores considerados das tendências contemporâneas do século XX: Clarice Lispector (1920-1977), Cornélio Pena (1896-1958), Érico Verissimo (1905-1975), Graciliano Ramos (1892-1953), João Guimarães Rosa (1908-1967), José Américo de Almeida (1887-1980), José Geraldo Vieira (1897-1977), José Lins do Rego (1901-1957), Jorge Amado (1912-2001), Lúcio Cardoso (1912-1968), Marques Rebelo (1907-1973), Rachel de Queiroz (1910-2003). Alguns são precursores da literatura regionalista, com a publicação de romances que retratavam determinadas regiões do Brasil (nordeste, sul), como Érico Verissimo, Graciliano Ramos, José Lins do Rego e Jorge Amado.

Na poesia destacam-se: Augusto Frederico Schmidt (1906-1965), Cecília Meireles (1901-1964), Carlos Drummond de Andrade, Ferreira Gullar, João Cabral de Melo Neto (1920-1999), Jorge de Lima (1893-1953), Mário Faustino (1930-1962), Murilo Mendes (1901-1975) e Vinicius de Moraes (1913-1980).

Dentre as muitas transformações na produção da segunda metade do século XX lembramos a mudança que afetou o regionalismo. Destacamos, ainda, o movimento da poesia concreta, o da geração de 45; as traduções de poesia; a crítica com Tristão de

Ataíde, Álvaro Lins (1912-1970), Afrânio Coutinho (1911-2000), Antonio Candido, Augusto Meyer (1902-1970), Agripino Grieco (1888-1973) e Otto Maria Carpeaux (1900-1978).

Lembramos um grupo de autores mineiros, radicados no Rio de Janeiro: Fernando Sabino (1923-2004), Otto Lara Resende (1922-1992), Paulo Mendes Campos (1922-1991) e o psicanalista e poeta Hélio Pellegrino (1924-1988). Eles formam o mais célebre quarteto que o Brasil já conheceu. Nas palavras de Otto, os "adolescentes definitivos". Amantes ardorosos da literatura, eram também portadores de feroz sentimento antifascista.

Acrescentamos alguns autores da contemporaneidade mais recente que merecem nosso olhar sobre as suas obras:

Na prosa:

Pedro Nava (1903-1984), autor de *Baú de ossos*, de 1972; Antonio Callado (1917-1997), autor de *Quarup*, de 1967; Autran Dourado, romancista e contista, autor de *O risco do bordado*, de 1970; Rubem Braga (1913-1990), considerado o maior cronista brasileiro, autor de *O conde e o passarinho*, de 1936; Milton Hatoum, romancista e contista, autor de *Relato de um certo oriente*, de 1989; Cristóvão Tezza, romancista, autor de *O filho eterno*, de 2007; Marçal Aquino, autor de prosa e poesia; Raduan Nassar, autor de três únicas obras em prosa (*Lavoura arcaica*, romance de 1975; *Um copo de cólera*, novela de 1978, e *Menina a caminho*, contos de 1994); Luiz Ruffato, autor de *Eles eram muitos cavalos*, de 2001; Raimundo Carrero, autor de *Somos pedras que se consomem*, de 1995.

E outros também que merecem ser lembrados, sem critério cronológico nem de outra ordem: Adriana Lisboa, Adriana Lunardi, Alcione Araújo, Ana Costa, Ana Miranda, Ana Paula Maia, André Sant'Anna, Antônio Torres, Bernardo Ajzenberg, Bernardo Carvalho, Caio Fernando Abreu (1948-1996), Carola Saavedra, Chico Buarque, Cíntia Moscovich, Claudia Lage, Dalton Trevisan, Daniel Galera, Edney Silvestre, Heloisa Seixas, Ignácio de Loyola Brandão, Ivana Arruda Leite, João Paulo Cuenca, João Ubaldo Ribeiro, Joel Rufino dos Santos, José Castello, Leticia Wierzchowski, Lia Luft, Lívia Garcia Roza, Luís Fernando Verissimo, Luiz Alfredo Garcia Roza, Luiz Schwarcz, Luiz Vilela, Marcelo Moutinho, Márcio Souza, Maria Rita Kehl, Miguel Sanches Neto, Maria Valéria Rezende, Moacyr Scliar (1937-2011), Nelson de Oliveira, Nilza Rezende, Reinaldo Moraes, Roberto Saturnino Braga, Ronaldo Correia de Brito, Rosa Amanda Strausz, Rubem Fonseca, Rubens Figueiredo, Sérgio Sant'Anna, Silviano Santiago (importante ensaísta, teórico e professor de literatura), Tatiana Salem Levy, Walmir Ayala.

Na poesia:

Cora Coralina (1889-1985), que escrevia sobre seu cotidiano de dona de casa, com simplicidade e lirismo; Adélia Prado, que também traz à poesia a condição da mulher, da rotina da lida da casa; Mário Quintana (1906-1994), que nos deixou poemas memoráveis sobre a vida e o tempo; Manoel de Barros, poeta que brinca com as palavras e faz um exercício musical com a poesia; Thiago de Mello, poeta do Amazonas, também tradutor; Fabrício Carpinejar, poeta contemporâneo. E ainda: Affonso Romano de Sant'Anna; Alberto Pucheu; Alexei Bueno; Antonio Carlos Secchin; Carlito Azevedo; Claufe Rodrigues; Eucanaã Ferraz; Ivan Junqueira; Marco Lucchesi; Marina Colasanti; Paulo Henriques Britto; Rita Moutinho; Roseana Murray; Suzana Vargas.

Destacamos também autores de obras de não ficção, que fazem biografias e outros textos de interesse literário, são jornalistas e escritores: Fernando Morais, Ruy Castro e Zuenir Ventura.

Em outra obra, *Introdução à literatura brasileira*, Afrânio Coutinho (1911-2000), crítico literário, professor e acadêmico, autor de dezenas de ensaios e estudos de literatura brasileira, apresenta, em cinco capítulos, um histórico da nossa literatura. Vejamos a divisão de Coutinho, como outra possibilidade de se conhecer a história e o desenvolvimento de uma literatura genuinamente brasileira:

Introdução geral: com uma apresentação sobre a história literária, quando é citado o Primeiro Congresso Internacional de História Literária, em Budapeste, em 1931. Nele, foram discutidos os métodos da história literária. A controvérsia se dava sobre a substituição da maneira histórica de se estudar a literatura por um modo que se debruçasse na realidade do fenômeno literário e do processo de seu desenvolvimento. A segunda opção se dedicaria a um estudo do conteúdo estético ou filosófico.

Na parte dedicada à literatura brasileira, é traçado um esboço histórico dos estudos literários no Brasil, com um olhar bastante crítico sobre os critérios adotados pelos estudiosos. Alguns estudiosos lembrados: Ferdinand Wolf, Fernandes Pinheiro, Sílvio Romero, José Veríssimo, Ronald de Carvalho, Artur Mota e Afrânio Peixoto.

Do Barroco ao Rococó: conhecemos o processo da expansão ao ufanismo, que são as produções posteriores ao *ciclo dos descobrimentos* da literatura portuguesa do século XVI. Há uma discussão da noção de Barroco literário, como um movimento subsequente ao Renascimento, bem localizado no século XVII. Podemos entender o Barroco também como um estilo de vida, compreendido entre o fim do século XVI e o século XVIII. Ainda são discutidos o Neoclassicismo, o Arcadismo e a era Rococó.

O movimento Romântico: desde as origens e a definição do Romantismo no mundo ocidental, com a análise de movimentos históricos e culturais que repercutem na literatura. O Romantismo cultivado, principalmente, a poesia lírica, o drama e o romance — social e de costumes, psicológico e sentimental, gótico e de aventuras, histórico, de tema medieval ou nacional. Há uma cronologia do Romantismo no Brasil, dividida em grupos e datas, com exemplos de autores, obras e características.

Realismo, Naturalismo e Parnasianismo: tidos como três grandes movimentos literários de prosa e de poesia que surgiram durante a segunda metade do século XIX e chegaram ao século XX. Por sua vez, o Realismo e o Naturalismo são movimentos específicos do século XIX.

O Regionalismo na prosa de ficção: a questão do regionalismo será discutida, uma vez que a literatura brasileira faz parte de uma cultura regionalmente diferenciada e inter-regionalmente relacionada. O sertanismo é uma reação nativista mais vigorosa do que o indianismo e mais autêntica. O Juca Mulato (de Menotti Del Picchia) seria o símbolo poético da idealização sentimental e o Jeca Tatu (de Monteiro Lobato), o símbolo realista do caipira, corroído pela doença e pelo abandono. Os grupos regionais brasileiros de produção literária: nortista, nordestino, baiano, central, paulista e gaúcho.

Simbolismo, Impressionismo, Modernismo: há reflexões sobre as influências europeias que sofremos, bem como sobre os movimentos internos culturais e históricos. A passagem do Realismo ao Impressionismo, a incorporação do aspecto nacional na literatura, a Semana de 22, o que a antecedeu e a sucedeu. Logo, chegamos ao Modernismo, com os grupos e as correntes, os autores, as obras, as características e o legado desse movimento na nossa literatura. Há subcapítulos dedicados à poesia, à ficção, à crônica e à crítica.

Na verdade, cada capítulo foi um estudo, uma introdução para a obra *A literatura no Brasil: uma história literária brasileira*, de 1955. No interior de cada capítulo, Coutinho analisa obras, cita exemplos e traz nomes de autores. Um estudo aprofundado das tendências da literatura brasileira desde os primórdios até meados do século XX.

Diversas antologias e coletâneas têm sido organizadas por autores e estudiosos que também podem ser um caminho para o seu debruçar sobre a nossa literatura. Lembramos as obras organizadas por Ítalo Moriconi (professor da Universidade do Estado do Rio de Janeiro [Uerj], poeta e estudioso da literatura): *Os cem melhores poemas brasileiros do século*, de 2001, e *Os cem melhores contos brasileiros do século*, de 2000. Já a organização da obra *As cem melhores crônicas brasileiras*, de 2007, ficou a cargo de Joaquim Ferreira dos Santos, jornalista e cronista. Por meio delas, podemos passear por diferentes modalidades de textos, de autores, de épocas e de temas.

Os cem menores contos brasileiros, organizado por Marcelino Freire (autor de prosa e poesia, líder de movimentos de vanguarda literária), com prefácio de Ítalo Moriconi de cinquenta palavras, traz cem histórias inéditas de até cinquenta letras (sem contar título e pontuação). Inspirado no menor microconto do mundo, do escritor latino-americano Augusto Monterroso ("Quando acordou, o dinossauro ainda estava lá"), Freire convidou autores contemporâneos a criarem seus microcontos, que estão editados em um minilivro. Na obra *Contos negreiros*, Marcelino leva o leitor a passeios urbanos, com abordagens sobre homossexualidade, turismo sexual, tráfico de órgãos. O autor penetra na marginalidade, em contos breves e carregados de uma linguagem bem autêntica e cheia de sonoridades.

Literatura e afrodescendência no Brasil: antologia crítica, organização de Eduardo de Assis Duarte e Maria Nazareth Soares Fonseca, dá destaque ao trabalho de escritores afrodescendentes e temas relacionados à condição dos afrodescendentes no Brasil.

Na obra *Uma história da poesia brasileira*, organizada por Alexei Bueno, temos outra modalidade de seleção de versos nacionais. Alexei preparou um estudo histórico, desde o que houve na Terra de Santa Cruz, pouco conhecido; passa pelo Barroco, Arcadismo, Romantismo, Parnasianismo, Simbolismo, Modernismo. Apresenta o que foi produzido após o movimento modernista, as produções contemporâneas, a poesia popular e as traduções. Além de exemplos, há um estudo crítico e apurado do estudioso e poeta, com fotos de época e reproduções de capas de livros.

Como editor, Alexei organizou a *Obra completa de Augusto dos Anjos*, 1994; a atualização da *Obra completa de Cruz e Sousa*, 1995; a *Obra reunida de Olavo Bilac*, 1996; a *Poesia completa de Jorge de Lima*, a *Poesia e prosa completas de Gonçalves Dias* e a nova edição de *Poesia completa e prosa de Vinicius de Moraes*, todas em 1998. Publicou também *Grandes poemas do Romantismo brasileiro*, 1994. E uma edição comentada de *Os Lusíadas*, 1996. E ainda, da literatura portuguesa: a *Obra completa de Mário de Sá-Carneiro*, 1995, e a *Obra completa de Almada Negreiros*, 1997.

Estudar os estilos de época pode nos ajudar a entender o contexto social e histórico (econômico e político) do tempo em que a obra foi feita. E, claro, conhecer história, antropologia, filosofia, sociologia, história, artes plásticas e psicanálise também enriquece a leitura de uma obra literária. Se você gosta de entrar em áreas diferentes de estudo, isso vai ampliar as suas leituras literárias, certamente.

Outro caminho pode ser o site da ABL (http://www.academia.org.br), com sede no Rio de Janeiro, fundada em 1897, composta de quarenta membros efetivos e perpétuos e vinte sócios correspondentes estrangeiros, com o objetivo de cultivar a língua e a literatura nacional. Os acadêmicos, respeitados autores e intelectuais, contam com a obra, suas biografias e seus discursos de posse divulgados no site.

Não se esqueça também das produções voltadas para as crianças e os jovens. Há, especificamente, a literatura infantil e juvenil, com obras ilustradas e com projetos gráficos atraentes que dialogam com o texto e com o leitor. Atualmente, a produção literária brasileira para crianças e jovens é das que mais crescem e se fortalecem, devido às adoções escolares, às compras de livros pelos governos (federal, estaduais e municipais), ao crescimento da indústria gráfica e editorial e ao reconhecimento nacional e internacional da nossa literatura infantil. Duas autoras brasileiras, Lygia Bojunga, a primeira latino-americana, e Ana Maria Machado, foram vencedoras do maior prêmio de literatura infantil no mundo, o Hans Christian Andersen, do International Board on Books for Young People (IBBY), em 1982 e 2000, respectivamente.

Desde as obras em prosa de Monteiro Lobato (escritor paulista considerado o divisor de águas na literatura infantil; publicou, em 1920, *A menina do narizinho arrebitado*) às obras de autores que foram publicadas no fim das décadas de 1960 e 1970, como as de Lygia Bojunga, Bartolomeu Campos de Queirós (1944-2012), Ana Maria Machado, Ziraldo, Marina Colasanti, Ruth Rocha, Joel Rufino dos Santos, João Carlos Marinho, Luiz Raul Machado e Sylvia Orthof, a literatura brasileira para a infância e a juventude conta com uma diversidade de autores, de temas, de linguagens que merece nossa atenção. Conheça os contos, as novelas, os poemas desses autores ilustres. Pesquise, envolva seus alunos numa busca do grupo, para que eles se sintam implicados no processo. Quando o aluno descobre um livro ou um autor que lê e, posteriormente, aprecia, ele se sente gratificado.

Não podemos esquecer os autores de poesia, como Cecília Meireles, considerada a divisora de águas da poesia infantil, com a obra *Ou isto ou aquilo*, de 1964; Vinicius de Moraes, com *Arca de Noé*, de 1980; José Paulo Paes (1926-1989); Elias José (1936-2008) e Roseana Murray.

E ainda há autores como Ricardo Azevedo, Luiz Antonio Aguiar, Rosa Amanda Strausz, Luciana Sandroni, Graziela Hetzel, Leo Cunha, dentre outros, que começaram a publicar nas décadas de 1980 e seguintes e contam com uma obra consagrada. Também temos os autores da literatura que publicaram obras para as crianças: Érico Verissimo, Clarice Lispector, Graciliano Ramos e José Lins do Rego. E temos autores como Rogério Andrade Barbosa, que tem trabalhado temas da África, e Daniel Munduruku, escritor indígena.

Temos os ilustradores, importantes pelo papel que têm desempenhado na estética dos livros, na afirmação de uma linguagem que valoriza a imagem: Rui de Oliveira, Angela-Lago, Roger Mello, André Neves, Graça Lima, Marilda Castanha, Nelson Cruz, Luís Maia, Mariana Massarani, Jô Oliveira, dentre outros.

Mergulhe nesse universo e descubra linguagens singulares e poéticas! A estética do livro é como a arquitetura de uma casa, de um edifício. É ela que dá o acabamento final, que dá forma ao livro, tão importante como objeto da cultura.

Sugerimos a obra de Laura Sandroni, estudiosa e especialista da literatura infantil e juvenil, *De Lobato a Bojunga: as reinações renovadas*, de 1987, reeditada em 2011. Nela, há um estudo histórico dos textos que antecedem e que sucedem a criação de Monteiro Lobato. Ela se dedica ao estudo da obra de dois autores considerados marcos na literatura infantil brasileira. Lobato, como fundador, e Lygia, como precursora de uma literatura comprometida com a fantasia e o imaginário da criança. Cada vez mais, a obra dessa autora contemporânea ganha reconhecimento no Brasil e no estrangeiro.

Também sugerimos a obra *Como e por que ler a literatura infantil brasileira*, de Regina Zilberman (professora e estudiosa da literatura infantil). É um estudo atualizado que se dedica a apresentar diferentes autores e obras, bem como tendências na produção de literatura infantil brasileira, com comentários pertinentes.

Você poderá pesquisar na biblioteca da sua escola, da sua cidade, da sua comunidade. Certamente, encontrará livros consagrados dos autores nacionais. A Fundação Nacional do Livro Infantil e Juvenil (FNLIJ), seção brasileira do IBBY, tem um site que traz as obras premiadas desde 1974, atualmente em mais de dez categorias. São quase quatro décadas de obras premiadas e consagradas. Consulte o site da FNLIJ: www.fnlij.org.br. Dentre outras destacadas ações, a FNLIJ indica, a cada dois anos, um escritor e um ilustrador que concorrem ao Prêmio Hans Christian Andersen do IBBY. A lista das indicações também poderá ser consultada.

2.2 UM BREVE CONTEXTO HISTÓRICO DE PORTUGAL

A peculiar posição geográfica da Península Ibérica no mapa da Europa, entre o oceano Atlântico e a barreira natural dos Pirineus, cria, por um lado, um isolamento em relação ao restante do continente europeu, que contribui para uma relativa separação entre a sua evolução e a do resto da Europa. Por outro lado, permite uma conexão entre a Europa e a África. Posição ainda mais peculiar ocupa Portugal, limitado pela Galiza ao norte, pela Espanha a leste e pelo oceano Atlântico ao sul e a oeste. Assim, a história de Portugal, empurrado para o mar, presta testemunho de sua busca por novos caminhos a serem desvendados.

O território que hoje é denominado Portugal — oficialmente República Portuguesa — e que compreende uma parte continental e duas regiões autônomas (os arquipélagos dos Açores e da Madeira) entra no domínio da história escrita com o início das guerras Púnicas (conflitos entre a República Romana e a República de

Cartago, cidade-Estado fenícia, entre 264 a.C. e 146 a.C.). Em 29 a.C. é habitado por vários povos, dentre eles os lusitanos, e, como província da Lusitânia, faz parte do Império Romano, que influencia fortemente a cultura, em especial a língua portuguesa. Após a queda do Império Romano, chegam os povos germânicos e no século VIII, os árabes. No período da Reconquista cristã é formado o Condado Portucalense, que vem a se tornar o Reino de Portugal em 1139, com a sua independência reconhecida apenas em 1143 e a delimitação de suas fronteiras em 1249.

Nos séculos XV e XVI os portugueses se tornam os grandes desbravadores dos mares, dão início ao período da exploração marítima e expansão de seu domínio à África, Ásia e América do Sul, e criam o primeiro império colonial de amplitude global, o que transforma Portugal na maior potência mundial, tanto econômica quanto política. A perda desse império dá origem ao sentimento de saudosismo tão próprio do povo português, saudosismo da glória de um passado que não mais retorna.

Portugal une-se à Espanha, o que dá origem à União Ibérica (de 1580 a 1640), após uma crise de sucessão. Sua independência só é restabelecida após a guerra da Restauração, com a nova dinastia de Bragança, que separa as coroas e os impérios de Portugal e Espanha. Nos séculos seguintes, vários fatores contribuem para a desestabilização econômica e política de Portugal: o terremoto em Lisboa (1755), as invasões espanhola (1762) e francesa (de 1807 a 1814) e, posteriormente, a perda do Brasil, sua maior colônia. Tudo isso reduz sua condição como uma das maiores potências mundiais do século XIX.

Em 1860 ocorre o fim do tráfico negreiro. Como a Inglaterra vivera a Revolução Industrial no século anterior, nesse momento tem interesse em substituir a mão de obra escrava por suas máquinas industriais ultrapassadas, levanta a bandeira contra a escravidão e impõe o fim do tráfico, acontecimento que força Portugal a ocupar as terras ultramarinas e a intensificar seu processo de colonização.

Em 1910, um golpe de Estado destitui a monarquia do poder e proclama a República, a qual, porém, é logo sucedida por uma ditadura militar. Nessa ditadura, Oliveira Salazar ocupa o cargo de ministro das Finanças. No regime do Estado Novo, instituído por ele em 1933, passa a chefe de Estado. O regime vigora até 1974.

Em 1974, a Revolução dos Cravos derruba a ditadura do Estado Novo e estabelece uma democracia parlamentar; inicia-se o processo de descolonização das colônias ultramarinas, começando pelas africanas. Macau é a última possessão a ser entregue, à China, em 1999.

No fim do século XX, já com a democracia consolidada, Portugal reforça sua modernização e adere à Comunidade Econômica Europeia (CEE). Atualmente, não escapa à crise que atinge a Europa e compromete o futuro da União Europeia (criada em 1992). O desemprego já é uma cruel realidade, o que deixa o povo português diante de um futuro incerto e desconhecido, como os mares o foram outrora.

2.2.1 A literatura portuguesa

Com o mar se fez o verbo, se fez a navegação. As letras portuguesas alcançaram outros continentes. Alcançaram outras terras e outros povos distantes. Deslocaram-se da Europa para a América do Sul, para a África, para a Ásia... As letras portuguesas ganharam o mundo e estão tão bem representadas nas suas literaturas oriundas dos diferentes países da CPLP.

Entendemos, aqui neste capítulo, como *literatura portuguesa* aquela escrita no idioma português por escritores portugueses. Estão fora da nossa leitura as obras escritas em Portugal nas línguas distintas do português, como o latim e o castelhano, bem como obras publicadas em Portugal por autores oriundos de outros países.

As divisões da literatura portuguesa feitas, para efeito de estudo, em estilos de época e períodos históricos não correspondem às mesmas divisões ocorridas da literatura do Brasil. O Romantismo de lá não foi o mesmo que ocorreu aqui em terras brasileiras. A produção literária e artística é completamente afetada pelos acontecimentos históricos, políticos, sociais e culturais de um povo. Inclusive num mesmo país, com uma mesma língua, pode haver marcas e aspectos diferentes que caracterizam a literatura. Trazemos aqui um roteiro meramente elucidativo sem pretender, no entanto, rotular nem enquadrar a literatura portuguesa tão complexa e rica de obras e de autores, em prosa, em poesia e em drama.

Crestomatia arcaica: excertos da literatura portuguesa desde o que mais antigo que se conhece até ao século XVI, do Dr. José Joaquim Nunes (1859-1932), que nos coloca em contato com o que há de mais arcaico na literatura portuguesa, é uma espécie de antologia com recolhas de documentos e cantigas. Obra de valor histórico, traz as origens da língua portuguesa; um estudo de fonética, de morfologia, de sintaxe e de poética. Dividida entre prosa e verso, apresenta na primeira parte exemplos comentados de excertos de legislação antiga, de história e didática, cartas, do século XII ao XVI.

Na parte dedicada ao verso, desde a poesia trovadoresca (séculos XII, XIII e XIV) à poesia intermédia (séculos XIV e XV) e à poesia palaciana (séculos XV e XVI), traz cantigas de amor e cantigas de amigo (simples, dialogadas e tenções de amigo), narrativas religiosas, prantos, acrósticos, rifões, cantigas de escárnio e maldizer, vilancetes, trovas, grosas etc. Diante de textos escritos em português arcaico e antigo, saboreamos a musicalidade da língua e percebemos quantos séculos custaram para a produção literária mais contemporânea e próxima aos nossos dias.

Na clássica obra *História da literatura portuguesa*, de António José Saraiva (1917-1993) e Óscar Lopes — professores e estudiosos da literatura —, podemos viajar pela história da literatura de Portugal. É uma obra enciclopédica que não só nos traz um panorama como também um estudo teórico da literatura portuguesa (obras e autores) até o Neorrealismo e aquilo que os autores chamam de atualidade, o período imediatamente posterior ao 25 de abril de 1974, à Revolução dos Cravos. São 1.220 páginas de estudos e análises literárias.

Além da introdução geral, os autores dividem a obra em seis épocas históricas:
- Das origens a Fernão Lopes
- De Fernão Lopes a Gil Vicente
- Renascimento e Maneirismo
- Época Barroca
- O Século das Luzes
- O Romantismo (inclusive: do Simbolismo ao Modernismo; Modernismo; e do Neorrealismo à Modernidade)

Encontramos, na poesia galego-portuguesa medieval, o nascimento da literatura portuguesa, desenvolvida anteriormente na Galiza e no Norte de Portugal. A considerada Idade de Ouro pode ser bem localizada no Renascimento, quando aparecem autores como Gil Vicente (1465-1536?), Bernardim Ribeiro (1482?-1552?), Sá de Miranda (1481-1558) e, principalmente, o consagrado poeta épico Luís de Camões (1524-1580), autor da obra *Os Lusíadas*.

No século XVII, surge em Portugal o Barroco, considerado um século de decadência literária, apesar da existência de escritores como padre António Vieira (1608-1697), padre Manuel Bernardes (1644-1710) e Francisco Rodrigues Lobo (1580-1622).

Já os escritores do século XVIII, para contrariar a considerável decadência da fase Barroca, imprimiram um esforço no sentido de recuperar a qualidade da idade dourada — o Neoclassicismo, com a criação de academias e arcádias literárias. Foram movimentos de lá que repercutiram diretamente aqui na formação e na consolidação da literatura brasileira.

No século XIX, são abandonados os ideais neoclássicos. Almeida Garrett (1799-1854) introduziu o Romantismo, seguido por Alexandre Herculano (1810-1877) e Rebelo da Silva (1822-1871). No âmbito da narrativa, na segunda metade do século XIX, desenvolveu-se o Realismo, de feição naturalista, cujos representantes são Eça de Queiroz (1845-1900), Ramalho Ortigão (1836-1915) e Camilo Castelo Branco (1825-1890), com obras publicadas no nosso país.

As tendências literárias da poesia do século XX estão representadas, principalmente, por Fernando Pessoa (1888-1935), o grande poeta nacional consagrado internacionalmente, com suas dezenas de heterônimos. Entre pseudônimos, heterônimos, semi-heterônimos, personagens fictícias e poetas mediúnicos, totalizam 72 nomes/autores. Os heterônimos mais conhecidos: Álvaro de Campos, Ricardo Reis, Alberto Caieiro e Bernardo Soares. São como autores diferentes, com identidades distintas e produções literárias completamente singulares. No Brasil, ele está publicado em diferentes editoras, ora em antologias, ora em coletâneas temáticas.

Nos últimos anos do século XX, nota-se o desenvolvimento da prosa de ficção, graças a autores como António Lobo Antunes (*Memória de elefante*, de 1979, e *A explicação dos pássaros*, de 1981, além de outras dezenas de romances, novelas, contos e crônicas). Seus romances apresentam mudanças de narrador, como se o ponto de vista passasse de uma personagem a outra, o que marca uma subjetividade própria.

José Saramago (1922-2010), vencedor do Prêmio Nobel de Literatura em 1998 (primeiro escritor da língua portuguesa a receber esse prêmio), é outro representante da literatura dos séculos XX e XXI, com romances, contos, novelas, poemas, peças teatrais, crônicas, memórias. Seus textos são conhecidos pela singularidade no uso da pontuação: períodos longos, diálogo inserido na narrativa, sem travessões, o que caracteriza uma obra aclamada pela crítica no mundo todo. Obras de destaque: *Levantado do chão* (1980), *Memorial do convento* (1982), *Ensaio sobre a cegueira* (1995) e dezenas de outros livros publicados no Brasil.

Na poesia, reiteramos que Luís de Camões e Fernando Pessoa são considerados os maiores poetas portugueses de todos os tempos. São dois destacados poetas conhecidos internacionalmente, cujas obras alcançam diferentes públicos. Outros poetas além deles: Eugénio de Andrade (1923-2005), Florbela Espanca (1894-1930), Cesário Verde (1855-1886), Mário de Sá-Carneiro (1890-1916), Sophia de Mello Breyner Andresen (1919-2004), António Ramos Rosa, Mário Cesariny (1923-2006), Antero de Quental (1842-1891), Herberto Helder e António Aleixo (1899-1949), entre muitos outros.

Na prosa, temos, além dos já citados: Damião de Góis (1502-1574), Sóror Mariana Alcoforado (1640-1723), Miguel Torga (1907-1995), Fernando Namora (1919-1989), Jorge de Sena (1919-1978), José Cardoso Pires (1925-1998), Maria Gabriela Llansol (1931-2008) e Augusto Abelaira (1926-2003).

A obra *A literatura portuguesa*, de Massaud Moisés, professor da Universidade de São Paulo, é um estudo mais didático, que não é tampouco uma história da literatura portuguesa. Em forma de ensaio, traz a atividade literária de Portugal ao longo de oito séculos. O autor deixa claro que adotou um critério estético, ao considerar literatura a expressão, pela palavra escrita, dos conteúdos da ficção, da imaginação. Sua obra se debruça mais em contos, novelas, romances e peças de teatro e pouco na historiografia, oratória, no relato de viagens e na moralística. Dividido em nove momentos evolutivos, seu roteiro de literatura portuguesa discute a singularidade de cada um desses processos, a saber:

- Trovadorismo (1198-1418)
- Humanismo (1418-1527)
- Classicismo (1527-1580)
- Barroco (1580-1756)
- Arcadismo (1756-1825)
- Romantismo (1825-1865)
- Realismo (1865-1890)
- Simbolismo (1890-1915)
- Modernismo (1915-atualidade)

Cada capítulo é antecedido pelo subcapítulo "Preliminares", no qual Massaud Moisés esclarece e situa o momento histórico e cultural da época. No interior dos nove momentos, há nomes de autores destacados na poesia, na prosa (conto, novela e romance) e no teatro. Uma ampla bibliografia, dividida por períodos históricos, acompanha a obra.

Logo na introdução, o autor posiciona historicamente Portugal, fala do quanto a sua geografia vai pesar na literatura produzida no país e esclarece que as datas utilizadas se referem a uma necessidade de delimitar, de imprimir uma referência aos períodos literários.

Dois critérios foram considerados por ele na seleção das datas: o cultural (mudanças culturais) e o literário (isola o fato literário pelo aparecimento de uma obra). Ele discute o fato de alguns autores terem a sua obra incluída num determinado estilo de época e que ela é explicada, justificada e compreendida de acordo com o contexto histórico em que foi publicada. Isso poderia ser um equívoco em alguns casos.

Como início da atividade literária em Portugal, Massaud Moisés coloca 1198 ou 1189, quando Paio Soares de Taveirós, trovador, compõe a *Cantiga de guarvaia* (luxuoso vestido de corte), dirigida a Maria Pais Ribeiro. Essa cantiga ficou conhecida como *A ribeirinha* e era a predileta de dom Sancho I. Antes dessa pode ter havido outras cantigas, que se perderam sem registro. O primeiro documento literário em língua portuguesa é, pois, *A ribeirinha*.

Nas duas obras que utilizamos como referências históricas e literárias, a dos portugueses António José Saraiva e Óscar Lopes e a do professor da USP Massaud Moisés, sentimos falta de uma atualização de obras e autores contemporâneos, justamente pela data em que as obras foram publicadas. Comentaremos, a seguir, alguns destes autores.

Durante os 41 anos da ditadura portuguesa (de 1933 a 1974), antes da Revolução dos Cravos, a poesia e a prosa não sofreram muitas mudanças. Ficaram comprometidas pela falta de liberdade de expressão. Os escritores buscaram formas diferentes de fazer literatura. Abordando temas proibidos e perseguidos, trouxeram, para o século XX, um dos mais marcantes movimentos: a Poesia de Intervenção, na década de 1960. Essa poesia acompanhou o processo de luta intensificada durante os períodos eleitorais, os conflitos acadêmicos, durante a guerra colonial e, posteriormente, o intenso processo que se seguiu à revolução de abril de 1974.

Surgiu um grupo de poetas cujas produções se identificam com uma atitude polêmica de crítica político-social: Luís Veiga Leitão (1912-1987), Egito Gonçalves (1920-2001), Manuel Alegre, Fernando Assis Pacheco (1937-1995), José Afonso, também conhecido como Zeca Afonso (1929-1987), Sérgio Godinho, José Carlos Ary dos Santos (1937-1984), Joaquim Pessoa, José Jorge Letria, entre outros.

Os censores de cada distrito ou cidade, munidos com o conhecido *lápis azul*, costumavam cortar o texto considerado impróprio. As instruções quanto aos temas e às abordagens a serem censuradas variavam no grau de severidade. Houve regiões do país onde agiam com mais permissividade, outras onde eram bastante repressivos. Como constituíam um grupo heterogêneo no âmbito intelectual, alguns reconheciam rapidamente um texto *perigoso* ou *revolucionário*, enquanto outros deixavam facilmente passar conteúdos abertamente subversivos.

Na criação de poesia, os sonetos, as formas fixas, as rimas e as métricas ficaram de lado. A luta pela liberdade ansiava por versos livres, por uma voz livre, na forma e no conteúdo. Alexandre O'Neill (1924-1986) é considerado um nome de referência na poesia portuguesa do século XX. Alguns dos seus poemas marcaram a lírica lusitana, com o desgosto e a desilusão que os seus amores e o mundo lhe traziam. Uma poesia cheia de melancolias e carregada de tristezas.

Pedro Homem de Melo (1904-1984), autor de *Povo que lavas no rio*, é interpretado pela cantora Amália Rodrigues (1920-1999). A sua escrita, inovadora por um lado e tradicionalista e folclorista por outro, apoiava os costumes, a moral e o regime ditatorial. Proveniente de famílias aristocráticas, simpatizantes do regime salazarista, Homem de Melo apoiou com a sua poesia o governo e talvez por isso tenha ficado esquecido, mesmo com uma produção significativa.

Eugénio de Andrade, autor de *As mãos e os frutos* (1948), e António Gedeão (1906-1997), autor de *Lágrima de preta* (1961), são considerados dois dos mais consagrados poetas do século XX. Eugénio recebeu o Prêmio Camões em 2001. António Gedeão é mais um dos criativos poetas de intervenção, autor dos poemas "Pedra filosofal" e "Lágrima de preta". David Mourão-Ferreira (1927-1996), Fiama Hasse Pais Brandão (1938-2007), Ruy Belo (1933-

1978), entre outros, também são destacados autores do século XX. Joel Lira, um poeta que se tornou conhecido por *Sombras do meu sentir*, aborda o paradoxo tristeza e alegria.

Sophia de Mello Breyner Andresen, outra autora que recebeu, em 1999, o Prêmio Camões, tornou-se a mais famosa poetisa do século XX. Escreveu também várias histórias para crianças, como *A fada Oriana*. De criatividade aguçada, tem na memória e nos afetos os caminhos dos seus versos.

João Apolinário, também vinculado à poesia de intervenção, surgiu no panorama literário português e brasileiro, com destacadas contribuições para a produção dos dois países. A sua obra apresenta um intercâmbio entre as culturas brasileira e portuguesa. Também trabalhou como jornalista em São Paulo.

Na prosa, destacamos ainda nomes como António Torrado, Maria Aliete Dores Galhoz, Agustina Bessa-Luís, José Régio (1901-1969), Maria Velho da Costa. E mais recentemente: Miguel Sousa Tavares, com a sua obra *Equador*.

Natália Correia (1923-1993), deputada da Assembleia da República de 1980 a 1991, defendeu o patrimônio açoriano cultural e histórico e se tornou um dos principais vultos da literatura portuguesa do século XX.

Lídia Jorge conta com vários romances que se tornaram consagrados, como *A costa dos murmúrios*, publicado em 1988, que foi adaptado para o cinema. Os seus livros revelam idiossincrasias e segredos do Algarve, região ao sul do país, onde nasceu e foi criada. A sua obra é destacada pelo ponto de vista feminino.

Ana Maria Magalhães, Isabel Alçada (ex-ministra da Educação) e Alice Vieira têm contribuído para a renovação e consolidação da literatura juvenil, com a preservação de temas atuais e uso da fantasia. As duas primeiras escreveram a quatro mãos a coleção Uma Aventura, sucesso de público.

Lembramos que o intercâmbio cultural com o Brasil e com as outras ex-colônias, principalmente Cabo Verde, São Tomé e Príncipe, Angola e Moçambique, tem enriquecido a produção literária e a cena cultural portuguesa. Autores como Jorge Amado, Guimarães Rosa, Érico Verissimo e Carlos Drummond de Andrade passaram a ser lidos; músicos como Chico Buarque, Caetano Veloso, Milton Nascimento e Djavan passaram a ser ouvidos e cultuados. Igualmente, artistas angolanos e moçambicanos passaram a fazer parte da cultura portuguesa. A literatura e a música de suas ex-colônias ganharam expressão. Com isso, Portugal perdeu algumas marcas deixadas pelo salazarismo e tem readquirido uma personalidade própria.

Autores com estilos e formas inovadoras, de literatura bela e riqueza sintática, têm surgido e estão em plena produção, com repercussão no Brasil, principalmente por causa das feiras de livros e dos festivais literários que ocorrem no nosso país, como a Bienal do Livro de São Paulo, a do Rio de Janeiro, a Feira do Livro de Porto Alegre e a Festa Literária Internacional de Paraty (Flip).

A crítica e a imprensa não revelaram ainda os consagrados artistas contemporâneos e suas obras; o que tem sido feito mais exclusivamente com José Saramago, que ficou conhecido internacionalmente. Isso se deve, certamente, a ser a literatura lusitana bastante artística e, por vezes, complexa — constituída de obras que não se enquadram no padrão best seller — e também por ser uma língua de difícil tradução/recepção no mercado editorial internacional. Sabemos, pelas críticas literárias, da dificuldade de se traduzir a questão semântica luso-brasileira-angolana-moçambicana para outras línguas, assim como a questão gramatical (sintática).

Em 2011, a Fundação Nacional do Livro Infantil e Juvenil, no seu 13º Salão FNLIJ do Livro para Crianças e Jovens, organizou um seminário com a presença de autores lusófonos, além da homenagem aos países de língua portuguesa que puderam estar presentes com seus escritores. Iniciativas como essa têm divulgado os autores de língua portuguesa no Brasil entre crianças, jovens e adultos.

Os temas da produção literária portuguesa contemporânea têm abordado aspectos como o fantástico, o imponderável e o impossível. Também se aproximam do metafísico e conservam as banalidades do cotidiano, as relações sociais e os conflitos existenciais. São produções menos afeitas aos aspectos filosóficos e nos trazem uma nova maneira de ler de acordo com a metalinguagem utilizada pelos autores. Uma abordagem, uma leitura na qual, pouco a pouco, penetramos no contexto do livro e num mergulho profundo nos sentimos parte dele.

Filipa Melo, nascida em Angola, se tornou conhecida por *Este é meu corpo*, de 2001. Rui Zink, pesquisador e professor universitário, é um autor que tem se engajado em movimentos de leitura digital, com participação ativa em Portugal sobre a temática dos livros eletrônicos e das comunicações virtuais.

Em *Fazes-me falta*, de Inês Pedrosa, o leitor se depara com um dispositivo narrativo de notável simplicidade: são duas vozes que, ao longo de cinquenta blocos textuais (com episódios breves, como capítulos), se cruzam numa espécie de diálogo espectral. Uma dessas vozes é feminina, a ela cabe a iniciativa de convocar os temas. A outra voz, que saberemos depois ser mais velha, pertence a um homem. Somos levados a pensar que entre essas duas personagens existe, sobretudo, uma relação passional. Aquilo que as liga é de outra ordem, a narrativa nos leva à procura do nome exato para essa questão, o nome apropriado para esse tecido de palavras que une, enreda, compromete, envolve essas vozes. Somente a literatura dá conta desse mistério.

Nas tuas mãos é outro romance de Inês Pedrosa em que três mulheres de uma mesma família, em Portugal, vão cruzar suas memórias, lembranças, seus pensamentos, ao longo de um século de mudanças sociais e políticas.

Podemos dizer que os autores portugueses da contemporaneidade não estão investidos das questões coloniais ou pós-coloniais, da ditadura salazarista, da globalização, da economia flutuante. Trazemos como exemplo os autores Filipa Melo e Rui Zink, que tiveram suas obras recentemente lançadas no Brasil. Elas tratam de futebol, mídia, cultura pop, relações contemporâneas e morte (um tema tão universal!).

A morte é o tema que une os dois romances desses autores. Em *Este é o meu corpo*, de Filipa, o encontro de um cadáver desfigurado de mulher é o ponto de partida para investigar o lado humano. A obra traz longas cenas de dissecação, prática médica que certamente exigiu da autora uma intensa pesquisa. Com a imagem de um corpo virado ao avesso, defrontamo-nos com a morte como um momento de renascimento. É a memória que inaugura essa nova vida.

Em *O reserva*, de Zink, encontramos um locutor esportivo distraído que atropela e mata um garoto. A tragédia permite ao autor, por meio de várias personagens, esmiuçar diferentes setores da sociedade portuguesa. O livro de Zink, professor da Universidade Livre de Lisboa, foi *adaptado* para a edição brasileira. Logo pela troca do título lusitano, *O suplente*, que para nós parece ter uma conotação política. Adaptações do português e mudanças de títulos têm acontecido ao se publicar uma obra portuguesa no Brasil. Lamentamos por isso, pois a riqueza da literatura está para além das leituras feitas ao pé da letra, está para além das linhas e do tempo.

Para enriquecer a lista de autores lusos contemporâneos, trazemos a escritora Teolinda Gersão, nascida em Coimbra. Estudou germanística e anglística nas Universidades de Coimbra, Tübingen e Berlim, foi leitora de português na Universidade Técnica de Berlim, docente na Faculdade de Letras de Lisboa e, posteriormente, professora catedrática da Universidade Nova de Lisboa, onde ensinou literatura alemã e literatura comparada até 1995. A partir daí passou a dedicar-se exclusivamente à literatura.

Além da permanência de três anos na Alemanha, viveu dois anos em São Paulo (reflexos dessa estada surgem em alguns textos de *Os guarda-chuvas cintilantes*, 1984) e conheceu Moçambique, cuja capital é o lugar onde decorre o romance de 1997, *A árvore das palavras*.

Lídia Jorge esteve também por Moçambique e seu romance *A costa dos murmúrios*, citado anteriormente, todo passado nesse país, resgata a época da guerra colonial vinte anos depois. Ela esteve em Angola e Moçambique, no período final da guerra colonial, como professora secundária.

Conhecer, manusear e ler um livro desses autores mencionados vai enriquecer suas leituras e abrir novos mares e olhares sobre os dramas humanos, a matéria da literatura. Hoje em dia, com as facilidades de aquisição de livros pela internet e com a possibilidade de empréstimos de obras em bibliotecas escolares, comunitárias, públicas e universitárias, centros culturais (como o Centro Cultural Banco do Brasil [CCBB], presente em algumas capitais brasileiras), não deixe de pesquisar nas redondezas de sua casa e de seu trabalho. Muitos autores portugueses estão publicados no Brasil e outros podem ser lidos por obras publicadas em Portugal, mas disponíveis em território brasileiro. Se não está fácil o acesso à obra do seu interesse, pesquise também em sebos, em livrarias virtuais que vendem livros usados. Os livros são objetos culturais de circulação que se deslocam de mão em mão...

A obra *Antologia da poesia portuguesa contemporânea: um panorama*, de Alberto da Costa e Silva e Alexei Bueno (seleção e introdução), de 1999, traz centenas de poemas de autores portugueses da segunda metade do século XX. São 72 autores reunidos, nascidos entre 1900 e 1965, com estilos variados, que vão do Modernismo de Portugal (que é diferente do Modernismo brasileiro) à corrente do Neorrealismo do movimento Surrealista, das vanguardas contemporâneas, da poesia experimental, da Poesia 61 (movimento que tentava uma reestruturação da arte poética).

Fatores históricos de Portugal estão presentes nos poemas, como a ditadura salazarista, a guerra colonial, o 25 de Abril (a Revolução dos Cravos de 1974), a perda e a separação das colônias portuguesas, as correntes imigratórias e a questão rural do país (cada vez mais, um país de velhos que habitam a zona rural). Além disso, questões existenciais e filosóficas, de caráter universal, estão presentes nos poemas aqui reunidos. Vale uma passada de olhos por mares tão cintilantes, turvos, opacos, brilhantes, azuis, multifacetados... A morte, a perda e a tristeza são temas presentes que identificamos em poemas de José Gomes Ferreira (1900-1985), Luís Veiga Leitão (1915-1987), Carlos de Oliveira (1921-1981), Fernando Echevarría, Maria Alberta Menéres e Helder Moura Pereira.

Anteriormente, em 1944, Cecília Meireles organizou a obra *Poetas novos de Portugal*. A obra está esgotada, infelizmente, e poderá ser consultada em bibliotecas.

Antologia de poemas portugueses para a juventude, organizado por Henriqueta Lisboa, com o apoio do Instituto Português do Livro, da Biblioteca Nacional e do Ministério da Cultura de Portugal, reúne poemas de autores clássicos a modernos, sem distinguir destinatário nem faixa etária. De António Nobre a Luís de Camões, de Fernando Pessoa a Almeida Garret, de Carlos Queirós a Florbela Espanca, Henriqueta nos prova que a arte não tem fronteiras, que a poesia é universal. Com prefácio do poeta Bartolomeu Campos de Queirós, a obra está indicada para jovens de todas as idades, pois os temas dos poemas atravessam oceanos, são atemporais e universais: o amor, a vida, o tempo, a separação, a infância.

2.3 EM PAÍSES DA ÁFRICA

2.3.1 A literatura em língua portuguesa na África

As literaturas africanas de língua portuguesa são marcadas por grande diversidade, uma vez que cada país africano é composto de várias etnias e, consequentemente, de várias culturas. Em cada país, são várias as línguas a par do português oficial, assim como as religiões, crenças, os mitos, as lendas, os provérbios, costumes e tantos aspectos da diversidade desses povos. São cinco essas literaturas — de Angola, Cabo Verde, Guiné-Bissau, Moçambique, São Tomé e Príncipe — cada uma com suas especificidades. Destacamos, em comum entre elas, a sua origem na oralidade, assim como outras marcas que trazem da África tradicional.

Uma leitura interessante, que trata da questão das várias culturas dentro de um país africano — aliás, como acontece com o nosso Brasil — é *Filhos da pátria*, do angolano João Melo. Esse livro de contos retrata tipos angolanos, e também estrangeiros, para quebrar estereótipos e fazer uma reflexão sobre questões centrais do cotidiano de Angola, para vermos que há uma variedade entre as pessoas. É como se entrássemos numa parte desse país tão rico em diversidades.

O conto "Shakespeare ataca de novo", em *Filhos da Pátria*, reedita a história de um amor socialmente condenado, como o do clássico *Romeu e Julieta*, de Skakespeare (1564-1616). O noivo, no conto, é angolano da etnia *bakongo*, que ficou geograficamente dividida pelas fronteiras impostas ao continente africano pelo Congresso de Berlim, em 1884-1885. A noiva é filha de um bôer com uma filha da terra, uma mulher do grupo *tchokué*. Ao tratar das diferenças entre etnias, de tradição e preconceito, numa linguagem ágil e bem-humorada, João Melo nos leva a pensar na diversidade que habita os espaços em que se passam as histórias na África ou dentro de um mesmo país, no caso Angola.

A oralidade está na base do modo como o africano concebe o mundo e, junto com ela, a chamada visão negro-africana do universo das sociedades tradicionais, que é a visão animista em cuja essência está a força vital fazendo a interação entre vivos e mortos, natural e sobrenatural. Importante, nesse ponto, é estarmos alertas para o fato de que quando se fala da tradição africana, nunca se deve generalizar. Mas se é grande a diversidade, o escritor, historiador e filósofo do Mali Amadou Hampâté Bá nos mostra que também existem grandes constantes, como por exemplo: a presença do sagrado em todas as coisas, a relação entre os vivos e os mortos — os mundos visível e invisível — o sentido comunitário, o respeito pelos mais velhos.

Da visão animista das sociedades tradicionais africanas nos fala Nsang O'Khan Kabwasa, filósofo do Zaire, estudioso das concepções sociais e culturais africanas. Ele nos diz que a vida é uma corrente eterna a fluir através dos homens em gerações sucessivas. A vida é eterna, vista como um movimento circular, que vai do nascimento à morte e da morte ao nascimento, fazendo dos velhos os alicerces da vida na aldeia. Existe um mundo visível ocupado pelos africanos nas três fases da vida — infância, maturidade e velhice —, cada uma dessas fases correspondendo a uma função particular. E existe um mundo invisível ocupado pelos ancestrais e pelas crianças a nascer, um mundo dos espíritos, no qual reside a força vital suprema que os antepassados comunicam aos anciãos através da palavra. Tal visão imprime uma especificidade às culturas da África e, consequentemente, às suas literaturas.

Em *Terra sonâmbula*, de Mia Couto, encontramos valores e práticas da tradição. Nesse romance, o pescador Taímo, depois de morto, aparece em sonhos para seu filho Kindzu e conversa com ele. Os sonhos, para os bantos, segundo o *Dicionário de símbolos,* de Chevalier e Gheerbrant, podem se constituir em verdadeiras mensagens dos mortos para os vivos, de interesse para toda a comunidade. E Fernanda Cavacas, em *Mia Couto: acrediteísmos,* nos diz que para o banto o mundo dos sonhos é real, nele a comunhão com o mundo visível concretiza-se de modo palpável. Os sonhos permitem aos bantos entrar em contato com a palavra de seus antepassados, os quais indicam o futuro, queixam-se do presente ou dão satisfações. A alma de quem dorme pode introduzir-se no mundo invisível.

Outra visão de sonho, diferente da dos bantos e mais conhecida no Ocidente, é a visão de Sigmund Freud (1856-1939), fundador da psicanálise, para quem um sonho é a realização de um desejo desconhecido, inconsciente, o qual se apresenta metaforizado na linguagem onírica. Desse modo, o sonho faz parte de cada sujeito, por meio dele trazemos fragmentos de desejos desconhecidos que aparecem travestidos numa linguagem simbólica e condensada. A linguagem do sonho, assim como a da poesia, nos suscita imagens e sensações, não é linear, nem é temporal, nem racional. É a linguagem mais irracional que há, que nos dá pistas para entendermos nossos recalques, medos, nossas angústias e inseguranças. Pelo sonho nos aproximamos da nossa alma, do nosso mundo interno: o dos afetos.

Hampâté Bá nos ensina que, para as sociedades tradicionais, a palavra humana repete o ato da criação. Para o trabalho de cada artesão existe um ritual de canto que embala seus movimentos, quer seja, por exemplo, o vaivém da forja, quer seja o manuseio do tear. Assim, todo movimento é acompanhado por palavras e *palavra* e *escuta* acabam por abranger realidades mais vastas do que as que nós, ocidentais, costumamos lhes atribuir. Certamente tais valores estão bem distantes da nossa sociedade — ocidental, industrial, tecnológica e urbana —, mas não é uma das riquezas da literatura nos transportar a lugares e tempos diferentes do nosso cotidiano? De culturas diferentes da nossa?

As narrativas orais têm função, ao mesmo tempo, lúdica e pedagógica; conservam e difundem o patrimônio cultural já sedimentado, perpetuam valores, normas e ideais comunitários. Curtas, de breve extensão, sua estrutura se apoia na repetição e em uma descrição sucinta com o fim de manter a atenção da plateia. Temos o livro *Contos populares de Angola: folclore Quimbundo*, uma recolha de contos tradicionais do país, organizada por José Viale Moutinho. O livro compreende contos selecionados da vasta recolha do missionário suíço Héli Chatelain (1859-1908), publicada em 1894, nos Estados Unidos, em edição bilíngue quimbundo-inglês. Apenas em 1964, três anos após o início da luta anticolonialista em Angola, é que a ex-Agência Geral de Ultramar, numa tentativa de salvar as aparências, promove uma edição bilíngue quimbundo-português.

Já a coleção Mama África, indicada para crianças, pretende resgatar contos tradicionais africanos. São dessa coleção: *O filho do vento* e *O homem que não podia olhar para trás*, respectivamente do angolano José Eduardo Agualusa e do moçambicano Nelson Saúte. Também da coleção, o livro *Debaixo do arco-íris não passa ninguém*, do poeta angolano Zetho Cunha Gonçalves, é ótimo exemplo da estrutura de repetição das narrativas orais.

Nos contos tradicionais, o *mais velho* é caracterizado pela sabedoria, enquanto o *mais novo* costuma ser caracterizado pela esperteza. Os anciãos, respeitados e temidos, são os detentores da sabedoria e dos valores da tradição, os quais transmitem oralmente aos mais jovens, de maneira ritual, no momento de sua iniciação. Por isso a expressão africana "cada vez que morre um velho, uma biblioteca se queima". Também nos textos contemporâneos encontramos *mais velhos* reverenciados por sua sabedoria. Nesse ponto, apontamos o confronto entre tradição e modernidade: na construção de um país moderno, de um continente moderno, diante de um mundo globalizado e da velocidade dos meios de comunicação, como afirmar as singularidades culturais de um povo?

Outro aspecto interessante é o sotaque e a semântica próprios de cada país. Muitos livros de autores africanos vêm acompanhados por um glossário, trazem o significado de palavras africanas incorporadas à língua portuguesa pela prática cotidiana, ou palavras de línguas nacionais presentes no texto — por exemplo, o quimbundo de Angola — ou, ainda, palavras do crioulo, língua de base portuguesa, de alguns países — Cabo Verde e Guiné-Bissau.

O livro *Quem me dera ser onda*, de Manuel Rui, traz um vocabulário típico do cotidiano de Luanda no período pós-independência. Leitura saborosa, a novela conta a história de uma família e seus vizinhos, em um prédio, para retratar a situação do país naquele período, suas esperanças e incoerências. Por meio das personagens principais — um porco e duas crianças — a história fala de amizade com humor e lirismo e expõe as contradições decorrentes do não cumprimento, com plenitude, das promessas da revolução.

Outro exemplo de escrita que mistura o português com palavras africanas, dessa vez especificamente da etnia quimbundo, é a do angolano José Luandino Vieira. Ao inovar no uso da língua, sua escrita é fortemente marcada pelo português falado em Angola; seu fazer literário reconstrói a cultura do povo, por muito tempo desenraizada e fragmentada. No livro *Luuanda*, o autor retrata a dura realidade dos *musseques*, bairros pobres da periferia de Luanda, onde ele próprio viveu. São três narrativas que o autor prefere chamar de *estórias*, o que atesta a resistência dos marginalizados que habitam a periferia diante de um cotidiano de fome e pobreza. O trabalho com a linguagem explora a capacidade de Luandino de refletir sobre o universo cultural objeto do seu olhar. A *Luuanda* foi atribuído, em 1965, o Grande Prêmio de Novelística da Sociedade Portuguesa de Escritores. Luandino Vieira na época era preso político no Tarrafal, Cabo Verde, o que levou as autoridades do regime salazarista a fechar a entidade portuguesa e prender os membros do júri que premiara sua obra.

A apropriação da língua portuguesa pelos países africanos se dá por sua miscigenação com as línguas nacionais — que podem ser várias — bem como pela miscigenação da cultura do colonizador com as culturas locais. Para os que desejam se aprofundar no assunto, um livro indicado é *Entre voz e letra: o lugar da ancestralidade na ficção angolana do século XX*, de Laura Cavalcante Padilha, que discorre sobre a formação da literatura angolana pós-independência. Também indicamos a obra teórica do moçambicano Lourenço do Rosário, sua tese de doutorado *Narrativa africana de expressão oral*, Universidade de Coimbra, um interessante trabalho sobre a oralidade e esse enfrentamento entre línguas e culturas. Sobre isso, nos falam dois escritores.

O angolano Manuel Rui, no Encontro Perfil da Literatura Negra, em São Paulo, em 1985, apresenta o texto "Eu e o invasor", no qual pondera que, ao chegar, o colonizador não respeitou o texto oral, comum em Angola: um texto falado, ouvido e visto, que inclui a dança e é praticado de maneira ritual. Manuel Rui diz que os colonizadores poderiam ter dado atenção ao que acontecia, mas preferiram disparar seus canhões.

E, então, nos fala sobre a construção de sua escrita. Afirma que não deixa o texto oral ser minado pela escrita, arma que conquistou ao outro, mas que, ao contrário, mina a arma do outro com todos os elementos possíveis do texto oral, que é dele originalmente, para inventar um novo texto.

Já o moçambicano Mia Couto, em entrevista ao escritor angolano José Eduardo Agualusa, citada por Carmen Tindó Ribeiro

Secco em artigo no livro *África & Brasil: letras em laços*, declara-se um ser de fronteira. Com necessidade de inscrever na língua do seu lado português a marca de sua individualidade africana, diz que seu texto é um tecido africano feito de panos e linhas europeus.

Outra característica dessas literaturas, num período recente, é a matéria histórica de que muitos dos seus textos se constituem. Os cinco países têm suas independências reconhecidas em 1975, após a Revolução dos Cravos em Portugal, em 1974. Muitos dos escritores e poetas participam ativamente da luta por seu país livre e da construção desse país. Esses intelectuais fazem da sua literatura um espaço de construção e escrita de uma identidade nacional, um espaço de reflexão. Muito da história de seus países pode ser conhecido pelas suas obras, pois, além da questão estética, tais escritores e poetas tratam a literatura como questão histórica e sociocultural, como uma questão identitária, de afirmação de suas necessidades e desejo de libertação.

Exemplo claro de tal fazer literário é o do angolano Pepetela, que, em seus livros, tece uma análise da história social e política do seu país, como em *A geração da utopia*, cuja narrativa percorre momentos distintos do processo sociopolítico por que passou o país na última metade do século XX, da década de 1960 à de 1990; ou em *Predadores*, que apresenta um retrato da nova burguesia surgida em Angola após a independência em 1975; e em *Jaime Bunda, agente secreto*, parábola da organização social do país na qual o autor denuncia, de forma bem-humorada e com ironia, o ranço colonial que ainda resiste nas instituições angolanas. Outro exemplo é o já citado *Quem me dera ser onda*, do angolano Manuel Rui. Já Mia Couto, ao seu modo, pelo seu fazer poético, expõe o histórico de Moçambique no também anteriormente citado *Terra sonâmbula* e outros tantos títulos.

A história, como matéria de ficção, pode aparecer como memória, testemunho, reflexão, pesquisa. Pode levar o leitor à curiosidade para buscar mais informações, como pode levar o leitor a entender para além dos fatos, comportamentos e sentimentos. Dá um retrato humanizado, pode falar de sonhos e ideais. Muitas vezes traz a crítica à sociedade pós-independência e suas incoerências; outras vezes expõe o período colonial e suas sequelas. Nesse rastro da história, as literaturas africanas abordam também a questão étnica.

No tocante a tal questão, recomendamos a leitura do conto "Ngola Kiluanje", do já citado livro *Filhos da pátria*, de João Melo. Com cenário no Brasil e em Angola, a narrativa trata de contradições e preconceito, amplia horizontes e oferece material para a reflexão. Como também faz, de maneira bela e contundente, o conto "As mãos dos pretos", do moçambicano Luís Bernardo Honwana, no livro *Contos africanos dos países de língua portuguesa*.

Para uma maior aproximação com questões do continente africano — diversidade étnica, cultural e outras —, um livro bastante interessante é *Na casa de meu pai: a África na filosofia da cultura*, do filósofo Kwame Anthony Appiah, de Gana. O conhecimento das especificidades desse continente — e dos países de língua portuguesa — possibilita uma leitura mais rica, por linhas e entrelinhas.

Passamos a um breve histórico dessas cinco literaturas africanas tendo como referência a obra *Literaturas africanas de expressão portuguesa*, de Pires Laranjeiras.

2.3.2 Um breve contexto histórico de Angola

Localizado na África Ocidental e banhado pelo Atlântico, Angola — oficialmente República de Angola — tem seu território dividido em duas partes separadas por uma pequena extensão de terra. O enclave de Cabinda, onde se situa a Floresta de Maiombe, encontra-se encaixado entre a República do Congo (ex-Congo francês) e a República Democrática do Congo (ex-Congo belga), sem qualquer fronteira com o restante do território angolano.

A chegada dos portugueses ocorre em 1482, com a expedição de Diogo Cão. A forte resistência dos habitantes não evita a grande opressão imposta pelos colonizadores por longos séculos. Destaque para a rainha Nzinga, que no século XVII, para lutar contra os portugueses, chega a se associar aos holandeses que haviam invadido Angola. O reinado de Nzinga, que no Brasil é também conhecida por rainha Ginga, se caracterizou por ser uma luta sem tréguas contra o colonialismo.

Na década de 1950 inicia-se a articulação de uma resistência contra a dominação colonial. O ano de 1961 marca o início da luta armada para a libertação do domínio português, quando nacionalistas invadem as prisões de Luanda numa tentativa de libertar companheiros.

Angola conquista sua independência apenas em 11 de novembro de 1975, e tem como seu primeiro presidente Agostinho Neto, dirigente do Movimento Popular de Libertação de Angola (MPLA). Passada a euforia inicial da libertação, começa uma guerra civil, fruto da divisão das forças nacionalistas dos três movimentos de libertação: a Frente Nacional de Libertação de Angola (FNLA) dirigida por Holden Roberto; o Movimento Popular de Libertação de Angola (MPLA), chefiado por Agostinho Neto, e a União Nacional para a Independência Total de Angola (Unita), presidida por Jonas Savimbi.

No fim da década de 1990, o MPLA decide abandonar a doutrina marxista-leninista e mudar o regime para um sistema de democracia multipartidária e uma economia de mercado. Unita e FNLA aceitam participar do novo regime e concorrem às primeiras eleições realizadas em Angola, em 1992, das quais o MPLA sai como vencedor. A Unita não aceita os resultados dessas eleições e retoma a guerra, que só termina em 2002 com a morte, em combate, do seu líder.

A guerra civil envolve praticamente todo o país e custa milhares de mortos e feridos, destruição de aldeias, cidades e infraestrutura (estradas, ferrovias, pontes). Grande parte da população rural foge para as cidades ou outras regiões, incluindo países vizinhos.

Hoje, o regime político vigente no país é o presidencialismo.

2.3.3 A literatura angolana

As origens da literatura angolana escrita situam-se em meados do século XIX. Com a introdução da tipografia no país em 1845, é publicado, em 1849, o primeiro livro de autor angolano: a coletânea de poemas *Espontaneidades da minha alma. Às senhoras africanas*, de José da Silva Maia Ferreira (1827-1881). A tipografia ainda estabelece, nessa segunda metade do século XIX, uma intensa atividade jornalística com grande variedade de títulos (mais de cinquenta) de periódicos artesanais. O *Imprensa Livre*, de grande contribuição cultural, dura de 1866 a 1923, quando é fundado *A Província de Angola*, primeiro jornal nos moldes das empresas modernas.

Durante bom tempo da era colonial sob a influência da literatura europeia da metrópole, muitas produções se baseiam em uma visão exótica de enaltecimento das belezas da terra, flora e fauna, sua gente. Maia Ferreira se destaca por trazer a marca local em sua obra. A ele, seguem-se os nomes de Alfredo Troni (1845-1904) (*Nga Mutúri*, novela, 1882); Antonio de Assis Júnior (1887-1960) (*O segredo da morta: romance de costumes angolenses*, publicado em 1929 no jornal *A Vanguarda* e editado em forma de livro em 1935); Cordeiro da Matta (1857-1894), poeta e etnógrafo; Óscar Ribas (1909-2004), ficcionista e poeta, além de estudioso das tradições do povo quimbundo; e Castro Soromenho (1910-1968), primeiro romancista neorrealista africano, com a *Trilogia de Camaxilo* (*Terra morta*, 1949, *Viragem*, 1957, e *A chaga*, esse publicado postumamente, em 1970).

A marca local é questão essencial, de afirmação de identidade. A literatura faz o registro da evolução e do fortalecimento de uma consciência africana e nacional, do desejo de libertação. No mundo, possibilidades de democracia surgem com o fim da Segunda Guerra Mundial e, nesse rastro, em 1948, surge o MNIA (Movimento dos Novos Intelectuais de Angola), com o lema "Vamos descobrir Angola!". O movimento, fundado por estudantes e intelectuais angolanos — negros, brancos e mestiços —, tem como objetivos romper com a tradição cultural imposta pelo colonialismo, ocupar-se da cultura angolana, dar atenção às aspirações populares, estreitar as relações entre literatura e sociedade e conhecer com maior profundidade o mundo angolano, excluído dos conteúdos escolares a que têm acesso. Somando-se à insatisfação com as ações e o controle da censura, o Modernismo brasileiro é inspiração para o movimento dos angolanos. O MNIA surge a partir da Anangola (Associação dos Naturais de Angola) e, a exemplo do Modernismo brasileiro, defende a busca do que é genuinamente nacional, a busca do universal a partir das particularidades nacionais e o reforço de uma "poética de ruptura". Sua primeira publicação é a *Antologia dos novos poetas de Angola* (1950).

O período de 1948 a 1960 é considerado de organização do sistema literário do país. Registramos, também, o movimento da CEI (Casa dos Estudantes do Império), em Lisboa, financiada pelo governo português com a função de apoiar os estudantes vindos da colônia. Tal período de atividade literária fica marcado pelo desejo de emancipação, faz eco ao sentimento dos estudantes na Europa, os quais se descobrem, para a cultura ocidental, como cidadãos portugueses de segunda. Entre a literatura angolana e a brasileira os elos são fortes. De acordo com nossas pesquisas, segundo o poeta angolano Costa Andrade (1936-2009), é notável, nas novas gerações de escritores de Angola, a influência de Jorge Amado, Carlos Drummond de Andrade, Graciliano Ramos, Jorge de Lima, Cruz e Souza, Mário de Andrade, Solano Trindade (poeta, ator, pintor e folclorista pernambucano) e Guimarães Rosa.

Em 1951, os poetas Agostinho Neto (1922-1979), Viriato da Cruz (1928-1973) e Antonio Jacinto (1924-1991), pertencentes ao MNIA, fundam a revista *Mensagem*. A revista, fechada pelas autoridades coloniais em 1952, contou com quatro números: o primeiro em 1951 e os outros três, lançados juntos, em 1952. Desfeito igualmente o MNIA, seus componentes se reúnem, em 1956, no movimento político MPLA.

Seguem-se a revista *Cultura* e as Edições Imbondeiro. Em 1957, para dar continuidade à interrompida *Mensagem*, é fundada a revista *Cultura* pela Sociedade Cultural de Angola, de que faziam parte, dentre outros, Arnaldo Santos, Costa Andrade, José Luandino Vieira, Antonio Cardoso, Henrique Abranches, Henrique Guerra, Ernesto Lara Filho (1932-1977). São publicados 13 números da revista em quatro anos. Em 1960 surgem as Edições Imbondeiro, que atuam até 1965 com sede em Sá da Bandeira, atual Lubango, à margem das organizações de militantes nacionalistas e das principais cidades.

Na década de 1950, num ambiente de efervescência cultural, o Neorrealismo cruza com a Negritude, movimento mundial importante por sua ideologia política e função histórica de conscientização dos negros oprimidos durante séculos. A poesia, a forma mais conveniente na época, aproveita as conquistas do Modernismo: versos livres e temas arrojados. A Negritude proporciona o sentimento de exaltação da etnia negra, a solidariedade com os negros no Novo Mundo e, por outro lado, o reconhecimento das raízes étnicas e tribais. Surgem, na virada dessa década, ainda, as primeiras seleções de contos: *Contos angolanos* (organização de Carlos Ervedosa — 1932-1992), de 1959; *A cidade e a infância* (contos), de José Luandino Vieira, e *Contistas angolanos* (organização de Alfredo Margarido — 1928-2010), ambos de 1960.

A década de 1960 é marcada pela luta armada contra o colonialismo português e por um forte engajamento político da maioria dos autores. Muitos escritores e poetas envolvidos na luta armada pela independência, deflagrada em 1961, são presos pela polícia política portuguesa como terroristas, passam por várias prisões, inclusive a Colônia Penal do Tarrafal, em Cabo Verde, também conhecida por Campo de Concentração do Tarrafal. Muitos escrevem parte de suas obras no cárcere, a exemplo de José Luandino Vieira.

Em um encontro em abril de 1977, constante do livro *Luandino/José Luandino Vieira e a sua obra (estudos, testemunhos, entrevistas)*, o escritor angolano declara a Michel Laban ter sofrido a influência do brasileiro Jorge Amado. Luandino conta ainda que, em 1964, teve a oportunidade de ler *Sagarana* na prisão em Luanda. Ele havia escrito *Luuanda* e estava copiando em um caderno a "Estória do ladrão e do papagaio" quando o livro chegou às suas mãos. Luandino afirma ter aprendido com Guimarães Rosa que a proposta de criação de uma linguagem mais popular, atropelando a língua clássica, erudita, deve ser empreendida pelo conhecimento íntimo dessa língua, e não pelo seu desconhecimento. Essa lição, diz ter confirmado com a leitura de *Grande Sertão: veredas*, em 1969, na prisão do Tarrafal.

O ano de 1979 é de repressão acirrada e de crescente clima de engajamento do povo. A escrita em versos que, desde a década anterior, se mostra uma poesia social, de combate, torna-se conhecida como *cantalutista*, uma produção que louva as glórias que a revolução traria para o país. E, enfim, com a independência em 1975, passa a ser uma celebração da liberdade e uma busca por recuperar a nação dilacerada pela guerra, também uma poesia de reflexão do processo estético, uma metapoesia. Alguns autores, nesse período, aliam um trabalho de renovação da linguagem à crítica ao contexto social contida em suas obras, exercem uma nova linguagem que corresponde ao novo contexto histórico do país.

Em dezembro de 1975, um mês exato após a independência a 11 de novembro de 1975, é criada a UEA (União dos Escritores Angolanos), que passa a editar os autores do país. As décadas de 1980 e 1990 são marcadas, então, pela superação da atitude *cantalutista* de louvação ao futuro do país livre. Tempos de consciência do fazer literário, em poesia e prosa, de denúncia da corrupção e contradições do poder. Tempos de crise das utopias.

A literatura angolana passa por todo esse processo, que, tendo ainda vivido uma guerra civil de 27 anos (1975-2002), termina por operar uma renovação em que firma linguagem e estética próprias e mescla sua marca africana/angolana à modernidade.

Ao longo dos anos, outras editoras foram fundadas. Recentemente, em 2011, uma pequena editora angolana, com sede em Vila Nova de Cerveira, no norte de Portugal, iniciou sua produção com o objetivo de colocar no mercado livros a preços baixos, acessíveis aos estudantes angolanos. A NósSomos, dirigida pelo escritor José Luandino Vieira, se destina a publicar poetas angolanos, tanto clássicos quanto os que estejam se revelando.

Oito títulos foram publicados em 2001 pela NósSomos: *Momentos* (1958-2011), antologia da obra poética de Arnaldo Santos; *Poesia* (1961-1976), a obra poética completa de António Jacinto (1924-1981); *Marcas da guerra: percepção íntima & outros fonemas doutrinários*, de J.A.S. Lopito Feijóo K.; *Africalema: 102 Poemas escolhidos* e o inédito *Não saias sem mim à rua esta manhã*, de José Luís Mendonça; *Jardim das estações*, de Kok Nogueira; *Rio sem margem: poesia da tradição oral*, de Zetho Cunha Gonçalves; *Fogo e ritmo (24 Poemas)*, uma antologia da obra poética de Agostinho Neto (1922-1979). Dentre os próximos títulos a serem publicados: uma antologia dos sete cadernos *11 Poemas em Novembro* (título que é uma alusão à data da independência nacional), de Manuel Rui, e um novo livro de poemas de João Melo.

No Brasil, encontram-se publicadas as obras de vários autores angolanos, seja em livros individuais, seja em antologias de contos e de poesia. Para entender as trocas entre angolanos e brasileiros, citamos o angolano Ondjaki e seu livro de poemas *Há prendisajens com o xão*, assumidamente escrito como diálogo com jeito de homenagem ao poeta brasileiro Manoel de Barros. Em entrevista ao jornal *O Globo*, no caderno Prosa & Verso, em 29 de agosto de 2011, Ondjaki fala, ainda, de outros diálogos com brasileiros, uns mais misteriosos do que outros; alguns intermináveis, como aqueles com Clarice Lispector e Guimarães Rosa. Conta que a obra de Raduan Nassar é fundamental para a literatura que exerce.

Grande número dos autores se dedica igualmente à poesia e à prosa e, muitas vezes, escreve tanto para adultos como para crianças e jovens. Portanto, lembramos, sem discriminar área de atuação, alguns nomes, dentre tantos, ligados à literatura angolana pós-independência: Amélia Dalomba, Antonio Cardoso (1933-2006), Antonio Fonseca, Arlindo Barbeitos, Boaventura Cardoso, Dario de Melo, David Mestre (1948-1997), Fernando Kafukeno, Fragata de Morais, J.A.S. Lopito Feijóo K., João Maimona, Jofre Rocha, Jorge Macedo, José Luís Mendonça, Luís Kandjimbo, Manuel Pedro Pacavira, Maria Celestina Fernandes, Paula Tavares, Ruy Duarte de Carvalho (1941-2010), Uanhenga Xitu.

2.3.4 Um breve contexto histórico de Cabo Verde

Situado no oceano Atlântico, distante apenas alguns quilômetros do continente africano, Cabo Verde — oficialmente República de Cabo Verde — é formado por dez ilhas e vários ilhéus. As principais ilhas são Santiago e São Vicente. Os ilhéus são quase todos desabitados e a maior parte das ilhas sofre com a seca e os ventos fortes vindos do leste, conhecidos como *lestadas*, que provocam flagelo e fome. A chuva, sendo bem-vinda, é símbolo importante no imaginário cabo-verdiano.

As ilhas estão divididas em dois grupos: o do Sotavento, ao sul, e o do Barlavento, ao norte. A ilha de Santiago, do grupo do Sotavento, tem maior influência africana, devido à maior concentração, no passado, de tribos da Guiné-Bissau; ainda hoje os *batuques* acontecem nas festas típicas da *tabanca* e do *funaná*, proibidas e perseguidas nos tempos coloniais. A ilha de São Vicente, do grupo do Barlavento, apresenta características mais universais. Mindelo, sua capital, é uma cidade de influência mais europeia. É marcante a diferença nos processos de desenvolvimento dos grupos de ilhas.

Quando os portugueses aportaram nesse arquipélago, no século XV, as ilhas eram desabitadas. O povoamento foi garantido por portugueses oriundos da ilha da Madeira e dos Açores, além de negros vindos da Guiné-Bissau e do Senegal, o que deu origem a uma forte miscigenação. A maioria chegou para trabalhar no cultivo do café, da cana-de-açúcar e do tabaco. Tudo isso favoreceu o surgimento de uma cultura mestiça, herança do cruzamento entre africanos e europeus.

Somente com o fim do tráfico negreiro foi que Portugal se ocupou da colonização das ilhas. Por conta de sua posição e do principal interesse de Portugal — na época, em especiarias e, depois, no Brasil —, por longo tempo a região serviu de entreposto para comércio de escravos e porto de escala de navios que faziam o caminho das Índias ou das Américas.

As várias plantações, junto à criação de cabras, acarretaram no abuso do solo, seu rápido empobrecimento e sua degradação. Desde a época colonial, a miséria e a fome estão presentes na vida dos cabo-verdianos, o que provocava um intenso fluxo de retirantes, que migravam para Mindelo, como escravos, ou emigravam para trabalhar nas roças de São Tomé e Príncipe, em desumano regime de contrato, contribuindo para o enriquecimento da elite de Cabo Verde e São Tomé e criando uma situação de escravidão dentro da própria África.

Quanto ao aspecto linguístico, a miscigenação e a grande diversidade cultural geraram um falar de emergência, o *pidgin* cabo-verdiano, que veio a se transformar no crioulo de Cabo Verde (*krioulu kauberdianu*). A par do idioma português oficial, esse crioulo é até hoje a língua cotidiana dos cabo-verdianos.

Embora a condição de domínio colonial dos portugueses nunca tenha sido aceita pacificamente pela população — com denúncias das injustiças e abusos de poder, por meio da imprensa e de associações, principalmente nas décadas de 1920 e 1930 —, apenas em 1956 é que começa um novo cenário de luta, com a criação do PAIGC (Partido Africano para a Independência da Guiné e Cabo Verde), que teve atuação determinante na guerra de libertação. Mas a independência só foi reconhecida em 5 de julho de 1975, depois de décadas de violentos conflitos.

Após a tentativa infrutífera de união com a Guiné-Bissau, é estabelecido um regime unipartidário, que perdura até 1990. Em 1991, acontecem as primeiras eleições multipartidárias, com a instituição de uma democracia parlamentar. Cabo Verde hoje é uma república democrática parlamentarista; conta com um presidente e um primeiro-ministro.

O país apresenta uma economia essencialmente agropecuária, com exceção da ilha de São Vicente, por conta do porto marítimo, e da ilha do Sal, devido às salinas e ao aeroporto internacional, que, aliados aos hotéis de padrão internacional, contribuem para o turismo na região.

2.3.5 A literatura cabo-verdiana

Nessa colônia, a tipografia é introduzida em 1842 e em 1877 é criada a imprensa periódica oficial. Outra iniciativa da metrópole é a criação, em 1866, do Liceu-Seminário de São Nicolau, em Ribeira Brava, que dura até 1928 e contribui para a formação de uma classe de letrados. Assim, a literatura escrita de Cabo Verde tem suas origens na segunda metade do século XIX e até 1935 mantém-se atrelada ao cânone português. Nesse período destacam-se os poetas Eugênio Tavares (1867-1930) e Pedro Cardoso (1890-1942), este último o fundador, em 1923-24, do jornal *O Manduco*, aberto à colaboração em crioulo.

De 1926 a 1935 registra-se um movimento de idealização da origem do arquipélago. Por meio do mito de Atlântida, os poetas criam, idealmente, um sentimento de pátria, íntimo e próprio, desvinculado da ideia de pátria que lhes impunha Portugal. As ilhas são comparadas ao jardim das Hespérides, ninfas filhas de Atlas, guardiãs da árvore das maçãs de ouro da deusa Hera num jardim às margens do rio Oceano. Essa é a época do *cabo-verdianismo*, caracterizado como *regionalismo telúrico*, porém também se expande, em alguns textos, para temas como os da fome, do vento e da terra seca, ou de certa insatisfação, em atmosfera afim com o Naturalismo. Os livros de poemas *Jardim das Hespérides* e *Hespérides*, de Pedro Cardoso, são lançados, respectivamente, em 1926 e 1930; *Hesperitanas* e *Jardim das Hespérides*, de José Lopes, em 1929; *Mornas cantigas crioulas*, de Eugênio Tavares, em 1932.

Entre 1920 e 1930 uma elite consciente dos problemas que afetam as ilhas é formada por comerciantes, professores, estudantes e jornalistas em contato com as correntes e os movimentos literários de Portugal, como o Modernismo e o Neorrealismo. No entanto, é maior a influência do Modernismo brasileiro sobre os escritores, cuja atenção se volta cada vez mais para a terra, para o ambiente socioeconômico e para o povo das ilhas. É na década de 1930 que os poemas dispersos de Pedro Corsino Azevedo (1905-1942) abrem caminho para o movimento conhecido por Claridade, o qual estabeleceu uma renovação cultural semelhante à que ocorreu no Brasil com o Modernismo.

Os fundadores da revista *Claridade*, em 1936, são Baltasar Lopes (1907-1989) (autor do romance *Chiquinho*, 1947), Manuel Lopes (1907-2005) (autor do romance *Os flagelados do vento leste*, 1960) e Jorge Barbosa (1902-1971) (poeta de renome, autor de *Arquipélago*, 1935, *Ambiente*, 1941, *Caderno de um ilhéu*, 1956, e *Poesia inédita e dispersa*, edição póstuma de 1993). As linhas mestras do movimento dos chamados *claridosos* (ou *regionalistas*) estão praticamente condensadas na obra de Jorge Barbosa, a qual revela situações de um cotidiano de fome, miséria e falta de esperança, assim como a devastação em consequência das secas. Os grandes temas do movimento Claridade são o lugar, o ambiente socioeconômico e o povo, todos em relação constante com o mar. O dilema da insularidade era querer ficar e ter de partir para terras consideradas mais promissoras. A poesia dos *claridosos* retrata o cabo-verdiano e sua terra sem apontar, porém, grandes soluções.

Os cabo-verdianos se identificam com os brasileiros Jorge Amado, José Lins do Rego, João Cabral de Melo Neto, Graciliano Ramos e outros, que descrevem, em seus livros, o cenário agreste do nordeste, tão próximo à realidade das ilhas. Também sofrem influência dos poetas brasileiros Manuel Bandeira, Jorge de Lima, Ribeiro Couto (poeta, contista e romancista) e outros, os quais levam os *claridosos* a se dedicar aos versos livres e a pegar emprestado o tema da Pasárgada.

O movimento Claridade influenciou e ainda influencia grande parte da produção poética e ficcional do arquipélago. A revista *Claridade* inaugura uma fase de busca por identidade cultural. Com três números publicados entre 1936 e 1937 e mais seis entre 1947 e 1960, marca a primeira iniciativa para romper com o modelo da metrópole, numa atitude de valorização cultural do arquipélago. A época é da *cabo-verdianidade*, denominação inspirada pelo termo *cubanidade* cunhado pelo pensador e cientista social cubano Fernando Ortíz. *Cubanidade* (*cubanía*, em castelhano) define o ser cubano como resultado de um processo de transculturação, ou seja, um processo de transformação cultural resultante do entrecruzamento de várias culturas.

Em 1944, é fundada a revista *Certeza*. Com ideologia de cunho marxista, traz a discussão de questões políticas e sociais, contribui para uma revalorização cultural e para um sentimento de nacionalismo. O grupo da *Certeza*, de neorrealistas, conta, entre outros, com Antonio Nunes, Teixeira de Sousa, Nuno Miranda, Orlanda Amarílis, e tem incentivo e apoio de Manuel Ferreira, escritor português em serviço militar em Cabo Verde, militante clandestino que assina com pseudônimo.

Nas décadas de 1940-50, os cabo-verdianos alcançam prestígio por sua produção literária e suas publicações. Destacam-se Jorge Barbosa e Baltasar Lopes. Época em que ecos do movimento da Negritude se fazem notar nos poemas "Mãe negra" e "Magia negra", do livro *Linha do horizonte*, de Aguinaldo Fonseca, publicado em 1951 pela CEI, em Lisboa.

Já em 1956, com Amílcar Cabral (1924-1973) e outros, surge a poesia de combate, engajada politicamente com o desejo de libertação, mas é com o Suplemento Cultural do Boletim Cabo Verde (1958) e com o grupo Sèló (1962) que se firma a atitude de ficar e resistir, de não deixar as ilhas. O Suplemento Cultural assume uma nova cabo-verdianidade, chamada cabo-verdianitude por incorporar influências da negritude. Logo censurado, no entanto, como era comum acontecer nas colônias, resume-se a um único número. Desse suplemento fazem parte: Gabriel Mariano (1928-2002), Onésimo Silveira, Ovídio Martins, Aguinaldo Fonseca e outros. Ovídio Martins afirma com seus versos:

Gritarei. Berrarei. Matarei. Não vou para Pasárgada.

Fazemos um parêntese para sublinhar o entrelaçamento da literatura com a luta pela libertação nas colônias portuguesas, conforme já vimos com a literatura angolana. O poeta Amílcar Cabral foi um dos fundadores do PAIGC em 1956, quando o movimento libertador africano ganhava força depois da Segunda Guerra Mundial.

A literatura desenha um rosto para a nova pátria. A poesia revolucionária, anticolonialista, afirma a necessidade de mudança e funciona como instrumento de conscientização e concretização do desejo de ficar e resistir. Nesse cenário surge, em 1962, o suplemento Sèló, do *Notícias de Cabo Verde*, com Armênio Vieira, Osvaldo Osório, Mário Fonseca (1939-2009) e outros, o que reforça o discurso da cabo-verdianidade, da cabo-verdianitude e da crioulidade. Também poetas que vivem fora do arquipélago — Luís Romano, Kaoberdiano Dambará e Gabriel Mariano — se engajam e, entre 1963 e 1965, lançam obras importantes para o movimento pela independência.

A independência de Cabo Verde, em 5 de julho de 1975, vem marcar a atividade literária do arquipélago pela busca de uma identidade nacional. Destacam-se, nesse período, João Manuel Varela

(1937-2007) (ou João Vário ou Timótio Tio Tiofe), que publicou, em 1975, *O primeiro livro de Notcha*, e Corsino Fortes, autor de dois importantes trabalhos poéticos, *Pão & fonema* (1975) e *Árvore & tambor* (1985). A esses dois escritores, que chegam a participar da revista *Claridade*, deve-se o salto qualitativo e a ruptura com a influência dos *claridosos*. Sobretudo Corsino Fortes provoca um desvio de conteúdo temático e formal nas letras cabo-verdianas. Ele cria uma dinâmica das relações entre sujeito e objeto poético e coloca a questão da identidade cabo-verdiana num contexto maior, que é o da identidade africana.

Como em outros países africanos, a literatura no país livre passa por uma fase de contestação e desalento com o não cumprimento de promessas da independência, aborda temas universais e existenciais e faz uso da metalinguagem. Vale ressaltar que João Vário, desde a década de 1960, abre caminho para uma literatura intimista, abstrata e cosmopolita. Seu livro *Exemplo geral* (poemas), editado em Coimbra, Portugal, em 1966, é um exemplo dessa abertura de caminho.

A revista *Ponto & Vírgula*, marco de nova linhagem literária, surge em 1983 e circula até 1987 sob a liderança de Germano de Almeida e Leão Lopes. Destaca-se não só pelo conteúdo arrojado como também pela qualidade gráfica. A segunda metade da década de 1980 segue com publicações de consagrados e revela nomes. Nas comemorações de cinquenta anos da revista *Claridade*, é lançada a poesia reunida de Baltasar Lopes, o patriarca das letras cabo-verdianas, assim como também uma recolha de seus contos.

Já em 1991 surge a *geração mirabílica*, que acusa injustiças sociais e a morte dos sonhos libertários. Dela fazem parte Vera Duarte, cuja obra se preocupa com invocar o universo feminino, e Dina Salústio, autora de *A louca do Serrano* (1994), o primeiro romance de autoria feminina publicado em Cabo Verde. A geração fica conhecida pela antologia *Mirabilis: de veias ao sol*, que, coordenada por José Luís Hopffer Almada, reúne 57 autores, numa profusão de estilos, temas e linguagens, incorpora o crioulo, o francês, o inglês, o português, a militância ou a marginalidade, experiências diversas.

Para finalizar, achamos importante um olhar sobre a particularidade da afirmação da língua crioula na literatura do país. Ao encabeçar o movimento de legitimação e padronização dessa língua, Baltasar Lopes publica, em 1957, *O dialecto crioulo de Cabo Verde*. Eugênio Tavares, Pedro Cardoso e Sérgio Frusoni são os precursores da literatura em crioulo cabo-verdiano. À literatura de combate, que também tratou do uso do crioulo, vários aderiram, dentre eles Armênio Vieira, Kaoberdiano Dambará e Manuel Veiga. Em 1982, Luís Romano (1922-2010), que alterna seu trabalho entre o português e o crioulo cabo-verdiano, lança uma antologia bilíngue nos EUA, *Contravento*, verte poemas escritos em português, por outros autores, para o crioulo. Mais recentemente, em 1996, é publicada a *Introdução à gramática do crioulo de Cabo Verde*, do romancista e linguista Manuel Veiga.

O romancista Germano de Almeida é figura de expressão da literatura contemporânea cabo-verdiana. Seus livros descrevem a sociedade pós-independência num estilo marcado por humor irreverente. Dentre eles, *O testamento do Sr. Napomuceno da Silva Araújo* (1989) foi levado ao cinema por Francisco Manso, numa coprodução Cabo Verde-Portugal-Brasil que tem, como protagonista o ator brasileiro Nelson Xavier. A literatura não parou de revelar nomes; citamos, dentre muitos, o poeta Antonio de Nevada e os ficcionistas Vasco Martins e Viriato de Barros.

Infelizmente, ainda é difícil encontrar publicações brasileiras de autores cabo-verdianos. Indicamos fontes online para consulta de obras, autores e aspectos da literatura de Cabo Verde e de outros países africanos de língua portuguesa no capítulo 5 do nosso estudo.

2.3.6 Um breve contexto histórico de Guiné-Bissau

Localizada na costa ocidental africana, Guiné-Bissau — oficialmente República da Guiné-Bissau — é formada por uma parte continental e outra insular, sendo essa separada do continente pelos canais de Geba, Bolama, Pedro Álvares e Canhabaque. As ilhas da Guiné-Bissau formam o arquipélago de Bijagós.

Durante muitos séculos Guiné-Bissau foi um refúgio para os povos africanos que sofreram invasões, o que ocasionou uma enorme complexidade étnica, linguística e cultural. A origem desses povos vem do Saara e os principais grupos étnicos são os *balantas*, os *fulas* (*fulbé* ou *peul*), os *manjacos*, os *papéis*, os *mandingas* e os *bijagós*. Além dessas e outras etnias, a população do país é ainda composta por mestiços luso-guineenses e cabo-verdianos.

Desde antes da chegada dos portugueses, no século XV, a região já era habitada por grupos oriundos do interior do continente. E desde a chegada dos colonizadores até o século XIX a Guiné-Bissau esteve muito ligada a Cabo Verde, uma vez que servia de entreposto para o comércio de escravos para a América e para as plantações de algodão das ilhas cabo-verdianas. Tanto é assim que o país era conhecido como Guiné de Cabo Verde até 1879, quando ocorre a separação das duas colônias.

Apesar de o português ser o idioma oficial e o país apresentar diversos dialetos, oriundos da intensa miscigenação ocorrida no passado, a língua mais falada é o crioulo (o *Kriol guineense*). Inclusive o crioulo serviu como instrumento de comunicação interétnica de mobilização popular e de afirmação de identidade do povo na época das guerrilhas.

A opressão colonial, em especial no fim da década de 1950 e início da de 1960, já provocava muita insatisfação e, por volta de 1956, Amílcar Cabral funda o PAIGC. Mas o que desencadeia a revolta e a luta pela libertação, em 1963, é o episódio do massacre de cinquenta trabalhadores no cais de Pidjiguiti, em Bissau. A guerra dura aproximadamente uma década, até ser proclamada a independência da República da Guiné-Bissau, em 24 de setembro de 1973, só reconhecida pelos portugueses em 1975, quando Cabo Verde também se torna independente.

Amílcar Cabral é assassinado em janeiro de 1973 na Guiné-Conacri. Seu irmão, Luís Cabral, torna-se o primeiro presidente do Conselho de Estado instalado após o reconhecimento da libertação da Guiné-Bissau. O PAIGC era o único partido reconhecido.

Em 1988, ocorre um golpe de Estado que abole a Constituição e leva ao poder o Conselho da Revolução, presidido por João Bernardo Vieira (Nino Vieira), destacado comandante guerrilheiro da época da luta pela libertação. Nino Vieira morre assassinado em 2009, depois de ter sido presidente do país por três vezes.

A Guiné-Bissau tem um histórico de golpes, lutas internas e guerra civil. Hoje, o regime político vigente no país é o parlamentarismo, que conta com um presidente e um primeiro-ministro. A Guiné-Bissau está entre os países mais pobres do mundo; sua economia é fortemente dependente da agricultura e da pesca.

2.3.7 A literatura guineense

A escrita literária, nessa colônia, se desenvolve mais tarde do que nas outras. A tipografia, introduzida em 1879, estabelece uma imprensa com várias publicações, todas pertencentes a portugueses radicados no local e com foco em questões políticas de sua preocupação, saudades da terra natal, apologia ao colonialismo. Apenas em 1930-31 surge no cenário *O Comércio da Guiné*, primeiro jornal dirigido por um guineense, Armando António Pereira. Esse jornal reúne um núcleo de intelectuais que, preocupado com a sorte das populações nativas, formula críticas e esboça um enfrentamento com o colonialismo. Desse grupo destacam-se os primeiros autores de uma literatura de temática guineense, dentre eles o romancista Fausto Duarte (1903-1953) e os contistas João Augusto da Silva e Artur Augusto da Silva.

Entre os autores coloniais estão Fausto Duarte, acima citado, e Fernanda de Castro (1900-1994). Ele, agraciado com o 1º Prêmio de Literatura Colonial, em 1934, com *Auá: novela negra*, estende sua obra a outros títulos. Ela, cuja obra trata de transformações sociais da colônia, é autora de inúmeros livros, na área da literatura infantil, da poesia, do romance e do teatro. Também é da época colonial o livro *Poemas*, de Carlos Semedo.

Entre 1948 e 1958 acontecem as primeiras campanhas de alfabetização na colônia e na década de 1960 é implantado o ensino secundário. Já em 1963, para marcar os primeiros passos de uma literatura nacional, Antonio Baticã Ferreira participa como representante da Guiné-Bissau da antologia *Poetas e contistas africanos*, organizada por João Alves das Neves. Seus poemas buscam a identificação com a terra natal; por ter vivido parte de sua vida em Dacar, no Senegal, sua poética traz a marca da saudade da infância e do mar, da angústia do exílio geográfico e cultural. De sua autoria, *Poesia e ficção*, de 1972, e *Polião*, de 1973, caderno de poemas que conta com 11 autores.

Com uma tomada de consciência sobre a realidade linguística e cultural da África, a poesia guineense mistura à língua portuguesa termos em crioulo, traz para si a musicalidade desse linguajar. A poesia de combate se confunde com a temática da identidade nacional, num período em que se destacam os nomes de Amílcar Cabral e Vasco Cabral (1926-2005).

Antes da independência, raros conseguem publicar suas obras. Mesmo depois, a primeira editora pública, a Nimbo, surge somente em 1987 e tem vida curta. Dessa forma, alguns poetas encontraram, como solução, a publicação em antologias, movimento no qual se destacaram Hélder Proença (1956-2009), Tony Tcheka (pseudônimo de Antonio Soares Lopes), Nagib Said, Agnelo Regalla e José Carlos Schwarz (1949-1977).

A denúncia da repressão colonial, a celebração da liberdade conquistada e a afirmação de uma identidade negro-africana constituem o ponto de convergência das antologias. É de 1977 a primeira antologia, *Mantenhas para quem luta! — A nova antologia da Guiné-Bissau* (*mantenhas*, em crioulo, significa saudações). De 1978, a segunda, *Antologia dos jovens poetas: momentos primeiros da construção*. E de 1979, a terceira, *Os continuadores da revolução e a recordação do passado recente*. A utilização do crioulo como língua literária abre espaço para uma vertente crioula da poesia guineense, bem representada por José Carlos Schwarz.

A partir das décadas de 1980 e 1990, a poesia deixa de ser de combate, desloca os temas do coletivo para o indivíduo e assume um lirismo intimista com temas universais e subjetivos. Entre os poetas atuantes nessa fase temos: Odete Semedo, Félix Sigá, Francisco Conduto de Pina, Carlos Edmilson Vieira e ainda Tony Tcheka.

Em 1993 é publicada a recolha de contos *A escola*, organizada por Domingas Samy, sobre a condição feminina na sociedade guineense. Em 1994, é fundada a primeira editora privada do país, a Ku Si Mon, que, em crioulo guineense, significa *com as próprias mãos*. Um dos sócios fundadores é Abdulai Sila, considerado o fundador da ficção guineense. Seu primeiro romance, *Eterna paixão*, é publicado em 1994. Seguem-se *A última tragédia*, em 1995, e *Mistida*, em 1997. Sua obra trata da sociedade colonial, da relação entre colonizadores e colonizados, da transição para a sociedade pós-colonial e a nova elite que, então, ocupa o poder.

Em 1997, é publicada uma recolha de crônicas bem-humoradas da sociedade guineense, incursão na literatura de Carlos

Lopes, até a data autor de obras de caráter histórico, sociológico e político. Em 1998, Filinto de Barros lança seu primeiro romance, *Kikia Matcho*, no qual aborda a vida decadente na capital na década de 1990 e a ilusão da emigração. Kikia Matcho é a designação crioula para a coruja, ave que no país é tida como mensageira do bem ou do mal, mas, sobretudo, está ligada aos maus presságios e à má sorte.

Em 1999, é a vez de Filomena Embaló lançar seu primeiro romance, *Tiara*, cujo tema é a integração familiar e social na sociedade africana. Em 2000, é publicado *Contos de N'Nori*, organização de Carlos Edmilson Vieira, uma recolha de contos que evocam lendas e costumes populares, brincadeiras da juventude e a complexidade social e política da sociedade guineense.

A produção literária contemporânea na Guiné-Bissau fala, na sua variedade, dos anseios e das preocupações da elite intelectual urbana com relação à situação política e social do país.

O romancista e dramaturgo Abdulai Sila tem obra publicada no Brasil. Como também podem ser encontradas, aqui, antologias de contos com outros autores da atualidade, como Andréa Fernandes, Olonkó, Tambá Mbotoh, Uri Sissé. No Brasil, a literatura escrita da Guiné-Bissau é pouco divulgada e pouco publicada. Para ampliar as possibilidades de aproximação com essa literatura, indicamos fontes online no capítulo 5 deste livro.

2.3.8 Um breve contexto histórico de Moçambique

Situado na África Austral e voltado para o Oriente, Moçambique — oficialmente República de Moçambique — tem sua origem no povo banto, que se fixa na costa oriental africana por volta dos séculos III ou IV d.C. Os árabes chegam a essa costa por volta dos séculos VII e VIII para estabelecer comércio com os bantos. O comércio torna-se próspero para ambos os povos a ponto de serem criados alguns sultanatos, do século XI ao XV, com o desenvolvimento de feitorias árabes no litoral e na ilha de Moçambique.

No século XV, os bantos tornam-se soberanos, subjugando outras etnias africanas do centro-sul moçambicano. É nesse período que ocorre o primeiro contato com os portugueses, que, comandados por Vasco da Gama, em busca do caminho para as Índias, aportam em Moçambique, em 1498. A partir daí os conquistadores portugueses iniciam uma luta para expulsar os árabes e subjugar os povos nativos, a fim de se apropriar de suas riquezas; porém, não contavam com a resistência dos africanos.

Nos séculos XV ao XVIII, os portugueses priorizam a exploração das riquezas locais, inicialmente o ouro e depois o marfim. Nos séculos XVIII e XIX, especificamente entre 1750 e 1860, passam a dedicar-se unicamente ao tráfico de escravos e, em 1751, deixam a administração da nova colônia aos cuidados da Índia portuguesa, Goa; esse o motivo para o grande número de indianos nas regiões africanas.

Quando, em 1860, é decretado o fim do tráfico negreiro, Portugal volta-se para a ação colonizadora; e para garantir o sucesso dessa ação, são difundidas duas ideologias. A primeira prega que os portugueses são superiores, tanto cultural como racialmente, e que por essa razão devem ser admirados e respeitados. A segunda cria um preconceito em relação aos árabes, ao afirmar que não são boas pessoas e merecem desprezo. Esse preconceito silenciou a influência dos árabes na cultura do povo moçambicano. A intenção dos colonizadores é provocar o esquecimento nos moçambicanos de que não foi por meio deles, os portugueses, que os povos nativos entraram para a história.

A princípio, para valorizar a cultura portuguesa, muitos dos povos africanos assimilam essas ideologias, negam tanto as influências árabes quanto as heranças das próprias etnias. Por outro lado, muitas etnias africanas resistem a essa imposição, em especial os vátuas, chefiados pelo guerreiro Gungunhana. Esse guerreiro é preso pelo administrador português Mousinho de Albuquerque em 1895, data a partir da qual há uma forte imposição da língua portuguesa como idioma oficial. Nessa época, são fundadas escolas e a imprensa é introduzida em Moçambique.

Apenas em meados do século XX, porém, especificamente no fim da década de 1940, ocorre uma conscientização de valorização da cultura moçambicana, a partir do entendimento das injustiças com os negros. A guerra pela libertação, liderada por Eduardo Mondlane, que funda a Frelimo (Frente de Libertação de Moçambique), tem início em 1964. A liberdade só é alcançada em 25 de junho de 1975, já após a morte de Mondlane, então substituído por Samora Machel, o qual assina um acordo com o governo português e firma a independência.

Com a Frelimo no poder, desencadeia-se uma guerra civil em 1976. A disputa política entre Frelimo e Renamo (Resistência Nacional Moçambicana) dura até 1992, quando é assinado o Acordo Geral de Paz. Samora Machel morre em 1986 e seu sucessor, Joaquim Chissano, negocia o fim da guerra e introduz um sistema multipartidário que integra a Renamo. Hoje, o regime político vigente no país é o presidencialismo.

2.3.9 A literatura moçambicana

A tipografia é introduzida em Moçambique em 1854, no entanto sem gerar uma atividade literária intensa como aconteceu em Angola. A primeira revista de literatura, a *Africana*, criada por Campos de Oliveira (1847-1911), circula entre 1875 e 1877. De 1908 a 1920 circula o periódico *O Africano*, dos irmãos José e João Albasini (1876-1922). E em 1918 é fundado, por João Albasini e Ferdinand Bruheim *O Brado Africano*, que veicula o trabalho cultural e político de uma geração de intelectuais. Esse jornal publica, dentre outros, os irmãos Albasini e o poeta Rui de Noronha (1909-1943).

Até a década de 1920, porém, não se tem registro de uma atividade literária consistente e regular na colônia. Destacam-se a publicação dispersa dos textos de Campos de Oliveira nas últimas décadas do século XIX e, em 1925, a publicação póstuma de *O livro da dor*, coletânea de contos de João Albasini. Entre 1932 e 1936 Rui de Noronha publica boa parte dos seus poemas em *O Brado Africano*. Três anos após sua morte, em 1946, seus poemas são reunidos no livro *Sonetos*, exposto em Lisboa na primeira mostra coletiva da CEI junto com a coletânea *Poesia em Moçambique* (1951). A fase é de uma literatura atrelada ao modelo europeu da metrópole.

Fundada em 1941, a revista *Itinerário* traz artigos de consciência sociocultural e marca, assim, uma transição. *O Brado Africano* passa a publicar jovens africanos e descendentes de colonos nascidos na terra; manifestações dessa data acabam por se transformar, na década de 1960, em ideais da luta pela independência.

Já em 1945, com o fim da Segunda Guerra Mundial, inaugura-se nova época para a literatura moçambicana. O período do fim da década de 1940 e início da década de 1950 é de afirmação de um projeto literário. São publicados: em 1945, os primeiros textos poéticos de Fonseca Amaral (1929-1992); em 1947, as *Cinco poesias do mar Índico*, de Orlando Mendes (1916-1990); em 1948, o poema "Canção fraterna", de Noêmia de Sousa (1926-2003). Em 1951, a CEI organiza e publica a antologia *Poesia em Moçambique* e, em 1952, publica vários contos de João Dias (falecido em 1949). Também em 1952 sai o único número do jornal *Msaho*, logo censurado, com colaboração de Noêmia de Sousa, Virgílio de Lemos e Rui Guerra, cineasta radicado na nossa terra e bem conhecido por nós, brasileiros. O termo *msaho* se refere a um canto do povo, em língua *chope*.

Os primeiros ecos da Negritude chegam com a década de 1950. Noêmia de Sousa escreve seus poemas entre 1948 e 1951. Na época, conhecia o movimento americano e outros, como de Haiti e de Cuba, mas ainda não a Negritude francófona. Sua poesia faz a ponte entre o pan-africanismo e o reconhecimento da cultura e dos valores da terra moçambicana.

A década de 1950 se distingue por movimentos coletivos, destaca-se a publicação de antologias de poemas. Desse período, dentre outros, José Craveirinha (1922-2003), Noêmia de Sousa, Rui Nogar (1932-1993), Rui Knopfli (1932-1997), Virgílio de Lemos, Marcelino dos Santos, Rui Guerra, Fonseca Amaral, Orlando Mendes. De Rui Knopfli, chamamos atenção para a sua consciência do fazer poético e da modernidade.

Dá-se, então, a transição da chamada *poesia da moçambicanidade* para a chamada *poesia de combate* ou *de protesto*. A *fase de combate*, da *literatura guerrilheira* ou *literatura necessária*, de forte vínculo entre vozes literárias e vozes ideológicas e partidárias, estende-se pela guerra anticolonialista, de 1964 até 1975.

Em 1964, em Lisboa, a CEI edita o livro *Xigubo*, nome de uma dança de guerra, de José Craveirinha. Poeta da narrativa épica moçambicana, Craveirinha foi pesquisador interessado na tradição oral da região sul do país. Também nesse ano é publicado o livro de contos *Nós matamos o cão tinhoso*, de Luís Bernardo Honwana, um marco para a afirmação da narrativa em momento de preponderância da poesia. Os contos de Honwana tratam de questões sociais como a exploração e a segregação. Expõem situações concretas de humilhação e preconceito. A obra denuncia as forças produtivas em jogo, o autoritarismo do Estado colonial e a opressão exercida pelas instituições de poder e seu aparelho ideológico.

Dois anos depois, em 1966, é publicado *Portagem*, de Orlando Mendes, que, considerado o primeiro romance moçambicano, aborda o tema da dominação e do preconceito. Em 1971 saem três números da revista *Caliban*, coordenada por João Pedro Grabato Dias (heterônimo do pintor e poeta português Antonio Quadros [1933-1994]) e Rui Knopfli, e a Frelimo edita o primeiro volume de *Poesia de combate*. Em 1974, enfim, é publicada uma recolha, desde 1945, dos poemas de José Craveirinha, sob o título de *Karingana ua Karingana*, expressão clássica da oralidade utilizada para iniciar um conto que possui o mesmo significado de *era uma vez*.

Em nossas pesquisas encontramos que, de 1959 a 1975, entre os escritores brasileiros que mais circulavam pelo meio literário moçambicano figuram Cecília Meireles, Adalgisa Nery (poetisa e jornalista), Érico Verissimo, Jorge Amado, Graciliano Ramos, José Lins do Rego e Castro Alves.

Após a independência, em junho de 1975, o clima é de euforia e de intensa atividade literária. Por um período, o poeta Luís Carlos Patraquim coordena a *Gazeta de Letras e Artes* da revista *Tempo*. Dentre as muitas publicações, textos que tinham ficado nas gavetas ou se encontravam dispersos, textos de exaltação à pátria e aos heróis da luta pela libertação nacional, textos de militância política. De 1982, *Silêncio escancarado*, de Rui Nogar, conjunto de textos escritos na prisão, e *Monção*, de Luís Carlos Patraquim. A Aemo (Associação dos Escritores de Moçambique) é fundada em 1982.

Fazemos breve parada para lembrar a guerra civil, iniciada logo após a independência, que dura até 1992 e faz da literatura espaço de crítica e resistência. A revista *Charrua* lança oito números, entre 1984 e 1986, retoma aspectos de um lirismo universal e abre caminhos para a metapoesia e a preocupação com o trabalho estético. Com os poemas de Luís Carlos Patraquim, Mia Couto e outros, publicados em *Charrua*, e com o livro de poemas de Mia

Couto *Raiz de orvalho* inaugura-se uma *poesia do eu*, de expressão de sentimentos existenciais e individuais. *Charrua* revela nomes de uma nova geração: os poetas Eduardo White e Juvenal Bucuane, Ungulani Ba Ka Khosa, Hélder Muteia, Pedro Chissano e outros.

Nesse percurso, destacamos a poesia de Patraquim, que, em suas obras, assume a metapoesia e o jogo onírico da linguagem, além de estabelecer um diálogo artístico com vozes significativas da literatura e da arte moçambicana. E, enfim, o livro de contos de Mia Couto, *Vozes anoitecidas*, publicado em 1986, provoca polêmica e é considerado por alguns um fator de transição literária para um trabalho livre com a palavra e para a abordagem de temas tabus. Mais tarde, em 1992, ano do término da guerra civil em Moçambique, Mia Couto lança seu primeiro romance: *Terra sonâmbula*.

Mia Couto, em comunicação proferida na ABL em agosto de 2004 e publicada no livro *Pensatempos*, conta que a poesia brasileira foi de grande valia para a corrente de intelectuais que, no século XX, em Moçambique, se ocupa em procurar a moçambicanidade, ou seja, uma identidade própria e livre do modelo europeu. Buscam uma escrita ligada à terra e sua gente. Nesse caminho, Manuel Bandeira foi de grande importância, assim como Mário de Andrade e outros artistas dedicados ao que chamavam de *abrasileiramento da linguagem*. Moçambique era ainda colônia e não podia dar-se ao luxo do esquecimento, como faziam os brasileiros em relação a Portugal. Os moçambicanos necessitavam *ser contra* e, nessa jornada, lhes serviram de inspiração, dentre outros, Graciliano Ramos, Jorge Amado, Rachel de Queiroz, Carlos Drummond de Andrade, João Cabral de Melo Neto.

Ao falar da sua trajetória, Mia Couto presta homenagem a João Cabral de Melo Neto, Carlos Drummond de Andrade e, sobretudo, Adélia Prado. Declara, no entanto, que seu encontro é essencialmente com Guimarães Rosa. Ao ler Rosa pela primeira vez, conta ter experimentado sensação idêntica à experimentada ao escutar os contadores de histórias da infância. Conta ter sido tocado pela emergência de uma poesia que o tirava do mundo. E diz que a linguagem de Rosa é criadora de desordem e funda um reinício ao converter a língua a um estado de caos inicial.

Citamos, ainda, Paulina Chiziane, a primeira mulher moçambicana a publicar um romance: *Balada de amor ao vento* (1990).

No Brasil, encontramos publicações de alguns moçambicanos. Mia Couto tem grande parte da sua obra publicada, outros autores estão publicados em livros individuais ou antologias, sejam de contos, sejam de poesia. Muitos se dedicam igualmente à poesia e à prosa e escrevem tanto para adultos como para crianças e jovens. Citamos aqui, sem discriminar área de atuação, alguns nomes ligados à literatura moçambicana pós-independência: Armando Artur, Celso Manguana, Chagas Laverne, Eduardo White, Guita Jr., Hélder Muteia, Heliodoro Baptista (1944-2009), João Paulo Borges Coelho, Jorge Rebelo, Jorge Viegas, Juvenal Bucuane, Lília Monplé, Marcelo Panguana, Paulina Chiziane, Pedro Chissano, Sebastião Alba (1940-2000), Sangare Okapi, Sonia Sutuane, Suleiman Cassamo, Ungulani Ba Ka Khosa.

2.3.10 Um breve contexto histórico de São Tomé e Príncipe

São Tomé e Príncipe — oficialmente República Democrática de São Tomé e Príncipe — é um pequeno país insular, situado na costa oeste africana, no Golfo da Guiné, banhado pelo Atlântico. Constitui-se de duas ilhas, dois ilhéus e dois penedos desabitados. Sua economia é fundamentalmente agrícola, apoiada na produção de banana, coco, azeite de dendê, cacau, sendo a pesca outra atividade importante. No passado, viveu praticamente do açúcar e do café.

Data de 1470-1471 a chegada dos primeiros portugueses e não há um consenso se havia habitantes no arquipélago nessa época. Embora alguns historiadores afirmem que havia etnias vivendo no sul das ilhas de São Tomé e Príncipe, essas não travaram contato com os portugueses que, inicialmente, ocuparam apenas o norte das ilhas.

O povoamento tem início em 1493, com a ida de portugueses da ilha da Madeira, de degredados lusos, de alguns espanhóis e de escravos provenientes do Gabão, da Guiné-Bissau, do Benin e do Manicongo, o que favorece uma intensa miscigenação. O grupo étnico mais importante é constituído por mestiços filhos de portugueses e mulheres nativas. Essas crianças ganhavam uma carta de alforria e, por isso, ficaram conhecidas como *forros* (corruptela do vocábulo *alforro*) ou filhos da terra, considerados hoje os autênticos são-tomenses. Na ilha do Príncipe, os *forros* ficaram conhecidos como *moncós*.

Além desses grupos, existem os *tongas* e os *angolares*. Os *angolares* eram descendentes de escravos angolanos vítimas do naufrágio de um navio negreiro ocorrido por volta de 1546-1547. Os *tongas* eram filhos de pais de outras terras, descendentes de escravos e serviçais angolanos, moçambicanos e cabo-verdianos que iam para as ilhas trabalhar nas roças de cana-de-açúcar, cacau e café.

Com relação à questão linguística, os habitantes de São Tomé e Príncipe convivem, a par do idioma português oficial, com diversos falares crioulos: o *forro*, o *angolar* e o *moncó*, esse último falado na ilha do Príncipe.

A colonização ocorre por meio das plantações de cana-de-açúcar. A criação de engenhos determina a necessidade de mão de obra, que é resolvida por meio da escravidão dos negros. Assim, é intensa a exploração do mercado de escravos no arquipélago desde 1500 até meados do século XIX. As ilhas de São Tomé e Príncipe funcionam como entreposto para os navios negreiros que seguem da África para a América.

Com o fim da escravidão, a alternativa para substituir o lucrativo comércio de escravos é o cultivo do café e do cacau. A mão de obra para trabalhar nas roças, sob o regime de *contrato,* começa a vir de outras regiões africanas, inclusive de colônias portuguesas. A estrutura do *contrato* enredava os trabalhadores; os baixos salários e as obrigações imensas faziam com que os *contratados* vivessem uma vida de semiescravidão. Essa situação só começa a ser questionada em meados do século XX, quando se iniciam os movimentos de valorização do negro, graças às denúncias de estudantes africanos instalados em Lisboa e de intelectuais africanos das colônias. Nessa época, o regime dos *contratados* (em Angola, chamados *monangambas*) é amplamente criticado.

Em 1960 é criado o Movimento pela Libertação de São Tomé e Príncipe (MLSTP) e em 12 de julho de 1975 é proclamada a independência. Manuel Pinto da Costa é o primeiro presidente do país livre. Hoje, com o multipartidarismo instituído em 1991, São Tomé e Príncipe é uma república democrática parlamentarista; conta com um presidente e um primeiro-ministro.

O país é um dos mais pobres do mundo, vive basicamente do plantio do cacau. Apesar da pobreza, é um país de diversificada cultura, com variadas manifestações de música, dança e teatro, herança da forte miscigenação ocorrida na época do povoamento e da colonização do arquipélago.

2.3.11 A literatura são-tomense

A literatura são-tomense tem seus primeiros registros com o advento do jornalismo praticado por uma elite de filhos da terra, em fins do século XIX, início do século XX. O *Africano, A Voz d'África,*

O Negro, A Verdade, O Correio d'África, dentre outros periódicos, veiculam poemas dispersos. Nos anos 1880 surgem as primeiras publicações: de Francisco Stockler (1759-1829), uma recolha de poemas, alguns em crioulo forro; de Antonio Lobo Almada Negreiros (1868-1939), *História etnográfica da ilha de São Tomé e Equatoriais*, que exalta as belezas do local e fala da vivência do poeta na ilha.

Com Caetano Costa Alegre (1864-1890) começa a se delinear o sistema literário de São Tomé e Príncipe. Sua poesia tem pendor nativista, mas segue o modelo europeu da metrópole. Seus versos valorizam o negro sem lhe dar voz, seu olhar para as ilhas é a partir de uma perspectiva externa, nos moldes do europeu.

Marcelo da Veiga (1893-1976) surge na primeira metade do século XX e sua obra, reunida em O *canto do ossôbó* em 1989, atravessa seis décadas. A partir dos primeiros poemas líricos, românticos e de inspiração intimista, sua poética constrói um discurso de identidade cultural das ilhas. Um discurso patriota e defensor da africanidade, de denúncia da precariedade social, dos abusos do colonialismo. De 1935, seu poema "África é nossa!" é uma veemente defesa da independência.

De 1942, o primeiro livro de Francisco José Tenreiro (1921-1956), *Ilha de nome santo*. Considerado o primeiro poeta da Negritude de língua portuguesa, também é de contestação social a sua poética, Tenreiro é uma das figuras de proa entre os jovens estudantes na metrópole. Com Mário Pinto de Andrade (1928-1990), Agostinho Neto e Amílcar Cabral, dá novo impulso à dinâmica cultural dos estudantes com conferências e discussões de questões africanas no Centro de Estudos Africanos, criado em 1951 em Lisboa.

Publicações da Casa dos Estudantes do Império (CEI) revelam outros poetas, como Alda do Espírito Santo (1926-2010), Tomaz Medeiros, Maria Manuela Margarido (1925-2007). Apesar de reivindicar a liberdade e a independência, esses poetas se alinham mais com a utopia da identidade, influenciada pela Negritude, do que propriamente com a poesia de combate. Nesse ponto é interessante lembrar que a guerra contra o domínio português, como em Cabo Verde, se deu fora das ilhas, no interior do continente africano, o que se constitui em vivência diversa da de Angola, Guiné-Bissau e Moçambique.

Com a independência em 1975, a poesia celebra a revolução. Passado esse período, dedica-se a uma releitura da história, a temas universais, e passa a fazer uso da metalinguagem. Aos nomes aqui citados, juntam-se novos poetas, como Carlos do Espírito Santo e, mais tarde, Conceição Lima, cujo primeiro livro, *O útero da casa*, apresenta uma produção poética de teor mais reflexivo.

A produção literária no gênero narrativa é modesta. Alguns exemplos significativos são os livros *Fortunas d'África* (contos), de Manuel Récio e Domingos S. de Freitas, de 1933, *Novela africana*, de Julião Quintinha (1886-1968), também de 1933, e *Maiá Pòçon* (contos), de Viana de Almeida (1903-?), de 1937, todos considerados representantes de uma prosa de ficção colonial.

Já com um discurso próximo à estética ideológica da poesia nacional, temos dois contos de Alves Preto (que se diz ser o pseudônimo do poeta Tomaz Medeiros) publicados em Lisboa pela CEI, na revista *Mensagem*, em 1959: "Um homem igual a tantos" e "Aconteceu no morro". E de 1960 temos o romance *O menino entre gigantes*, de Mário Domingues (1899-1977), radicado em Portugal, que discorre sobre a vivência de um menino mulato em Lisboa.

Finalmente, temos a ficção de Sum Marky (1921-2003) (pseudônimo de José Ferreira Marques), que relaciona os conflitos coloniais e explora os temas da roça, das potencialidades econômicas da colônia, da mestiçagem, multirracialidade e das diferenças culturais. Entre os vários romances de Sum Marky temos *Vila Flogá*, de 1963, e *Crônica de uma guerra inventada*, de 1999, esse tendo como tema o massacre de Batepá. Tal massacre, resultado de um confronto com os portugueses em 1953, configurou-se na chacina de oitocentos a mil negros nativos de São Tomé que se recusavam ao trabalho nas roças sob o regime de *contrato*, o qual fazia com que os homens levados de outras colônias portuguesas se tornassem reféns das ilhas. O dia 3 de fevereiro é hoje feriado nacional por ter sido data do massacre também registrado por Alda do Espírito Santo, para não esquecer nem deixar esquecer, no poema "Onde estão os homens caçados neste vento de loucura", do livro *É nosso o solo sagrado da terra: poesia de protesto e luta* (1978).

Ainda é difícil encontrar publicações brasileiras de autores são-tomenses. Como fizemos para Cabo Verde, indicamos fontes online para consulta de aspectos da literatura de São Tomé e Príncipe e outros países africanos de língua portuguesa no capítulo 5 desta obra.

2.4 UM BREVE CONTEXTO HISTÓRICO DE TIMOR LESTE

Situado no sudeste da Ásia, Timor Leste — oficialmente República Democrática de Timor Leste — é apenas uma parte da ilha de Timor, pertencente ao arquipélago da Indonésia, a alguns quilômetros ao norte da Austrália. Os portugueses por lá chegam no início do século XVI, mais precisamente por volta de 1512-1514, atraídos pelos recursos naturais. Permanecem até 1975, quando os timorenses do leste, liderados pela Frentilin (Frente Nacional de Libertação do Timor Leste), proclamam sua república logo após a administração portuguesa ter abandonado a ilha, depois de uma curta guerra civil com os setores locais que desejavam a reintegração com a Indonésia. Para a ONU, permanece como território português por descolonizar até 1999.

Poucos dias após a independência, em 1975, é invadido pela Indonésia, que passa a considerá-lo uma de suas províncias (Timor Timur). O impasse é decidido em 1999, por meio de um referendo organizado pela ONU, no qual 80% do povo opta pela independência. A ONU, então, ocupa o país e Xanana Gusmão, líder da resistência timorense, é libertado.

A causa de Timor Leste ganha maior repercussão e reconhecimento mundial em 1996, quando o bispo Carlos Ximenes Belo e José Ramos Horta recebem o Prêmio Nobel da Paz. Nelson Mandela, por sua vez, contribui para aumentar a pressão a favor de uma solução negociada para a independência, ao visitar na prisão, em 1997, o líder da Frentilin, Xanana Gusmão.

Em 2001, novas eleições consagram Xanana Gusmão como presidente e, em 2002, Timor Leste firma-se totalmente independente. Hoje, o país é uma república democrática parlamentarista.

Somando-se ao tétum e ao português, que são os idiomas oficiais, o indonésio e a língua inglesa são consideradas línguas de trabalho pela atual constituição de Timor Leste.

2.4.1 A literatura timorense

A literatura timorense é, ao mesmo tempo, reflexo da situação política do território e afirmação da sua identidade. Como os países africanos de língua portuguesa, Timor Leste é constituído por várias etnias e sua literatura tem raiz na oralidade. Do período colonial, quando é inaugurada uma literatura escrita, temos registros de missionários católicos, seguidos de monografias, memórias, dicionários e livros de orações em línguas locais da autoria de religiosos, militares, administradores, viajantes e deportados. Trata-se de uma literatura de um ponto de vista exótico, a partir de um referencial estrangeiro. Representante desse gênero é *Caiúru* (1939), de Grácio Ribeiro

(1910-?), novela de teor autobiográfico que conta o idílio entre um jovem comunista deportado por atividades políticas contra o regime fascista em Portugal e uma *nona*, ou jovem nativa, de nome Caiúru.

Como representantes de uma literatura pós-colonial, temos *Corpo colonial* (1981), da portuguesa Joana Ruas, romance com forte crítica aos males do colonialismo, e *Uma deusa no "inferno" de Timor* (1980), de Francisco A. Gomes, que deprecia o que seja português e exalta o que é timorense, praticamente uma narrativa de remorso. Destacamos, ainda, *A nona do Pinto Brás*, novela timorense (1992), de Filipe Ferreira, ambientada no fim da administração colonial portuguesa e cujo autor demonstra um maior conhecimento da cultura e história timorenses.

São escassos os autores nacionais a se dedicarem ao romance. Ponte Pedrinha, pseudônimo de Henrique Borges, lança *Andanças de um timorense*, em Portugal, em 1998, com prefácio do moçambicano José Craveirinha. A obra trata da desobediência, por parte de um casal de noivos, a uma lei da tradição, a qual define que a noiva deve passar sua primeira noite com um tio do noivo. Porém, o mais conhecido dos autores timorenses é Luís Cardoso, com colaboração dispersa por jornais e revistas e quatro romances publicados: *Crônica de uma travessia: a época do ai-dik-funam* (1997); *Olhos de coruja, olhos de gato bravo* (2001); *A última morte do coronel Santiago* (2003); *Réquiem para o navegador solitário* (2007). Esse último, publicado no Brasil em 2010, leva o leitor a uma viagem por terras timorenses. São duas as personagens com destaque no romance: a pequena ilha do Pacífico, com seus conflitos étnicos e políticos, e Catarina, uma jovem que leva, em sua bagagem, o sonho de uma história de amor e o relato de viagem, publicado em 1929, do navegador Alain Gerbault, francês que empreendeu circunavegação solitária, em um barco pequeno, e veio a morrer em 1941 em Díli, capital do Timor Leste.

Na obra de Luís Cardoso fundem-se o maravilhoso e o fantástico do imaginário timorense. O próprio autor declara julgar a tradição oral o grande manancial da literatura timorense, que é preciso trazê-la para a escrita. Diz que na literatura oral estão mitos e ritos, as tradições e todo um imaginário de identidade.

No campo da poesia, um representativo autor timorense é Fernando Sylvan (1917-1993), pseudônimo de Abílio Leopoldo Motta-Ferreira. O essencial de sua obra poética está reunido em *A voz gagueira de Oan Timor* (1993). Para o autor, que foi para Portugal ainda criança, a terra natal é motivo constante de uma poesia que também conta com motivos mais universais, como a celebração do amor e da mulher amada.

Enterrem meu coração em Ramelau é uma coletânea publicada em 1982, em Luanda, pela UEA, que reúne poetas timorenses. Nessa coletânea, junto com Fernando Sylvan, encontram-se, dentre outros, Jorge Lautén, Borja da Costa (1946-1975) e José Alexandre Gusmão, mais conhecido como Xanana Gusmão,

O livro *Mar meu: poemas e pinturas*, publicado em 1998 com prefácio do moçambicano Mia Couto, reúne poemas de Xanana Gusmão, escritos na prisão no período de 1994 a 1996. Xanana Gusmão, em 1973, ainda em tempos coloniais, do Timor Português, havia recebido o Prêmio Revelação da Poesia Ultramarina.

Outros nomes de poetas: Jorge Barros Duarte; João Aparício, com os livros *À janela de Timor* (1999) e *Uma casa e duas vacas* (2000); Kay Shaly Rakmabean, com *Versos do oprimido* (1995); Abé Barreto; Crisódio Araújo; Celso Oliveira.

Em 2000, quando de sua vinda para a 16ª Bienal Internacional do Livro em São Paulo, o bispo Ximenes Belo declara ao jornal *Folha de S.Paulo*, em entrevista constante de nossa bibliografia, que "o Timor passa por uma fase lenta de reconstrução e toda a literatura do país foi destruída pela invasão da Indonésia, no ano passado".

Esclarecemos que a invasão da Indonésia a que o bispo se refere, aqui, datada de 1999, diz respeito à reação violenta da Indonésia à manifestação, nas urnas, do desejo de independência e liberdade por parte da população de Timor Leste, quando da votação do referendo sobre a independência do território. O bispo declara, ainda, que "todo o acervo literário e escolas foram arrasados", mas que "as tradições da oralidade se mantêm fortes, deixando a tradição do país viver". Esse é o cenário que levou muitos escritores e poetas à diáspora.

A literatura timorense, aos poucos, tem sido resgatada e revigorada tanto no país quanto na comunidade lusófona. Destacamos outros nomes, além dos já citados: Afonso Busa Metan, Albina da Costa, Antonio e Teresa Oliveira, Apolinário Guterres, Armindo da Costa, Crisódio Marcos, Cristina Lopes, Felizardo Guerra, Filomena de Almeida, Fitun Fuik, Francisco Fernandes, Helena Monteiro, José Barros Duarte, Luís da Costa, Marçal de Andrade, Maria Alice Branco, Martinho Branco, Paulo Quintão da Costa, Ramehana Ailatan, Armindo da Costa Tilman. Lembramos, ainda, um escritor português que viveu alguns anos em Timor e produziu obras de grande qualidade: Ruy Cinatti.

Portugal é o maior responsável por publicações de autores timorenses de língua portuguesa. No Brasil, o livro *Timor Leste: este país quer ser livre* reúne poemas, contos e crônicas de alguns autores; o livro data da época em que o país ainda estava em luta.

E, para os que quiserem aprofundar seus conhecimentos sobre Timor Leste, dois livros publicados no Brasil: *Queimado queimado, mas agora nosso!* (2002), de Rosely Forganes, e *Brava gente de Timor: a saga do povo maubere* (1997), de Mauricio Waldman e Carlos Serrano. E mais um, publicado em Portugal: *A ilha das trevas*, de José Rodrigues dos Santos.

3. Cruzando oceanos: intertextualidades

Cruzar oceanos é criar um encontro, uma conversa entre os escritos, as produções literárias. Nada como um *intertexto*, um diálogo entre textos e autores. E entre mares e países diferentes. Na intertextualidade, brincamos de misturar e de associar uma criação escrita de um autor com uma criação escrita de outro autor. Podem ser textos do mesmo país, de países diferentes e até do mesmo autor. O que importa é criar uma conversa, um diálogo, inventar um pretexto.

Experimente fazer isso com os textos e os autores que você aprecia. Por que será que você fez essa escolha? Uma das coisas boas da literatura é essa possibilidade de associarmos criações literárias diversas (contos, crônicas, poemas, dramas, romances...), de fazermos uma inter-relação, uma ponte, em que um tema ou assunto possa ser pensado em alinho com contextos diversos. Nossas ideias e experiências também podem entrar na associação livre que faz fluir as fantasias e as sensações que a literatura nos traz.

Se você trabalha como educador, como educadora, experimente também propor aos seus colegas ou aos seus alunos um exercício de intertextualidade, algo livre, para ser pesquisado, para que cada leitor possa fazer o seu tecido: com linhas e cores diferentes. Vocês podem contar com as produções literárias e com letras de música, poesia de cordel, reprodução de uma pintura ou escultura etc. No fim, a consolidação do trabalho é o grande intertexto de todos, que, no fundo, é a trama da própria vida: as experiências de um e de outro, as leituras de um e de outro...

Faça as suas escolhas e vamos cruzar os oceanos: as literaturas de língua portuguesa trazem uma riqueza magnífica de linguagens, de abordagens, de sintaxes, de musicalidades... Navegue você também pelas letras lusófonas!

Trazemos aqui alguns temas que nos parecem correntes nas literaturas lusófonas e também universais. Nosso diálogo vai se debruçar sobre o amor, o erotismo, o exílio, o mar, a melancolia, a morte/os mortos, a violência/a guerra, a linguagem, a infância e a memória/o tempo. Selecionamos algumas obras em prosa (romances, contos, novelas), poemas (versos destacados) e versos de canções da música popular brasileira. Alguns textos com assuntos de caráter universal poderiam estar contemplados em um tema e em outro, como contos de Guimarães Rosa, poemas de Fernando Pessoa e contos de João Melo. A seleção que fizemos é meramente ilustrativa, não esgota interpretações nem a possibilidade de intertextualidades que a literatura tem.

3.1 PELO VENTO

Como definir o amor? Com o poeta português Luís de Camões, que eternizou as artes de amar? Com o poeta mineiro Carlos Drummond de Andrade, que desde os primeiros versos abordava o amor? Com o poeta português Fernando Pessoa, que colocava suas dúvidas existenciais? Com o *poetinha* carioca Vinicius de Moraes, com seus sonetos apaixonados? Com a poetisa angolana Paula Tavares, dona de uma lírica densa? Com o poeta gaúcho Mário Quintana, que indaga, faz pensar? Todos eles e muitos outros cantaram o amor. E você, conhece quais poemas e autores que abordaram o amor?

Cada poeta cria com palavras próprias uma definição sobre o amor. Ou uma indefinição? É possível falar sobre o que é o amor? Há quem diga que amor não se conceitua, se vive. Amor se inventa e se traduz na paisagem, na natureza, no tempo... O amor escapa às definições. Então, mãos à obra e vamos viver um pouquinho da magia dos versos de amor.

O amor é um dos temas mais universais e presentes nas literaturas. Seja a paixão, os ciúmes, a idealização, a traição, o amor está na prosa, está na poesia. Nas crônicas, nos poemas, nos contos, nos romances, nos dramas. O amor pede palavra, pede som, suspiro, gemido, musicalidade, troca de olhar, coração disparado... O amor ocupa espaço, se derrama, vai além das ondas e das montanhas.

Drummond foi um dos poetas brasileiros que abordou as razões do amor em sua poesia. Amor entre duas pessoas, amor à vida, amor a si próprio, amor à poesia... Procure ler o poema "As sem-razões do amor", da obra *Corpo*, de 1984.

Esse poema foi publicado numa fase mais madura da vida do poeta. Na obra *Corpo*, o poeta se entrega às questões da alma, do corpo e do amor. De caráter existencialista, o poema nos faz pensar na vida e na morte. Também nos provoca um questionamento com os muitos amores que vivemos, com a própria gratuidade do amor que se instala independentemente de ser ou não correspondido, com a solidão do amor, que independe do ser amado para existir. São sem-razões ou cem razões?

Conheça também o soneto "Amor e seu tempo", da obra *As impurezas do branco*, de 1973. O poeta fala da necessidade da maturidade para sabermos amar. O tempo se presentifica e garante que é no tarde que começamos a amar, ou seja, a redescobrir a vida. Isso significa que o amor pode começar em idade madura, como uma consequência do que aprendemos, do que perdemos. O amor maduro prescinde de *toda ciência* em favor do sentir, a relação com a vida vai além dos valores de subsistência.

Em outro poema, "Amar", da obra *Claro enigma*, de 1951, dos primeiros anos de Drummond como escritor, sentimos versos cheios de musicalidade, com um jogo lúdico de palavras: amar, mal amar, desamar... A questão existencial aparece quando o poeta coloca o sentimento amoroso como algo por conta do destino. O amor do poeta ultrapassa o corpo, a sexualidade, o erotismo. É um amor pela vida, que move nossos corpos e nossa subjetividade. É pura energia de vida. Algo que não medimos, não controlamos. Algo que nos acontece.

Sá de Miranda (1481-1558) introduziu, em Portugal, o soneto (poema com métrica), que foi assegurado por Luís de Camões, o maior poeta lírico do Classicismo português. Seus sonetos ficaram mais conhecidos na sua produção lírica, com um destacado gosto pela delicadeza do sentimento amoroso; com musicalidade; com rigor na criação e equilíbrio na agudeza conceitual e perfeição da forma. Seguiu regras de imitação; obedeceu ao princípio da métrica, com referência no poeta italiano Petrarca.

Camões fez um belo uso da brevidade do soneto — dois quartetos e dois tercetos — com apurada concentração sentimental, sob a forma de tese-antítese e um desfecho conclusivo que busca uma unidade. Sua linguagem condensada no verso decassílabo utiliza as palavras precisas, com controle da razão, mesmo quando o tema é perturbador, como o amor. Vejamos:

"Amor é fogo que arde sem se ver"

Amor é fogo que arde sem se ver;
É ferida que dói e não se sente;

É um contentamento descontente;
É dor que desatina sem doer;

É um não querer mais que bem querer;
É solitário andar por entre a gente;
É nunca contentar-se de contente;
É cuidar que se ganha em se perder;

É querer estar preso por vontade;
É servir a quem vence, o vencedor;
É ter com quem nos mata lealdade.

Mas como causar pode seu favor
Nos corações humanos amizade,
Se tão contrário a si é o mesmo Amor?

Seu soneto traz paradoxos, como é o sentimento amoroso. Fala de algo no corpo, nos sentidos, que dói, que cicatriza, que deixa marcas. O sentimento, como nos poemas de Drummond, é de que o amor é inevitável, sentimento maior.

A angolana Paula Tavares — ou Ana Paula Tavares — tem seis livros de poemas reunidos em *Amargos como os frutos: poesia reunida*. Seus poemas mesclam tradição e modernidade, em uma dicção feminina; seus versos, avessos ao excesso, são força e delicadeza.

São de 1999 os dois poemas sem título de *O lago da lua* de que trataremos aqui. O primeiro começa com o seguinte verso: "O meu amado chega e enquanto despe as sandálias de couro"; o segundo: "Não conheço nada do país do meu amado".

Os dois poemas são um canto de lamento, choram a separação do ser amado. No primeiro, o amor em visita deixa marcas que remetem a árvores e seiva. A árvore, nas culturas africanas, é um eixo sagrado por onde se interligam os vários planos da existência, é onde os vivos e os mortos se encontram, por onde circula a vida. Ficam as sandálias, sonho de um caminhar, as sandálias por meio das quais o homem firma seu contato com a terra. E é ele quem tem autonomia para ir e vir, transitar pelos espaços, o espaço do corpo da amada e os espaços geográficos.

A descendência de Paula Tavares mescla as origens portuguesas da mãe e as *cuanhamas* de sua avó paterna. Os *cuanhamas* (*kwanyamas*) são uma etnia do sul de Angola, habitantes de uma zona vizinha à província de Huíla, no sudoeste angolano, onde a poetisa nasceu na cidade do Lubango.

Desde seu primeiro livro há a marca da cultura *cuanhama*. Em *Ritos de passagem* (1985), incluído na coletânea *Amargos como os frutos*, no poema de título "Rapariga" encontra-se a alusão à *tábua de Eleykessa*, uma tábua corretora que obrigava, nessa etnia, as meninas e moças a uma postura ereta. Nesse poema, o sujeito poético declara sua pertença ao "clã do boi", os *cuanhamas*, esse povo pastoril. Pois as sandálias do amado são de couro de boi, o perfume que marca as fronteiras do quarto da amada. As sandálias são uma marca desse homem.

No ano de publicação desses poemas, 1999, ainda corre a guerra civil em Angola. A guerra pode ser um motivo de separação dos amantes, situação que se mantém no segundo poema. A guerra promove uma cisão no país e cisão é o que, igualmente, se manifesta no movimento dos dois amantes, um que permanece ligado à terra e às tradições enquanto o outro se desenraíza e se afasta dessas tradições, o que podemos ver em mais um trecho do poema, no qual o ser amado já não identifica a natureza e sua ordem, colheita, pássaros, manhã.

Na impossibilidade, o amor é dor e espanto. No poema, os dois amantes estão nesse contexto de guerra.

O poema que dá título ao livro *Dizes-me coisas amargas como os frutos*, de 2001, traz de novo a separação dos amantes. O ser amado chega irreconhecível, traz a marca da morte nos olhos. E a palavra morte é a impossibilidade de encontro. O ser amado perdeu a força da tradição, da sua identidade, perdeu sua maneira de falar, já nem sabe os provérbios, o que se trata de forte alusão à tradição oral. Laura Padilha, em *Entre voz e letra: o lugar da ancestralidade na ficção angolana do século XX*, nos diz que os provérbios são muito populares em Angola, como em toda a África, sendo a peça de resistência pela qual se sedimenta o edifício da sabedoria angolana.

Já no livro *Como veias finas na terra*, de 2010, muitos anos depois, um poema de amor, também sem título, fala de encontro. Sendo o verso inicial "Segura para mim o tempo", o pedido do ser amado ao sujeito poético é acompanhado por um movimento de mão pleno de vida. Luz e sombra, o erótico marca esse encontro, o corpo do amado avança ao encontro do corpo do sujeito poético. O amor, sua (im)probabilidade: encontros e desencontros.

3.1.1 Entre amores

Nas obras *Cartas a um jovem poeta* e *A canção de amor e morte do porta-estandarte Cristóvão Rilke*, de Rainer Maria Rilke (1875-1926), poeta nascido em Praga, com tradução de Cecília Meireles e Paulo Rónai, conhecemos 10 cartas dirigidas a um poeta desconhecido, Franz Xaver Kappus, escritas entre 1903 e 1908. Nas cartas sete e oito, Rilke fala do amor e da solidão, da tristeza e do ensimesmar. Aconselha ao poeta lidar com a tristeza, respeitar o silêncio e entender que o amor é coisa para os maduros:

> (...) o amor, por muito tempo e pela vida afora, é solidão, isolamento cada vez mais intenso e profundo. O amor, an-

tes de tudo, não é o que se chama entregar-se, confundir-se, unir-se a outra pessoa. Que sentido teria, com efeito, a união com algo não esclarecido, inacabado, independente? O amor é uma ocasião sublime para o indivíduo amadurecer, tornar-se algo em si mesmo, tornar-se um mundo para si, por causa de um outro ser (...)

Quando lemos as palavras de Rilke, as de Drummond dos poemas sugeridos anteriormente e as do soneto de Camões, notamos que o amor é algo que se constrói, se amadurece, que extrapola a relação amorosa, que está além da nossa capacidade de unir-se a alguém. O amor é uma energia de vida, de renovação dos sentimentos de bem querer, de cuidar de si, para depois, então, cuidar do outro. Junto com o amor, chegam também o sofrimento, a dor, a frustração, o perceber-se só.

Por falar em dor, recorremos aos poemas de Paula Tavares como produtos de uma tristeza, de uma perda. Há um amor interrompido, um desejo, algo que não se realiza. E isso associado à pátria, à poesia. Muitas são as abordagens amorosas na poesia.

É inevitável viver esse sentimento que nos arromba o coração, não pede permissão, chega sem avisar. Há autores da língua portuguesa cujas obras tratam do amor. Na poesia: os poetas do Arcadismo brasileiro (Cláudio Manuel da Costa e Tomás Antônio Gonzaga), Mário Quintana, Fernando Pessoa, Vinicius de Moraes, Cecília Meireles, Adélia Prado...

E na prosa: Machado de Assis (com *Dom Casmurro* e em diversos contos); Clarice Lispector (*A paixão segundo GH* e diversos contos e crônicas); Lygia Fagundes Teles (*A disciplina do amor*); Marina Colasanti (*E por falar de amor*); Nélida Piñon (*A casa da paixão*) e Nelson Rodrigues (*O casamento*).

No Brasil, temos a obra *Poemas de amor*, de Fernando Pessoa, organizada por Alexei Bueno. Embora a temática amorosa não seja numericamente significativa na obra do poeta português, devemos considerar os poemas em que ele reflete sobre esse sentimento tão universal e imprevisível. A obra reúne versos de Pessoa e de seus heterônimos Alberto Caeiro, Ricardo Reis e Álvaro de Campos.

Na literatura para a juventude, temos obras de Lygia Bojunga em que o sentimento amoroso é arrebatador, como em *Aula de inglês*. A paixão de um professor de inglês pela sua aluna o leva a fazer uma viagem a Londres não programada. Como um sentimento que nos cega, nos move a fazer coisas impensadas, o amor pode afetar uma pessoa e não tocar a outra que é desejada. É o que acontece nesse romance, que nos mostra como, muitas vezes, amamos a pessoa que não nos ama.

Na letra de música *Flor da idade* (1975), de Chico Buarque, temos uma última estrofe que canta o não encontro amoroso. Ou seria assim mesmo? Um que ama o outro, mas que ama um terceiro, e assim sucessivamente:

> Carlos amava Dora que amava Pedro que amava
> tanto que amava
> a filha que amava Carlos que
> amava Dora que amava toda a quadrilha

Essa letra, inspirada no poema "Quadrilha", de Drummond, mostra os desencontros e uma quadrilha que, no fim, dá conta de desenrolar os desejos, os amores, os ciúmes, as infidelidades, as paixões, que é a quadrilha da própria vida, que nos leva e não deixa parar de amar. Nem que seja para sonharmos com o outro. Alguns versos do poema:

> João amava Teresa que amava Raimundo
> que amava Maria que amava Joaquim que amava Lili
> que não amava ninguém.

3.2 NAS ENTRANHAS

Na pele, na alma, no corpo... As palavras chegam, se derramam e representam gestos, sonhos, pesadelos, sentimentos. Amor, prazer, sensações... O erotismo é marca presente nas literaturas de língua portuguesa.

No Brasil, destacamos a obra de Jorge Amado, principalmente a trilogia *Gabriela, cravo e canela*, *Tieta do Agreste* e *Dona Flor e seus dois maridos*. A questão feminina é trabalhada juntamente com as questões de submissão, num mundo dominado por homens. As mulheres divulgam seu rosto, seu corpo, sua nudez, ganham voz e assumem, nessa trilogia, um papel pouco conservador, que transgride as leis sociais e familiares.

São mulheres que desejam, amam e se entregam. Elas traem, têm mais de um homem, são fêmeas. Os romances de Amado foram adaptados para o cinema, para a televisão e para o teatro. Suas personagens retratam a mulher brejeira, cobiçada, das cidades pequenas na Bahia. São mulheres desejantes, sujeitos de sua existência. Transitam na cozinha, na casa, na cama, na vizinhança. A comida, o sexo, a cobiça, o prazer do corpo: tudo isso está nos romances do autor baiano, com o sincretismo religioso, a cultura popular e a ginga do malandro.

Fabrício Carpinejar, escritor contemporâneo, do Rio Grande do Sul, tem se destacado por sua produção de crônicas e poemas. *Mulher perdigueira: crônicas* traz amor, paixão, raiva, preconceito, erotismo. Vencedor do Prêmio Jabuti da Câmara Brasileira do Livro (CBL), em 2009, na categoria contos e crônicas, Carpinejar é artista da prosa e do verso, detentor de inúmeros prêmios nacionais. Marca presença em diferentes meios de comunicação virtuais e redes sociais — site, blog, orkut, twitter — com suas palavras ácidas e também líricas; além da forte presença em debates, mesas redondas e encontros com o público leitor.

Suas crônicas carregam alegrias e tristezas, dores, dissabores, amores... Na crônica, Carpinejar faz poesia em versos aguçados de metáforas. O que há de singular no seu texto é o olhar que empresta às situações sem importância, às pessoas desconhecidas, às cenas aparentemente banais. Ele inventa uma língua, cria cenários cheios de afetos, de humor, de graça. Transforma o óbvio em algo sublime, singular. Dá voz ao silêncio, inventa espaços possíveis de associação para quem lê sua obra. Dá forma ao que não está visto.

Coletânea com 125 crônicas a favor das mulheres, como notamos logo na epígrafe de abertura: "Se uma mulher faz um barraco, pode ter certeza de que foi o homem que trouxe a favela." As narrativas trazem o olhar de um homem sobre as mulheres: é assim que o escritor disseca a alma feminina.

A capa, a partir de uma foto de uma mulher nua de costas, é provocativa. Não traz um rosto, é um corpo de mulher. Traz curiosidade, instiga a pensar. Que mulher perdigueira seria essa? Como não terminar o namoro? De que adianta esperar? São algumas das questões trazidas pelas crônicas que não nos deixam calar os pensamentos.

Em outras obras o autor se debruça sobre o erotismo, como algo que faz parte da relação amorosa e das relações sociais e profissionais, em aspectos como o desnudamento, a atração, o olhar, o ser desbocado, a falta de escrúpulos, o exibicionismo: *O amor esquece de começar*, de 2005; *Canalha!*, de 2008, e *Borralheiro*, de 2011.

Carlos Drummond de Andrade, além dos poemas de amor, nos deixou também poemas carregados de erotismo. Alguns deles foram publicados após a sua morte, na obra *O amor natural*, de 1992. Conheça o poema "A língua lambe", no qual o poeta brinca com a sonoridade da língua, cria movimentos labiais, simula um ato de amor. A língua da fala é a língua que beija e faz parte do ato de amar. Seu poema tem ritmo e cadência. Faz uso de aliterações e de imagens, ao nos transportar para o ato amoroso. Os sentidos ficam à flor da pele.

Vejamos agora o poema "Pele", do português David Mourão-Ferreira:

> Quem que à tua pele conferiu esse papel
> De mais que tua pele ser pele da minha pele

Há um sentido de posse, de fusão. Em dois curtos versos, três vezes aparecem pronomes pessoais. O poeta se reflete na amada. A pele como um papel. A pele tendo um papel, a pele sendo um papel.

Da mesma obra, destacamos os sonetos "A boca As bocas"; "O dedo Os dedos" e "O corpo Os corpos". Nesses poemas, amor e erotismo se fundem como uma ponte que tenta falar da realidade, do silêncio, do corpo, da existência. A aproximação desses três sonetos nos conduz a um passeio por partes do corpo para, depois, chegar até ele: o corpo, o poeta, o poema. Notamos aí um erotismo mais associado ao narcisismo, à descoberta de si próprio, da natureza e da vida. Um erotismo que pode ser associado também ao fazer poesia, ao criar o poema, num processo de metalinguagem:

"A boca As bocas"

> Apenas uma boca A tua boca
> Apenas outra, A outra tua boca
> É Primavera E ri a tua boca

"O dedo Os dedos"

> Percorre-te por dentro Encontra dedos
> os dedos que por dentro de ti dedos
> mais dentes são gengivas do que dedos

Mas eis de novo dedos dedos dedos
apertando em seus dedos ah tão dedos
o dedo mais que dedo dos meus dedos

"O corpo Os corpos"

Não indagues agora se o meu corpo
se contenta só corpo no teu corpo
ou se busca atingir todos os corpos
que no fundo residem num só corpo

E mais um trecho de um poema de Mourão-Ferreira, que traz imagens carregadas de erotismo, de paixão:

"Ternura"

Desvio dos teus ombros o lençol,
que é feito de ternura amarrotada,
da frescura que vem depois do sol,
quando depois do sol não vem mais nada...

Olha a roupa no chão: que tempestade!
Há restos de ternura pelo meio.

Esse último poema é, declaradamente, um poema erótico, associado ao ato amoroso, à cópula, ao encontro de pessoas que acabaram de amar. Os sentidos estão à flor da pele de quem ama e de quem o lê.

Na obra *Os grão-capitães* (coletânea de contos e novelas), do português Jorge de Sena (1919-1978), temos o conto "A Grã-Canária", que conta uma história brutal entre marinheiros e prostitutas. O centro semântico da narrativa é a própria ilha, como a Ilha Mágica, de *Os Lusíadas*, uma ilha do amor. A ilha é a metáfora da catarse, dos recalcamentos, das misérias, dos abandonos, como no tempo de Camões. Como um corpo, a ilha recebe as pessoas, as disputas, é palco de amores e de vinganças. Um fundo erótico nessa narrativa abre para um mergulho na história, na política e na intertextualidade com *Os Lusíadas*. Outra obra de Jorge de Sena que é atravessada por um fundo erótico, com contextualização histórica é *Sinais de fogo*, que foi adaptada para o cinema.

E agora um poema do angolano Zetho Cunha Gonçalves, da obra *A palavra exuberante*:

"O aparo caligráfico dos sons"

Para o poema me debruço —
ponto de interrogação, espaço
do espanto. Encantamento, desilusão.

Dedos para rasgar, recomeçar.

Ponto final ou vírgula, vogal ou consoante,
Aliteração ou metáfora, verbo ou substantivo.
Eis a indecisão desta escrita —

prazer e angústia. Desespero
e festa. Matéria do olhar — texto,
vertigem.

Aqui te testo, te texto. Para ferir
ou matar, enfeitiçar.

O aparo caligráfico dos sons.

De que fala o poeta? Do poema? Da escrita? Do amor? Zetho utiliza palavras e um movimento erótico para falar da metalinguagem, do fazer poético, das dúvidas de quem escreve. E do exercício de escrever poesia que é como o exercício de amar: impõe-nos sentimentos desconhecidos, nos arrebata, nos mergulha em fundo amor. Isso nos faz pensar na poesia, como a arte das palavras encantada pelas musas, que inspiravam os poetas. Daí, haver nas entrelinhas algo muito próximo ao amor e à paixão.

A seguir um poema de Adélia Prado, da obra *Bagagem*, para conversar com o poema de Zetho:

"Sedução"

A poesia me pega com sua roda dentada,
me força a escutar imóvel
o seu discurso esdrúxulo.
Me abraça detrás do muro, levanta
a saia pra eu ver, amorosa e doida.
Acontece a má coisa, eu lhe digo,
também sou filho de Deus,
me deixa desesperar.
Ela responde passando
língua quente em meu pescoço,
fala pau pra me acalmar,
fala pedra, geometria,
se descuida e fica meiga,
aproveito pra me safar.
Eu corro ela corre mais,
eu grito ela grita mais,
sete demônios mais forte.
Me pega a ponta do pé

e vem até na cabeça,
fazendo sulcos profundos.
É de ferro a roda dentada dela.

E um outro poema de Adélia da mesma obra citada:

"Uma vez visto"
Para o homem com a flauta,
sua boca e mãos,
eu fico calada.
Me viro em dócil,
sábia de fazer com veludos
uma caixa.
O homem com a flauta
é meu susto pênsil
que nunca vou explicar,
porque flauta é flauta,
boca é boca,
mão é mão.
Como os ratos da fábula eu o sigo
roendo inroível amor.
O homem com a flauta existe?

Um poema de Marina Colasanti, que dá título à obra *Fino sangue*:

Gosto de poema
que fala de ovo frito
latido de cão
e cheiro de queimado.
Poema que com pequenos cortes

vara as coisas pequenas
fura a casca
o odre
rasga a placenta
e deixa gotejar
o fino
sangue.

Nos poemas dessa obra de Marina, nos deparamos com cortes, com rasgos, com feridas, com paixões. O corpo e a pele. A paixão e o erotismo. A escrita e a sedução. A poesia que penetra nas palavras, nos sentidos e na pele, que atesta sentimentos e percepções contemporâneas sobre as pessoas, o amor e a escrita.

Outros autores e suas obras que tratam da questão do erotismo: o português José Rodrigues Miguéis (1901-1980), com o conto "Agnés, ou o amor assexuado", da obra *Passos confusos*; José Régio (1901-1969), com o conto "A mulher do vestido cor de fogo", da obra *Histórias de mulheres*.

De Moçambique, Paulina Chiziane se considera, na verdade, uma contadora de histórias; diz ser alguém que escreve livros com muitas histórias, grandes e pequenas. Em entrevista ao site moçambicano de literatura Maderazinco, a autora declarou não ser diferente das mulheres de sua terra, das mulheres do campo. Diz contar histórias da mesma forma como outras mulheres cantam e dançam. Como as mulheres mais velhas mantêm a tradição oral, ela conta histórias; a diferença, apenas, é que traz a escrita.

Em seu livro *Niketche: uma história de poligamia*, discute a condição feminina na sociedade moçambicana. Para isso, parte de *niketche*, uma dança ritual de iniciação sexual feminina, executada pelas moças quando da realização dos ritos. De alto teor erótico e sensual, a dança é originária da Zambézia e da Nampula, região norte do país, com predominância da etnia *macua*. No norte de Moçambique, a sociedade tradicional era essencialmente matriarcal; no sul, o predomínio era patriarcal. No norte, instalou-se o islamismo e o costume da poligamia; no sul, o catolicismo, defensor da monogamia.

Niketche conta a história de Tony, um alto funcionário da polícia em Maputo, e sua mulher Rami, casados há vinte anos. Rami, mulher do sul, certo dia descobre que o marido é polígamo e tem mais quatro mulheres e vários filhos. Rami decide ir atrás dessas outras mulheres, espalhadas por diferentes regiões do país.

O romance, para falar do feminino, questiona tanto valores da tradição como a assimilação de valores externos, de outras culturas e religiões. *Niketche* é descrita como uma dança que mexe e aquece, uma dança da criação ligada ao vento e à chuva. Essa é a inspiração da protagonista para se reunir com suas quatro rivais, todas amigas, para enfrentar o marido Tony. Os passos das mulheres, unidos, realizam uma dança *niketche* coletiva: as cinco se despem e carregam o homem para a cama, desafiando o poder masculino. Rami acredita que, juntas, podem somar imensa força.

O romance ainda fala da *kutchinga*, descrita como uma dança de posse do homem sobre a mulher. Em contraposição à sensualidade de *niketche*, a *kutchinga*, na tradição, é o modo pelo qual as viúvas são iniciadas na nova vida pelo cunhado mais velho, oito dias depois da morte do marido. Sobre essa dança, que é considerada como "purificação sexual", o comentário: nela, mulher alguma geme de prazer.

Na sua trajetória, Rami entra em contato com séculos de tradição e de costumes, com a diversidade de mundos e culturas que convivem em Moçambique. O romance faz uma crítica à poligamia, mas também faz um contraponto com relação à tradição: Tony é um adúltero à moda ocidental, e não um polígamo à moda africana.

Muitos autores africanos discutem a condição feminina. Em *As aventuras de Ngunga*, comentado mais adiante quando tratarmos do tema da violência, Pepetela levanta a questão do *alembamento*, como é chamado em Angola o dote que a família da noiva paga à do noivo em casamentos tradicionais arranjados. O *alembamento* também é questionado por Pepetela em *A parábola do cágado velho*, obra que dialoga com velhos mitos angolanos, conta uma história de amor em cenário de luta e retrata a guerra civil pelos olhos do homem do interior do país. Em Moçambique, esse dote é conhecido como *lobolo*.

O angolano João Melo tem livro de contos dedicado à discussão do relacionamento homem x mulher em que trata, amplamente, da condição feminina: *Imitação de Sartre e Simone de Beauvoir*. Do moçambicano Suleiman Cassamo, dois contos do livro *O regresso do morto*, "Ngilina, tu vai morrer" e "Laurinda, tu vai mbunhar", tratam da questão feminina. O primeiro narra os sofrimentos de uma moça que, contra a vontade, foi *lobolada* pela família e vê na morte a única saída para a situação de opressão em que vive. No segundo, a mulher é responsável pela subsistência da família.

De Cabo Verde, Vera Duarte funda com sua poesia um universo poético em que a mulher é sujeito de seu desejo, senhora de seu corpo e de sua linguagem. Seu livro *Amanhã amadrugada* traz belos textos — fragmentos poéticos — como exemplo.

3.2.1 Entrando nas palavras

Em relação ao erotismo, percebemos, de um lado, alguns autores que criaram textos associados à sexualidade, ao corpo, ao prazer, à atração, ao jogo amoroso. Temos, no Brasil, o exemplo dos dramas de Nelson Rodrigues. Em sua obra, o elemento erótico nos convoca a amar, a rir, a chorar. Ele nos apresenta uma cultura urbana, feita de valores que recalcamos e na qual as ordens sociais e familiares nos determinam a um convencionado bom comportamento. Ao utilizar uma linguagem bem despojada nos diálogos das personagens, Nelson Rodrigues transforma a comunicação em ato erotizado, sem pudores.

Vejamos agora um trechinho da canção "A vizinha do lado", do baiano Dorival Caymmi (1914-2008):

> Há um bocado de gente
> Na mesma situação
> Todo mundo gosta dela
> Na mesma doce ilusão
> A vizinha quando passa
> Que não liga pra ninguém
> Todo mundo fica louco
> E o seu vizinho também

Nesses versos, notamos a força da sexualidade, do corpo e do erotismo nas relações, aspectos explícitos, seja na literatura, seja na música popular. Lembramos ainda grupos de dança, bem brasileiros, que têm se dedicado a adaptar canções ou a criar espetáculos que mostram as múltiplas relações com o corpo que temos: a amorosa, a profissional, a social, a subjetiva, a física. Destacamos o grupo Corpo (fundado em 1975), de Belo Horizonte, com a primeira apresentação de "Maria, Maria", de Milton Nascimento, que circulou em 14 países com esse espetáculo. E a Companhia de Dança Deborah Colker, do Rio de Janeiro, que se dedica também à criação de espetáculos que valorizam o corpo e a subjetividade.

E há, na literatura, o erotismo mais espraiado, não focado no ato sexual nem no corpo, um erotismo libidinal, sim, mais ligado à vida, à criação, ao reconhecimento de si, do poeta, do escritor. Erotismo que pode estar associado ao próprio poema, ao fazer literatura, como vimos nos versos de David Mourão-Ferreira, de Adélia Prado e de Zetho Cunha Gonçalves.

3.3 FORA DO SEU LUGAR

O exílio é um elemento presente nas literaturas de língua portuguesa, desde os tempos das grandes navegações. O deslocar-se dos portugueses pelo oceano já se configurava uma forma de exílio, seja para o Brasil, seja para África, seja para outros mares. Os países colonizados por Portugal, cujas literaturas trazemos aqui, são nações que viveram, em momentos diferentes, seus exílios, seus isolamentos. Muitas das pessoas que vieram para o Brasil eram condenadas, degredadas, fugidas de outros países. Isso se repercute na idiossincrasia e na produção cultural que temos. O mesmo aconteceu com povos que foram de Portugal para Angola e para Moçambique.

Obras clássicas da literatura grega, como *Ilíada* e *Odisseia*, atribuídas a Homero, também configuram exílios das personagens. Na *Ilíada*, um poema épico (constituído por 15.693 versos em hexâmetro dactílico, forma de métrica poética, com uma sequência de três sílabas poéticas, a primeira longa e as duas seguintes breves), navegamos por mais de cinquenta anos da Guerra de Troia, pela ira do herói Aquiles. É considerada a obra fundadora da literatura ocidental.

Já na *Odisseia*, protagonizada pelo herói Ulisses, que regressa de uma longa viagem, temos um poema que segue originalmente a tradição oral, por um *aedo* (poeta grego da época primitiva). O poema conta com 12.110 versos no hexâmetro dactílico e foi escrito em um dialeto poético. Ulisses demora 17 anos para chegar à sua terra natal, Ítaca, depois da Guerra de Troia, que havia durado anos.

Em ambas as obras, o exílio é vivido pelos protagonistas: o deslocamento, a partida, a guerra, a viagem, a separação. E não seria também a própria literatura uma forma de nos exilarmos? No mergulho pelas letras, nos afastamos da realidade, nos entregamos em linhas ou em versos. E construímos novas possibilidades para o nosso mundo interno: nossos conflitos, medos, nossas inseguranças, certezas.

Dois irmãos, romance contemporâneo do manauense Milton Hatoum, é uma metáfora do Brasil: um país cindido, entre pobres e ricos, entre sertões e praias, entre ser uma potência e ser um país de crianças abandonadas, com fome... Na obra, encontramos: a subjetividade do brasileiro, cindida, com um imaginário povoado de sonhos e dúvidas, sucessos e fracassos. A subjetividade de homens e mulheres, numa busca constante de disputas, invejas. Algo que revela os conflitos da história e da política, num momento ainda muito atual.

Por sua vez, há metáforas das ruínas, da passagem do tempo, do declínio da cidade e da família e dos valores éticos e familiares. Acompanhamos, com Hatoum, a trajetória de uma família de imigrantes libaneses no Amazonas e seus deslocamentos para vários lugares do Brasil e para fora.

A obra traz um porto flutuante, Manaus, assim como o conhecimento de Nael é flutuante. Há um narrador para esses tempos de globalização, uma testemunha calada, cega, muda. É no romance que ele encontra voz, espaço, imaginário. Um filho sem pai, numa casa cheia de homens. Onde estaria o provedor, a lei? É o narrador que perpetua a história. Nos tempos em que os conceitos sociais e familiares são transformados, a posição das instituições formadoras é também repensada: a família, a escola, o Estado. Quem sustenta a lei?

Se, por um lado, a identidade dos dois irmãos é destruída pela família, a identidade do narrador é híbrida, prevalece e se preserva como história e memória. Há uma busca de identidade do pai, da identidade de si (narrador, personagens, leitor), da cidade, do país e da literatura (o romance). Seria o traço híbrido o que marca a literatura? O romance seria o híbrido da poesia com a prosa (conto)?

Obra que nos coloca em contato com os desmoronamentos e as falências:

- da família (como se constrói e destrói: a inveja, o ciúme, o ódio que se alastram e corroem as relações). Os incestos, os dramas familiares, a paternidade certa e incerta.
- da casa (como faz e se desfaz, a casa abandonada). Como dar conta de acabar com o que foi uma casa cheia de vida, de alegorias e de alegrias?
- da cidade (como se destaca e se despenca: o apogeu, o crescimento, a falência). Entre becos, igarapés e fundos de quintal, nos deparamos com o lado avesso, sujo, maltrapilho da cidade.
- da história (a chegada dos imigrantes, a ocupação, a tradição e o declínio das tradições). Como a história é flutuante, é móvel, se transforma.

Há um desamparo e um abandono da família, da casa, da cidade, do país. O narrador é uma espécie de testemunha que tudo vê, escuta, registra. Seu desamparo seria a sua solidão?

Há um desejo que não se realiza, ou que se realiza no outro. Onde está o desejo? Nas palavras do narrador:

> O que Halim havia desejado com tanto ardor, os dois irmãos realizaram: nenhum teve filhos. Alguns dos nossos desejos só se cumprem no outro, os pesadelos pertencem a nós mesmos.

Muitas vezes, vemos nossos sonhos se desmoronarem porque nossas mãos não os alcançam.

Por sua vez, *Vidas secas* (1938), romance do alagoano Graciliano Ramos, traz o drama dos retirantes nordestinos que perdem a plantação, os animais de estimação e até a coragem. De tempos em tempos, uma família é obrigada a se deslocar para uma área menos seca, menos acometida pelas consequências nefastas da aridez do sertão, da falta de água, de perspectivas de vida, de comunicação, de palavras. Como se restasse a literatura como espaço de denúncia, de acolhida para o sofrimento que a seca traz.

O uso econômico de adjetivos e de advérbios transmite a aridez daquela vida e do próprio relacionamento entre as pessoas: pouca conversa. A obra nos mostra a desumanização que a seca traz para as vilas, os povoados, as cidades, os seres. Os 13 capítulos que compõem *Vidas secas* podem ser lidos separadamente porque a falta de linearidade constrói uma narrativa fragmentada, sem excessos, sem gorduras. O texto é fragmentado, como é fragmentada a terra do sertão. As orações são como versos carregados de poesia. E cada capítulo é uma nova história e, ao mesmo tempo, a mesma: a daqueles que se deslocam por causa da drástica mudança no ambiente.

E agora, dentro do clima do romance de Graciliano, vejamos um trecho da canção *Último pau de arara*, de Venâncio, Corumbá e J. Guimarães:

> A vida aqui só é ruim
> Quando não chove no chão
> Mas se chover dá de tudo
> Fartura tem de montão
> Tomara que chova logo
> Tomara meu Deus tomara

E agora, um trecho de *Asa branca*, de Luiz Gonzaga (1912-1989) e Humberto Teixeira (1915-1979):

Quando "oiei" a terra ardendo
Qual a fogueira de São João
Eu perguntei a Deus do céu, ai
Por que tamanha judiação
Eu perguntei a Deus do céu, ai

Graciliano nos retrata o exílio, o isolamento dos sertanejos. E o deslocar-se deles em busca de terras mais promissoras. As perdas, as faltas, as lacunas, os vazios são experimentados na leitura. Sentimos, de fato, a seca na beleza dessa narrativa, que foi adaptada para o cinema, por Nelson Pereira dos Santos, em 1963. E Gonzagão nos faz deslocar pela música e pela aridez e sofrimento de quem vive no sertão. A situação é tão desesperadora que resta recorrer a Deus e pedir uma salvação.

O romance *A última tragédia*, do guineense Abdulai Sila, se situa nos tempos coloniais e trata da violência do poder autoritário do colonizador e da assimilação imposta aos guineenses como único meio possível de sobrevivência. Um dos aspectos denunciados pelo romance é a questão do exílio. Se, por definição, exílio é sinônimo de degredo, desterro, expatriação forçada ou voluntária, o sistema colonial comporta dois exílios: o do colonizador e o do colonizado. Entendemos, pelo estudo de Albert Memmi, em *Retrato do colonizado precedido pelo retrato do colonizador*, que o europeu foi levado a expatriar-se e a persistir no seu exílio não pelo simples gosto pela aventura ou pelo exótico, mas porque a expatriação colonial era, antes de mais nada, bastante lucrativa. Mudava-se para a colônia em troca de ordenados altos, carreiras mais rápidas, negócios rentáveis. Para a colônia eram levados os costumes da metrópole, então impostos aos colonizados. Para a metrópole o colonizador se dirigia em viagem de férias, para a metrópole mandava seus filhos para estudar. O temor se configurava em não reencontrar o país de origem quando de seu retorno, não ser acolhido de volta. A pátria passava a ser um meio de caminho, lugar imaginado — uma terceira margem.

Por outro lado, Memmi afirma que o colonizado, munido apenas de sua língua, é um estrangeiro dentro do próprio país. No contexto colonial, o bilinguismo é necessário e a posse de duas línguas, além da posse de dois instrumentos, é a participação em dois reinos psíquicos e culturais. Em *A última tragédia*, várias histórias se cruzam: a de Ndani; a de administradores portugueses e suas famílias; a do régulo de Quinhamel, soberano, conforme as leis da tradição, do povo morador das tabancas (aldeias); a do professor educado nas missões.

Ndani busca trabalho como criada em casa de brancos. Tem seu nome modificado, pela patroa, para Daniela, Maria Daniela, e não cansa de se surpreender com as diferenças entre o seu modo de ser e o dos brancos. Com o nome africano negado e alterado, é levada pela patroa à missão católica para iniciação no cristianismo e alfabetização na língua portuguesa. Um mundo, porém, exclui o outro: na missão acredita-se que os europeus vieram à África para salvar os africanos. Ndani não tem lugar, exilada em sua terra, desprovida de pátria: é ela própria o meio do caminho, a terceira margem.

No texto de Abdulai Sila, que mostra a violência e os desmandos desses que foram reinar em terra alheia, nem negros nem brancos são caracterizados unicamente como bons ou maus; o que chama a atenção é a separação de seus mundos. Ao longo de todo o texto, os referidos como "mundo dos brancos" e "mundo dos pretos" mostram a chaga onde se instala o exílio dentro da própria terra.

Em sua trajetória, Ndani faz de tudo para encontrar um lugar num desses mundos existentes. Nos braços do professor, um negro, guineense como ela, educado nas missões, encontra essa possibilidade, porém nem o mundo dos brancos nem o dos pretos está disposto a lhe permitir essa situação. E o exílio toma forma concreta quando o professor é mandado para o degredo em São Tomé. Um exílio mais palpável do que o vivido por ele enquanto em solo guineense.

De muitas nuances se constitui a história contada por Abdulai Sila. O régulo se vinga do chefe do posto de Quinhamel ao construir uma casa no estilo europeu, ou seja, falando a mesma língua numa disputa de poder. Com sua vingança, o régulo ousa um pé no mundo dos brancos e mantém outro no dos pretos. É a personagem do régulo que fala da importância de uma escola, ainda que nos moldes do colonizador, que fala de um enfrentamento.

Voltamos a Memmi para entender que o bilinguismo se faz necessário no sistema colonial. Ndani, que deixou a tabanca em busca de um lugar no mundo, finalmente sonha construir junto com seu marido, o professor, uma casa onde possa cultivar flores e onde as crianças possam brincar. Embora mantenha os valores de sua cultura africana, a casa é no modelo europeu, urbano, o que se impõe em sua terra. O modelo guineense é o da vida nas tabancas, em coletividade. Tanto Ndani quanto o marido levam a marca de dois mundos. Mas a casa, para eles, nunca chega a existir.

Por muitos caminhos se pode entrar na leitura de *A última tragédia*, a questão do exílio é apenas um deles. Outro aspecto é a linguagem do romance; essa, sim, funda um lugar — uma casa, um chão — ao mesclar, à língua portuguesa, palavras do crioulo guineense e mesmo ao contaminar a língua portuguesa com estruturas próprias da maneira como é falada pelos guineenses. No fazer literário, a posse da terra? No sotaque peculiar do texto, o bilinguismo apontado por Memmi se traduz em força. A literatura, como território de afirmação, é mágica?

As questões da terra e do exílio também fazem parte do romance *Ponciá Vicêncio*, da brasileira Conceição Evaristo. Esse romance sublinha uma difícil herança da escravidão no Brasil colonial, qual seja: as terras doadas, em troca de trabalho, por donos de fazendas a escravos libertos. Nessas terras, apesar de poderem levantar moradia e plantar seu sustento, os trabalhadores permanecem reféns de um trabalho escravo, vivem uma grande pobreza. Devido a essa falta de horizonte, Ponciá Vicêncio, como Ndani que deixou sua tabanca, parte para a cidade. O romance de Conceição Evaristo, quando retrata o espaço rural, da roça, divide as terras em "terras dos brancos" e "terras dos negros" e assinala dois mundos diversos. Ndani consegue recuperar seu nome, não permanecer Daniela, mas Ponciá sente-se estranha ao seu, pois na assinatura carrega a reminiscência do poderio do senhor, o coronel Vicêncio. O nome de Ponciá não leva a uma árvore genealógica, mas a uma marca na história de sua família: a escravidão.

Conceição Evaristo se apresenta como escritora afro-brasileira. O conceito de literatura afro-brasileira, ainda considerado em construção, é discutido há muito no Brasil. O portal Literafro, da Universidade Federal de Minas Gerais (UFMG), assinala que o termo literatura afro-brasileira relaciona-se a textos que apresentam temas, autores, linguagens e pontos de vista culturalmente identificados com a afrodescendência. O livro *Contos do mar sem fim* traz, além de Conceição Evaristo, mais três expressões contemporâneas da dicção literária afro-brasileira: Esmeralda Ribeiro, Cuti e Oswaldo de Camargo, todos três do grupo Quilombhoje, fundado em 1980, com o objetivo de aprofundar a experiência afro-brasileira na literatura.

Nesse cenário, uma obra de referência, lançada em 2011, é *Literatura e afrodescendência no Brasil: antologia crítica*, organização de Eduardo de Assis Duarte e Maria Nazareth Soares Fonseca, da Faculdade de Letras da UFMG. O trabalho de 61 pesquisadores, vinculados a 21 instituições de ensino superior brasileiras e seis estrangeiras, apresenta, em quatro volumes, 100 escritores de espaços diversos, num percurso histórico que abrange de clássicos a contemporâneos.

Da antologia constam ensaios críticos, com dados biográficos, estudos de obras, relação de publicações e de fontes de consulta.

O romance histórico *Equador*, do português Miguel de Sousa Tavares, revisita um período crucial da história portuguesa, entre 1905 e 1908: a Monarquia decadente, quando vem surgindo a República. Os tempos são de grave crise política, social e econômica do Império português ultramarino.

Luís Bernardo Valença é nomeado governador-geral de São Tomé e Príncipe. O lisboeta de 37 anos, homem estabelecido social e profissionalmente, sem pretensões e livre, que poderia passar despercebido pela vida, vai para o exílio com a missão de convencer o cônsul inglês, a serviço nas ilhas, da inexistência de trabalho escravo no local. Depara-se, porém, com uma realidade de homens que trabalham em regime de *contrato* e vivem como escravos, prisioneiros de um salário de miséria, impossibilitados de voltar para suas casas, seu local de origem. A prática não casa com conceitos e teoria. As ilhas são de uma beleza paradisíaca. O amor atropela. A vida tece armadilhas; Luís Bernardo vive em meio a um intenso jogo de interesses de empresários e fazendeiros, torna-se um exilado de sua terra e de sua vida.

Passamos aos versos, na voz do moçambicano Rui Knopfli, com um trecho do poema "Aeroporto", da obra *O monhé das cobras*:

> Não voltarei, mas ficarei sempre,
> algures em pequenos sinais ilegíveis,
> a salvo de todas as futurologias indiscretas,
> preservado apenas na exclusividade da memória
> privada. Não quero lembrar-me de nada.

Notamos o sentimento de ausência, de abandono previsto, de despedida, uma extraterritorialidade de alguém que saiu da sua pátria. Quer se esquecer, mas não existe o esquecimento. Tudo se lembra, mesmo que no mundo interno de cada um. O escritor não pertence a uma pátria, traz uma mágoa, cheia de dor de quem partiu. É um exilado por dentro e por fora. Sua pátria seria a literatura?

Seria o *monhé*? Esse vocábulo, bastante usado por moçambicanos, caracteriza aquele indivíduo mestiço de árabe e negro, comerciante de ascendência árabe, indiana ou paquistanesa. Uma pessoa que não tem pátria, que se desloca, viaja, vai de lugar em lugar...

E agora alguns trechos de canções da música popular brasileira para ilustrar as questões do exílio:

"Samba de Orly" (Chico Buarque, Toquinho e Vinicius de Moraes)

> Vai, meu irmão
> Pega esse avião
> Você tem razão de correr assim
> Desse frio, mas beija
> O meu Rio de Janeiro
> Antes que um aventureiro
> Lance mão

E "Meu caro amigo", de Chico Buarque e Francis Hime:

> Meu caro amigo me perdoe, por favor
> Se eu não lhe faço uma visita
> Mas como agora apareceu um portador
> Mando notícias nesta fita

Em ambos os trechos das canções notamos a denúncia de alguém que está distante, como exilado. É a canção o instrumento de comunicação que estabelece uma aproximação de quem parte e de quem fica.

3.3.1 Onde?

Como falar de exílio sem mencionar autores brasileiros, portugueses, africanos que foram presos políticos? Que tiveram de se exilar ou foram perseguidos? Muitas vezes, tiveram suas obras e seus trabalhos perseguidos e censurados. Alguns tinham de se esconder, mudaram-se para outros países. Aos nossos olhos de hoje, a literatura pode também nos servir como registro histórico do que aconteceu nos diferentes países.

Como exemplos de brasileiros que foram presos, a lista é enorme, em anos e épocas diferentes. Graciliano Ramos, em março de 1936, foi acusado de ter conspirado no malsucedido levante comunista de 1935. No período em que esteve preso no Rio, até 1937, passou pelo Pavilhão dos Primários da Casa de Detenção, pela Colônia Correcional de Dois Rios (em Ilha Grande), voltou à Casa de Detenção e, por fim, passou pela Sala da Capela de Correção. Ao sair da prisão, publicou *Angústia*. E *Memórias do cárcere*, que conta da experiência de estar preso, é sua obra-prima.

Joel Rufino dos Santos foi exilado na Bolívia, na década de 1960. E ficou detido no Presídio do Hipódromo, em São Paulo, na década seguinte, de onde escreveu cartas ao filho Nelson. Posteriormente, suas cartas foram reunidas na obra *Quando voltei tive uma surpresa (cartas para Nelson)*.

Ana Maria Machado, na década de 1970, deixou o Brasil e partiu para um exílio na Europa. Em sua ampla obra, muitos dos seus livros tratam de questões do exílio e da censura. Para as crianças, *De olho nas penas*, com ilustrações de Gonzálo Cárcamo. E para os adolescentes e adultos, *Tropical sol da liberdade*, em 2006.

Se voluntário, espontâneo ou forçado, o certo é que o exílio é uma mancha na vida da pessoa. Na verdade, ela se desloca do seu lugar, ela é forçada por quaisquer circunstâncias que sejam a deixar o seu país, a sua casa, a sua terra natal.

Ferreira Gullar escreveu o *Poema sujo* em Buenos Aires, em 1975, depois de anos de exílio por motivos políticos em Moscou, Santiago do Chile e Lima. Escreveu como um testemunho final num momento em que se sentia ameaçado de morrer, ser calado para sempre.

De Portugal, temos Jorge de Sena, cuja participação numa tentativa revolucionária durante o governo Salazar colocou-o em posição de prisão eminente. Exilou-se seis anos no Brasil, de 1959 a 1964. Parte do romance *Sinais de fogo* e a totalidade dos contos *Novas andanças do demónio* foram escritos nessa época. *O físico prodigioso*, de 2009; *40 poemas*, de 1998; *Sobre o romance*, de 1985; *Gênesis*, de 1986; *Os grãos-capitães*, de 1989, são algumas de suas obras publicadas no Brasil.

Augusto Abelaira participou ativamente na luta contra o regime de Salazar, de movimentos de oposição, e foi detido em 1965 por ter atribuído, como presidente do júri, o Grande Prémio da Novelística da Sociedade Portuguesa de Escritores ao angolano José Luandino Vieira. Autor de *A cidade das flores* (1959), romance que mostra a perplexidade diante da ditadura salazarista. *Bolor* é uma das suas obras publicadas no Brasil.

José Saramago mudou-se para Lanzarote, nas Ilhas Canárias, em 1993, quando sua obra *O Evangelho segundo Jesus Cristo* foi censurada para concorrer ao Prêmio Literário Europeu, por não representar o povo português. Saramago permaneceu lá até a sua morte em 2010, em momentos que alternaram mágoas do seu país e outros em que se reaproximou, aceitou homenagens etc. A grande maioria da sua obra foi publicada no Brasil.

Luandino Vieira viveu boa parte da sua vida em prisões, onde escreveu suas obras. Foi detido pela Pide (Polícia Internacional e de Defesa do Estado), pela primeira vez em 1959. Natural de Portugal, cidadão angolano, cumpriu 14 anos de pena no Campo do Tarrafal, em Cabo Verde. Autor de contos, novelas e romances, alguns dirigidos à infância, aborda, em suas obras, a questão do exilado, daquele que vive às margens da cultura e da sociedade. No Brasil, foram publicados *A cidade e a infância*, de 2007, e *Luuanda*, de 2006.

De Moçambique, Rui Knopfli (1932-1997) partiu em 1975, mas não deixou sua identidade virar pó. Traduziu, em seus poemas, o sentimento de afastamento, de separação. Sua poesia criou uma espécie de território e uma geografia próprias, de quem não abandona a sua terra, a sua gente, o seu falar.

Poeta e jornalista, Knopfli teve seu trabalho reconhecido após sua morte, fato não raro na literatura. Consciente do que acontecia e do que viria a acontecer em Moçambique dos anos 1960 e 1970, ele se diferencia dos autores de sua geração por lidar com a situação político-econômica do país africano de maneira lírica, não panfletária. Aqui no Brasil foi publicada *Antologia poética*, em 2010, com poemas que nos fazem deslocar por sentimentos tão vividos nas entranhas.

3.4 IMENSIDÃO

Se foi a partir do mar que os portugueses ganharam o mundo, o mar é constante na literatura de língua portuguesa. É exaltado, admirado, idealizado. É contextualizado.

Nas obras de autores da literatura juvenil brasileira, temos Lygia Bojunga, que recorre ao mar praticamente em todos os seus livros escritos em prosa. Um mar carioca, um mar fluminense, um mar brasileiro, um mar que apaixona, que mata, que separa, que seduz. Em sua obra, o mar é cenário de partidas, de separações, de paixões, de descobertas, de tentativas de reconciliação. O mar é também refúgio dos apaixonados. Algumas obras da autora nas quais o mar é presença constante: *Os colegas*, *Tchau*, *O Rio e eu*, *Aula de inglês*, *Nós três*.

Já Bartolomeu Campos de Queirós, mineiro do interior, tem *Ah! Mar...*, com ilustrações de André Neves, um texto em prosa poética que fala de uma admiração e também de uma decepção em relação ao mar. Parece, pela voz do narrador, que admirar de longe o mar era mais mágico do que vê-lo de perto. Seguimos essa narrativa lírica, como se o narrador nos conduzisse ao mar, algo desejado, esperado. Difícil pisar o mar para quem se acostumou com as montanhas, as pedras, as poeiras. A paisagem oceânica nos lança ao ilimitado, ao desconhecido. Um risco sem limitações.

A igualmente mineira Adélia Prado, da cidade de Divinópolis, reforça essa visão do mar, a qual leva a um mar de dentro. No poema "Desenredo", da obra *O coração disparado*, os primeiros versos dizem:

> Grande admiração me causam os navios
> e a letra de certas pessoas que esforço por imitar.
> Dos meus, só eu conheço o mar.

E os últimos:

> Para o desejo do meu coração
> o mar é uma gota.

Ana Maria Machado, autora carioca, conta com várias obras em que o mar está presente: com tartarugas marinhas, coqueiros, encontros, despedidas e paixões. Alguns exemplos de suas obras: *Mistérios do mar oceano*, 1992; *No imenso mar azul*, 1988; *Na praia e no luar, tartaruga quer o mar*, 1993; *O mar nunca transborda*, 1995; *Sinais do mar* (poesia), 2009; *Nas asas do mar*, 2011.

E agora um poema do grande poeta português Fernando Pessoa, da obra *Mensagem*. Um poema que é a razão da conquista portuguesa dos mares:

"Mar português"

Ó mar salgado, quanto do teu sal
São lágrimas de Portugal!
Por te cruzarmos, quantas mães choraram,
Quantos filhos em vão rezaram!

Quantas noivas ficaram por casar
Para que fosses nosso, ó mar!
Valeu a pena? Tudo vale a pena
Se a alma não é pequena.

Quem quer passar além do Bojador
Tem que passar além da dor.
Deus ao mar o perigo e o abismo deu,
Mas nele é que espelhou o céu.

No poema de Pessoa, percebemos na pele a importância do mar para os portugueses. O mar que os lançou ao mar (mundo), que provocou separações, conquistas, que trouxe o inesperado. E que tanto inspira poetas e artistas, pela imensidão, pelo mistério, por algo que não desvendamos completamente, nunca, como a própria literatura.

Drummond conta com os poemas "Palavras no mar", da obra *José*, de 1942; e "O mundo é grande", de *Amar se aprende amando*, de 1985. Nos versos de Drummond, sentimos como o mar é um mundo à parte para os poetas: o mar é comparado ao infinito, ao tempo, ao amor. O mar se veste de gente, de poesia, de palavras. E fica, como a estátua de Drummond na Praia de Copacabana, no Rio de Janeiro, bem em frente à rua onde morava e por onde fazia caminhadas. Drummond está de costas para o oceano Atlântico, como um mineiro que não se entrega completamente ao mar, mas chega perto, o que já é suficiente para nutrir a imaginação daqueles que não nasceram perto do mar, que nasceram entre montanhas.

Casimiro de Abreu (1839-1860), poeta da segunda geração romântica, morou em Portugal por alguns anos e se tornou bastante popular à época. No poema abaixo faz suposições de como seria estar com uma mulher. Na verdade, há uma queixa por estar sozinho. Seu sofrimento é confiado ao mar. O mar vira um porta-voz, um confidente:

"Palavras no mar"

Se eu fosse amado!...
Se um rosto virgem
Doce vertigem
Me desse n'alma
Turbando a calma
Que me enlanguesce!...
Oh! se eu pudesse
Hoje — sequer —
Fartar desejos
Nos longos beijos
Duma mulher!...

Se o peito morto
Doce conforto
Sentisse agora
Na sua dor;
Talvez nest'hora
Viver quisera
Na primavera
De casto amor!
Então minh'alma,
Turbada a calma,
— Harpa vibrada
Por mão de fada —
Como a calhandra
Saúda o dia,
Em meigos cantos
Se exalaria
Na melodia
Dos sonhos meus;
E louca e terna
Nessa vertigem
Amara a virgem
Cantando a Deus!

E agora vamos a Angola, com versos de Zetho Cunha Gonçalves:

"O Céu, a Terra e o Mar"
(Tradição oral cabinda)

Tem uma mulher três filhos:
dois com o juízo perfeito,

o terceiro é demente
> — *o Céu, a Terra,*
> *e o Mar.*

É interessante como ao mar é atribuída a função de loucura, de descontrole. O mar é a desrazão pura. Por ser variável (na cor, nos ruídos, nos cheiros, no volume, na translucidez, nas marés, nas ondas, nos movimentos todos), o mar é incontrolável, é imprevisível, como o amor.

Em um soneto de Jorge de Lima, da obra *Poemas negros*, temos:

> Nas marés baixas via-se uma draga
> enferrujada, e um mastro de galeota.
> E pousada na areia uma pressaga
> forma que se assemelha à estátua ignota.
>
> Mas, a cena renova-se, a onda a alaga;
> e vêm asas ariscas de gaivota:
> O pensamento rápido naufraga,
> tudo segue de novo uma outra rota.

Versos cheios de imagens, de sensações para o leitor. Há uma ideia de movimento, de uma vida que se renova. As marés e as mudanças do mar proporcionam as transformações da própria vida.

O mar se relaciona à vida, enfim. Para o arquipélago de Cabo Verde e para as ilhas de São Tomé e Príncipe, é caminho de ir e vir, modo de ficar: insularidades. Em Cabo Verde, a geração dos chamados *poetas claridosos* marcou-se por uma *inquietude marítima* diante da tentação de uma vida de maior prosperidade fora das ilhas. O "Poema do mar", da obra *Arquipélago*, 1941, de Jorge Barbosa, um dos fundadores da revista *Claridade*, bem traduz esse sentimento. Seus versos falam do desassossego que o mar provoca nos habitantes das ilhas, esse mar interior de cada um, e da divisão (desespero) entre querer partir e ter de ficar.

Para Ovídio Martins, mais tarde, o mar se mostra como um dos elementos a forjar a cabo-verdianidade. Esse poeta, que lutou pela independência de Cabo Verde, foi um dos fundadores do *Suplemento Cultural*, que veio em seguida às revistas *Claridade* e *Certeza*. De sua obra *100 poemas*, de 1974, o poema "Flagelados do vento leste", mesmo título que o de um livro do *claridoso* Manuel Lopes, mostra como o mar, o vento e a paisagem de pedras e montanhas forjam perseverança e força do povo cabo-verdiano para viver em situações adversas, mesmo que esquecidos pela solidariedade de outros povos. A voz solidária é a do mar.

Já o poeta Armênio Vieira, ganhador do Prêmio Camões de 2009, da geração do grupo Sélò, década de 1960, fez de seus versos canto de luta e identificou o mar à promessa libertária. Na fúria do mar, o ódio guardado por séculos de opressão por parte do colonizador. O poeta toma a posse do mar por quem é das ilhas, faz do mar sentimento. Em versos de um poema sem título, publicado em *Sélò*, nº 2, de 1962, o mar é "raiva-angústia/de revolta contida". Silêncio. Espuma. Silêncio de lábios machucados.

O mar escreve a história das ilhas e a geração mirabílica, da década de 1990, traz mulheres que fundam uma poética feminina. O discurso de Vera Duarte se encontra intimamente ligado ao mar. No fragmento poético "Mar e morte", na antologia *Mirabilis: de veias ao sol*, o mar espelha o interior do sujeito poético. O mar em tormenta é a própria tormenta do sujeito poético.

De São Tomé, Francisco Tenreiro, considerado o primeiro poeta da Negritude de língua portuguesa, em seu poema "O mar", da obra *Ilha de nome santo,* 1942, encontra no mar a expressão da força e do espírito livre do negro, sua comunhão com a natureza. A última estrofe do poema:

> O barco deslizando
> Só com a vontade livre e certa do negro
> lá vai!...

Em São Tomé e Príncipe, como em Cabo Verde, a poesia escreve a história das ilhas. Marca uma identidade própria, livre do jugo do colonizador. E assim descreve sua natureza, suas gentes. Alda do Espírito Santo, em tempos coloniais, levanta sua voz contra a dura condição do povo *angolar* com o poema "Angolares", publicado na revista *Mensagem*, em 1963.

O poema mostra a dificuldade da pesca, o risco a que se expõe esse homem: o *angolar* que não tem terras, sempre na lida em águas do mar. O tempo era das roças de café e cacau de portugueses e de uma elite de *forros* (filhos de portugueses e mulheres nativas, mulatos filhos da terra).

Em 1997, já passados alguns anos da independência do país, Conceição Lima retoma o mar e o título do poema de Alda Lara para falar do contexto político de São Tomé e Príncipe, em que antigos sonhos haviam se perdido. É de 1997 seu poema "Angolares", publicado na revista *Tchiloli*, ano I, nº 0.

Fronteiras de imensidão, o mar confere uma dimensão à vida nas ilhas e, assim, às literaturas de Cabo Verde e São Tomé e Príncipe.

3.4.1 Entremares

O compositor Chico Buarque criou, em 1975, a letra de música "Tanto mar", sua primeira versão, que foi modificada pouco tempo depois. Vejamos um trecho:

> Sei que estás em festa, pá
> Fico contente

> E enquanto estou ausente
> Guarda um cravo para mim

E agora vamos conhecer a versão de 1978, a segunda:

> Foi bonita a festa, pá
> Fiquei contente
> E inda guardo, renitente
> Um velho cravo para mim

Na segunda versão, Chico vai citar a si próprio e altera a primeira versão. Seria com o propósito de registrar a transição por que passava a Revolução dos Cravos em Portugal? As alterações do compositor revelam uma preocupação com os novos caminhos do movimento libertário, bandeira que ele tem abraçado ao longo da sua vida artística. Se, por um lado, Chico viveu na ditadura brasileira, ele falava por muitos de nós que torcíamos pelo sucesso da Revolução lusitana.

Ainda a obra de Dorival Caymmi conta com inúmeras composições sobre o mar, dentre elas: "O mar," "Rainha do mar" e "Morena do mar".

Alguns versos da canção *O mar*:

> O mar quando quebra na praia
> É bonito, é bonito
> O mar... pescador quando sai
> Nunca sabe se volta, nem sabe se fica
> Quanta gente perdeu seus maridos seus filhos
> Nas ondas do mar

E de "Rainha do mar":

> Minha sereia é a moça bonita
> Nas ondas do mar aonde ela habita
> Nas ondas do mar aonde ela habita
> Ai, tem dó de ver o meu penar
> Ai, tem dó de ver o meu penar

Finalmente, de "Morena do mar":

> Para te enfeitar,
> Eu trouxe as conchinhas do mar
> As estrelas do céu, Morena
> E as estrelas do mar
> Ai, as pratas e os ouros de Iemanjá
> Ai, as pratas e os ouros de Iemanjá

Nos trechos das três cantigas de Caymmi, notamos a admiração do compositor pelo mar. Ao mesmo tempo, como o movimento e o ritmo do mar são associados à música. E também o enamoramento está bastante ligado ao mar, como naquele poema de Casimiro de Abreu, que faz do mar sua testemunha, ou seja, ouvinte de suas lamúrias de amor.

O mar tem sido contexto e pretexto para compositores, poetas, romancistas e contistas. Tanto o mar como um espaço ilimitado, de conquistas incalculáveis, como o mar que baila, que muda, que se transforma. E o mar como suplício dos amantes. Isso não é uma característica apenas dos autores lusófonos, de abordarem o mar. Eduardo Galeano, escritor uruguaio, em um miniconto "A função da arte 1", de *O livro dos abraços*, nos fala de um encantamento e de uma estética muito especial, associados ao mar. Um menino, acompanhado pelo pai, se desloca para conhecer o mar e, ao chegar perto, sua admiração é bela:

Me ajuda a olhar!

3.5 SUSPIRO NA ALMA

O que faria a nossa alma suspirar de dor? De silêncios chorados e de solidão? Como esses sentimentos se apresentam na literatura?

A melancolia, diferentemente da depressão e do luto, é como um sintoma que fica, que adormece de tristeza a alma da pessoa. No luto, a pessoa que perde alguém ou alguma coisa consegue elaborar, reconstruir a sua vida. Ela fica de luto para passar a outra etapa da vida. Na depressão, há momentos de tristeza, de dor, de silêncio. Já na melancolia, a dor fica, o desinteresse e a apatia reinam.

Na obra *Lavoura arcaica*, do paulista Raduan Nassar, estamos diante de uma narrativa contemporânea, de estilo singular, seco, sofrido. O livro recebeu o Prêmio Coelho Neto para romance, da ABL; o prêmio Jabuti, da Câmara Brasileira do Livro, na categoria Autor Revelação; e Menção Honrosa e Autor Revelação da Associação Paulista de Críticos de Arte (APCA). *Lavoura arcaica* foi bem reconhecido e aclamado pela crítica e pelo público.

A obra, que foi adaptada para o cinema, nos leva para a intimidade e as confissões de um dos filhos de uma numerosa família de agricultores cujo pai era severo e rude. Dividida em duas partes, "A partida" e "O retorno", a narrativa não linear nos conduz a uma volta nessa família de tradições arcaicas e sentimentos calados. Há a partida (no sentido do que vai e no sentido do que é rompido) e há o retorno (no sentido da volta, de retomar). Ao simples olhar do pai, os filhos e a mãe se movimentam, engolem ressentimentos e paixões. A família de imigrantes libaneses traz rigores, a lei para a mesa diariamente. O olhar do pai controla: a tudo vê e a tudo comanda. Porém, um sentimento incestuoso entre dois irmãos escapa a esse controle. Algo é segredado entre dois irmãos.

Toda a sorte de questionamentos do personagem que foge de casa afeta o leitor. Com uma tristeza e dúvida, ele sai de perto da família, na expectativa de que essa fuga resolveria o amor infernal que vivia com a irmã. Há um monólogo íntimo, que faz com que o leitor se sinta também intruso num território de paradoxos e de culpas. Ao fugir e ao retornar, o personagem padece de tristeza, de melancolia. Parece que não tem muito o que fazer, a não ser seguir o que o destino lhe reserva.

"A terceira margem do rio", de Guimarães Rosa, da obra *Primeiras estórias*, nos coloca diante de um afastamento de um pai da família. Teria morrido? Arrumou uma amante? Foi levado pelos monstros do rio? Enlouqueceu? Essa é a questão desse consagrado conto que angustia e entorpece o leitor.

De linguagem condensada e lírica, Guimarães nos leva ao sertão de Minas Gerais, bem perto de uma família ribeirinha, de pouca prosa, de muito olhar e sofrer. O filho fica a vigiar o pai amargurado da margem do rio dia e noite, disposto a ocupar aquele lugar. Que sentimento era aquele do pai? E o do filho? E que lugar era aquele, a outra margem desconhecida? São coisas inexplicáveis, que provocam também sentimentos inenarráveis em quem lê o conto.

No conto "Nas águas do tempo", do moçambicano Mia Couto, da obra *Estórias abensonhadas* (são 26 histórias), nos deparamos com uma revelação e uma cegueira. Onde estaria a melancolia nesse conto? No deixar de enxergar sonhos e antepassados? No afastar-se da tradição? Na perda da língua própria para o português oficial?

Há uma linguagem que é invenção ou criação linguístico-literária de Mia e também uma aproximação das formas cotidianas das camadas populares de moçambicanos. A língua portuguesa, embora seja o idioma oficial de Moçambique, é tida como a segunda língua do país. Com isso, as pessoas se sentem muitas vezes na contingência de se expressar — não sem dificuldades... mas expressando-se! — numa língua que é a oficial da sua terra, mas não a sua de família e dos seus ascendentes. Como se fosse uma expressão meio artificial.

Há uma passagem de um testemunho de geração para geração, o que reflete um reaprendizado da vida e dos costumes, como retrata de tão perto a ainda viva cultura da oralidade, na qual a palavra do mais velho, o avô, é a escola: não só do gesto e dos profundos segredos do saber, mas sobretudo do culto aos antepassados, cuja força e energia estão sempre presentes. Imagem que tem acompanhado os escritos de Mia, essa relação mais velho/mais novo, com todos os segredos da secular transmissão do saber.

Um velho ensina seu neto a enxergar por trás do nevoeiro o vulto que lhes acena um pano branco. O avô segreda a lição:

> (...) nós temos olhos que se abrem para dentro, esses que usamos para ver os sonhos. O que acontece, meu filho, é que quase todos estão cegos, deixaram de ver esses outros que nos visitam. Os outros? Sim, esses que nos acenam da outra margem.

Isso está relacionado com a crença banto de que os antepassados se comunicam com os vivos pelos sonhos; para o banto, o mundo dos sonhos é real, essa sua visão animista. O avô, o mais velho, denuncia a cegueira para o sonho como responsável pela cegueira para os antepassados, para um tipo de vida que se extingue: a dos valores tradicionais. A melancolia desse conto talvez esteja nomeada no primeiro parágrafo, no ritmo do barquinho:

> (...) o barquinho cabecinhava, onda cá, onda lá, parecendo ir mais sozinho que um tronco abandonado.

Esse é o ritmo da saudade com que o narrador conta a história, um ritmo melancólico, de uma dor. O avô ensina a vida de acordo com os valores da tradição, como o fluir das águas do rio, das águas do tempo. O avô ensina a morte, mostra o mundo invisível dos antepassados, esse que se deixou de enxergar. Há uma melancolia nesse afastamento dos valores da tradição, marcado no avô que se vai, e há a questão da língua como um fator responsável pela assimilação da cultura estrangeira, a portuguesa, que enfraquece a tradição. É um conto melancólico que fala de vida e morte, de uma terceira margem, o passar do tempo e as mudanças — inevitáveis — advindas dessa passagem.

Como diz Kindzu, em *Terra sonâmbula*, de Mia Couto: "O sonho é o olho da vida. Nós estávamos cegos." É, então, para voltar a ver que o menino guarda suas fantasias no bojo de uma viagem, as páginas do seu diário transformadas em páginas de uma estrada. Feita de água. Que flui, muda...

Há o uso de neologismos, da desarticulação da frase feita, da reinvenção dos provérbios, do resgatar dos materiais da oralidade. Ao ler ambos os contos, o leitor pode sentir a escuta da fala das personagens, do narrador.

Para voltar a ver, recorremos a *Ensaio sobre a cegueira*, de José Saramago, em que a peste da cegueira acomete toda uma população. Seria a cegueira um dos vícios da era contemporânea? Já estamos cegos? De que cegueira nos fala Saramago?

Como uma fábula assustadora, *Ensaio sobre a cegueira* nos coloca em contato com elementos escatológicos, com a barbárie, com o lado podre do ser humano. Na verdade, com a humanidade que nos habita, feita de contradições, de forças estranhas. O interessante é que Saramago cria um narrador que acredita e, ao mesmo tempo, não acredita naquilo que conta, ou seja, naquele humor negro que assola todos, que cega os humanos, como uma peste. Certa ironia marca esse jogo da narrativa que atesta nossas fragilidades, nossas melancolias.

O clima de depressão, de desespero, soa como um grito de socorro de uma humanidade desesperada e perdida. O que fazer diante de uma cegueira que assola e é transmitida? Haveria aí uma crítica social e política aos nossos tempos? A cegueira seria a metáfora dos tempos contemporâneos, de competições, de consumismo desenfreado e relações de vínculos frouxos?

3.5.1 Águas de lá e águas de cá

Diante de obras que nos tiram o fôlego, a vista, a escuta, pensamos se a literatura vem mesmo confirmar sua função social e subjetiva: a de falar das nossas mazelas. Das nossas culpas, das coisas escondidas, das coisas vergonhosas, das proibidas... Para cá e para além do oceano.

A literatura dá espaço e voz aos sentimentos mais inconfessáveis, mais insuspeitáveis.

Em *Filhos da pátria*, de João Melo, no conto "O homem que nasceu para sofrer", tudo dá errado na vida de José Carlos Lucas — amor, profissão, tudo — e ele acaba se matando. Suas atitudes — ou mais, sua falta de atitudes — o levam a uma vida medíocre, melancólica. Nada se alinhava em sua vida; não consegue se engajar no MPLA por acordar tarde e, então, não comparecer ao alistamento ao partido, o que é ironicamente classificado de inverossímil e se constitui em mais um dos fatores que definem seu futuro. A ironia dá a dimensão da perda e é forte a crítica a dirigentes políticos que usufruem de determinados privilégios por conta de suas posições, se corrompem.

O conto "Mulato de sangue azul", do livro *Regresso adiado*, de Manuel Rui, é incrivelmente melancólico: um mulato se faz passar por branco; discriminado por não ser branco ou negro, mas mestiço, preconceito discutido em muitos textos da literatura angolana. Filho de português que veio dar a Benguela, não se sabe se colono de cepa ilustre vítima de perseguições antimonarquistas ou degredado, Luís Alvim prefere se acreditar de sangue azul. No interior, "os brancos adiantam que mulato é filho de uma nota de vinte paus; os pretos, sempre que um mulato arreganha, cospem que mulato não tem terra". Como se a melancolia viesse para a pele, o corpo, a alma da personagem.

No livro *O lago da lua* (1999), que faz parte de *Amargos como os frutos: poesia reunida*, Paula Tavares, em quatro dos poemas intitulados "Mukai", fala da condição feminina, da maternidade e de uma melancolia associada aos dias.

Em "Mukai (1)", o sujeito poético é uma mulher com "corpo já lavrado", de formas maduras. O corpo feminino é comparado à terra, corpo de mulher capaz de gerar, frutificar. Em "Mukai (2)", essa mulher tem o "ventre semeado", imagem da gravidez, e o nascimento de seus filhos é descrito como "feitiço". O que é divino, inexplicável: feitiço.

Em "Mukai (3)", a melancolia se instala, "soluço quieto". O corpo da mulher é comparado a uma árvore, que é por onde flui a vida na tradição africana, o ponto de encontro de vivos e mortos. E os filhos, já que uns vingam e outros não, denotam o aspecto perecível da existência, a impossibilidade de controle sobre a vida. Assim, o sujeito poético "navega de tristeza/as horas".

"Mukai (4)" fala de cicatrizes. A mulher envelhecida, "pintada de cicatrizes", que podem ser de ordem física (dos partos, por exemplo), que podem ser de ordem psicológica. E seus olhos são "secos de lágrimas", o que denuncia sua dor. Apesar disso, essa mulher, ao observar os domingos e organizar a cerveja de todo dia, move o tempo no seu fazer doméstico.

De manhã, para desjejum, os *cuanhamas* se servem de uma cerveja ligeira, de produção própria, artesanal, chamada *osikundu*. Da cerveja servida em pequenos cântaros, se servem o pai da família e os rapazes, que em seguida ordenham as vacas no curral, trazendo o leite para fabricação de manteiga (o leite é batido em cabaças pelas mulheres). Após a ordenha, o gado é levado para o pasto.

Os versos de Paula Tavares, que como já vimos têm marcas da tradição *cuanhama*, são versos que trazem a dor, a perda, a tristeza, a melancolia...

Em 1977, a autora Clarice Lispector, que lutava contra um câncer e estava vulneravelmente doente, escreve *Um sopro de vida*, texto publicado postumamente. Parece que Clarice sabia que esse seria o último livro que escreveria. Sentia-se perto da morte? Da angústia de conviver com a enfermidade que a corroía de dor? Como lidar com a doença terminal e com o desejo imensurável de criar? Essa autora tão enigmática, de escritas que exploram a existência, o âmago das nossas paixões (amor e ódio), nos deixou um sublime testemunho da angústia diante de um escrito e do horror diante da morte.

Como a experiência da escrita pôde aproximar a autora da posição que podemos chamar de *experiência de abismo* (do melancólico)! Como se a escrita, o ato de se inscrever na história subjetivasse aquela autora sedenta de criar. Num processo de mimeses, no sentido de imitação, Clarice teria se transformado, tornou-se outra a autora, a criadora daquela obra (in)acabada.

Seria o vermelho uma metáfora do nascimento? Da morte? Da melancolia? Marca de sangue, de dor, de nascimento, de ruptura... E o que seria o corte de cada fatia de tomate? A afirmação da perda da mãe? Perder a mãe é se dar conta de que não há mais a vida embrionária, não há mais um cordão que une filho e mãe. Nem há mais o laço entre eles, depositário de cuidados, de acolhimentos, de trocas, de mágoas, de faltas.

Em sua obra *Vermelho amargo*, destinada aos adultos e aos adolescentes, Bartolomeu Campos de Queirós mostra sua prosa feita de poesia, carregada de lirismos, de metáforas, de duplos sentidos, de não ditos, de silêncios. Há uma comunicação possível, entre o narrador (autor) e o outro (a mãe, um ente da família ou o leitor). Uma fala feita de olhares, suspiros, gostos, cheiros, sinais, expressões. A primeira fala que um bebê aprende: a linguagem silenciada, marcada por toques e expressões sensitivas.

O vermelho amargo nos leva ao mundo das relações, da criação de si e do outro. Criamo-nos a partir do olhar de outro? Como nos sentimos autores do que fazemos? Entre a mãe e a madrasta, entre a prosa e a poesia, entre a palavra e o silêncio, entre o sonho e a realidade, entre a melancolia e a dor: a literatura de Bartolomeu. Essa invenção que nos leva por caminhos estranhos, mas também conhecidos, essa invenção de memórias e de esquecimentos. O que seria de nós sem a existência da literatura que nos coloca a viajar pelas palavras e entrelinhas?

A melancolia é uma tristeza sem causa aparente que mina os dias. Considerada uma doença, o risco é sucumbir ao desânimo, à baixa autoestima, a tantos fatores de paralisia do cotidiano. A tristeza, porém, é parte da vida. Talvez um contraponto a uma improvável constante felicidade, como um tempero, pode ser um tempo para reparar em pequenos detalhes e sutilezas. Se não é uma tristeza desesperadora, pode ser tempo de silêncio, tempo para pequenos momentos que passam despercebidos, engolidos pelos afazeres do dia a dia. Impossível negar esse sentimento: a tristeza.

3.6 LUGAR DESCONHECIDO

Seria a morte a própria validação da vida? Nascemos com uma única certeza: a de que vamos um dia morrer. Na psicanálise, o nascimento é considerado uma morte: nascemos para uma vida diferente da intrauterina. E o amor é considerado uma pequena morte: a cada vez que amamos e vivemos o gozo, é como se morrêssemos e renascêssemos de novo para outra vida.

Para além dessas discussões mais filosóficas e existenciais, a morte e os mortos volta e meia são abordados na literatura. Lugar de chegada, mas desconhecido, a morte já foi tema de textos de humor, de tragédia. Autores como Guimarães Rosa, Graciliano Ramos, José Saramago, Mia Couto, José Eduardo Agualusa, Fernando Pessoa, Carlos Drummond de Andrade, Mário Quintana, trataram da morte ou dos mortos por meio do sobrenatural, do riso, do mistério, da metáfora, da poesia.

Drummond tem o poema "Mortos que andam", da obra *Corpo*, de 1984, que nos fala como os mortos estão mais próximos de nós do que podemos pensar. Estão por aí. E não saem de perto de nós, de você. E Guimarães Rosa nos disse: "A gente não morre. Fica encantado." (Discurso de posse na ABL em 16/11/1967, publicado no site da instituição.) Ficamos por aí, mortos e vivos...

Na obra *Húmus*, do português Raul Brandão (1867-1930), de 2000, conhecemos uma epígrafe que nos prepara para o romance denso que convoca a morte como uma entidade que convive com os vivos:

> O que tu vês é belo; mais belo
> o que suspeitas; e o que ignoras
> muito mais belo ainda.
> (De um autor desconhecido)

E o que é a morte, senão aquilo que está por chegar? Aquilo que sabemos que chegará um dia, para todos.

O húmus é algo que encena a transformação das coisas, composto de restos animais, vegetais e minerais, é uma parte fértil da terra, lugar onde se cruzam a vida e a morte. Há um mote apresentado nas primeiras linhas da narrativa que abre a cena para o que virá e, na verdade, já está:

> Ouço sempre o mesmo ruído de morte, que devagar rói e persiste...

E não seria isso o nosso viver? Aprender, a cada dia, a conviver com a morte?

Na história, há uma vila habitada por fantasmas, seres dotados de uma segunda vida que constroem, com o tempo, uma rede de hábitos e de insignificâncias. As personagens, desprovidas de consistência psicológica, deixam o leitor perturbado com a verossimilhança, pouco condizente, são produtos de uma narrativa que envolve o viver e o morrer como partes de algo próximo e familiar. De teor metafísico, essa obra nos confronta com a cara da morte, vestida de abandono, vizinha nossa. Vestida do nosso medo, das ameaças. A morte está aí, ali, feito a vida que amanhece, que anoitece, a todo dia.

Lembramos que a psicanálise de Freud nos ensina que ao nascer, morremos para uma vida anterior (o útero) e nascemos para uma vida completamente desconhecida. Seja do ponto de vista espiritual, das religiões ancestrais de África, psicanalítico ou filosófico, o certo é que a morte é o que há de seguro nesta vida. E a literatura nos aproxima das duas, vida e morte, de um jeito alegórico, metafórico.

De Portugal, do poeta Luís Filipe de Castro Mendes, *Antologia da poesia portuguesa contemporânea*, organizada por Alberto da Costa e Silva e Alexei Bueno, temos uns versos sobre a morte, da obra *Outras canções*:

"A música da morte"

> tudo o que irá esquecer nossa passagem
> nos vem olhar agora frente a frente.
> Da morte aqui passaram frias aves,
> como nuvens sem ar ou mar sem naves.

Há um clima de tristeza, de desolação, de perda.

E agora versos da mesma antologia, do poeta Ruy Belo (1933-1978), da obra *Aquele grande rio Eufrates*:

"As duas mortes"

> Amanhã molharemos
> o corpo noutro dia e beberemos
> na bica costumada
> onde poderá subitamente correr
> uma canção conhecida.
> Cada dia mais morte, que morte
> haverá para nós no fim dos dias?

O que seriam as duas mortes? A do rio e a do dia?

Em *Memórias póstumas de Brás Cubas*, de 1881, Machado de Assis cria um brilhante romance sarcástico que satiriza a vida e a morte, as classes sociais e o próprio Brasil da época. Narrado em primeira pessoa, o seu *autor* é Brás Cubas, um *defunto-autor*, um homem já falecido que deseja escrever a autobiografia. Quanta ironia de Machado! Nascido numa tradicional família da elite carioca do século XIX, o morto registra, diretamente do túmulo, as suas memórias póstumas. Começa por uma "Dedicatória":

> Ao verme que primeiro roeu as frias carnes do meu cadáver dedico com saudosa lembrança estas memórias póstumas.

Em outro capítulo, "Ao leitor", o próprio narrador explica o estilo do seu livro, enquanto no próximo, "Óbito do autor", começa realmente com a narrativa, ao falar dos funerais e, em seguida, a *causa mortis*, pneumonia contraída enquanto inventava o "emplastro Brás Cubas", panaceia medicamentosa que foi sua última obsessão e que lhe "garantiria a glória entre os homens". Já o capítulo VII, "O delírio", relata o que antecedeu ao óbito e, assim, sucessivamente, a narrativa flui sem linearidade.

Pessimismo, ironia e impaciência marcam a escrita desse romance que é considerado um divisor de águas na literatura brasileira. Machado rompe com a escrita linear, racional do século XIX, e essa fica conhecida como a primeira narrativa fantástica brasileira. Machado é considerado um dos maiores autores brasileiros e enveredou por contos, crônicas, romances e versos.

Nos cinco contos de *A morte e a sorte*, do angolano Fernando Fonseca Santos, nos confrontamos com a morte. O primeiro conto, dividido em capítulos, como uma novela, é "O menino e o pumumu (Epambasange)". *Epambasange* é morte na língua *umbundu*, a morte que apanha ou que colhe. No conto, a morte de um mais velho morador de *kimbo* (aldeia) que vai para o *contrato* no mar (lembramos que muitos iam ou eram mandados para o trabalho em regime de *contrato* nas ilhas de São Tomé e Príncipe). A palavra *Kalunga*, nessa parte do texto, aparece relacionada à morte; em *umbundu*, *Kalunga* é morte, mar, deus no sentido de além, eternidade, o mesmo que *Epambasange*; a morte de um cambér (antílope) por um leopardo (natureza, cadeia animal). No conto, ainda, a morte do menino que se esqueceu de descalçar os sapatos da cidade e foi ao mato, escorregou e morreu; a morte da mata que é posta abaixo para plantação de sisal com o objetivo único de lucro. Na morte do menino e da mata, a morte das tradições.

Pumumu é ave africana de grande porte, com um canto triste. Sabemos que o menino era apegado à mata quando, logo no início da narrativa, somos informados de que ele gostava mais do mato do que de brincar com outros meninos. Isso nos lembra o menino do conto "Os cimos", de Guimarães Rosa, da obra *Primeiras estórias*. O menino entra no mato e se encanta pelo tucano. A ave o fascina, a ponto de fazê-lo esquecer de brincar, da doença da mãe, da viagem, das saudades...

Outros textos que tratam da morte: *1 morto & os vivos*, de Manuel Rui (Angola), que foi adaptado para a série *O Comba*, da Televisão Pública de Angola; *Em nome da Terra* e *Para sempre*, de Vergílio Ferreira (Portugal); *A morte de Quincas Berro d'Água*, de Jorge Amado (Brasil).

3.6.1 Do outro lado

O regresso do morto é o livro de estreia do moçambicano Suleiman Cassamo. São dez contos que trazem aspectos da vida urbana e rural do país e que assinalam a ambiguidade da vida urbana a impor o afastamento dos conhecimentos e saberes tradicionais sem, no entanto, conseguir eliminá-los. A temática central do livro é a morte, quer represente o fim natural da vida, quer simbolize as dificuldades, os transtornos e as perdas do cotidiano.

Em "O regresso do morto", conto que dá nome ao livro, um jovem parte para o trabalho em uma mina na África do Sul, como muitos outros faziam. Esse parte com sonhos de modernidades, negando a tradição: é "uma mocidade vendida no contrato". Com a notícia da sua morte, a família faz luto. Mas de fato ele não morre, a notícia é falsa; retorna sete anos depois e não é logo reconhecido, tornara-se um fantasma. É a mãe quem o abraça e acolhe: a mãe representa a terra e as tradições.

Na coletânea de contos, a terra é elemento importante. Representa a mãe, geradora de vida, e é também aquela que encerra um ciclo de vida para dar início a outro na morte. O conto registra o desapego de jovens à sua mãe terra e, consequentemente, às tradições, em prol do apelo da modernidade. Trata-se da morte da terra e das tradições, as quais vão sendo apagadas nos processos de urbanização e de assimilação cultural do país.

Em outro conto, "Ngilina, tu vai morrer", a morte aparece como solução para uma vida sofrida. Ngilina é comparada a uma xiluva que murchou, sendo xiluva uma flor. Conforme tratamos no tema erotismo, esse conto se ocupa da condição feminina ao questionar a tradição do *lobolo*, dote relacionado aos casamentos tradicionais arranjados, conforme esclarecido anteriormente. O desejo da moça não tem espaço e voz, ela não decide. É praticamente comprada, no caso de Ngilina por um homem da idade do pai. E morando com marido e sogra, a vida passa a ser de escravidão, trabalhando e servindo exaustivamente, apanhando, desejando morrer a cada dia. Para Ngilina, a morte é descanso.

Na África tradicional, a vida não termina com a morte. Um mundo visível é ocupado pelos vivos e outro, invisível, pelos espíritos, pelas almas. Onde começa uma alma? Onde começa um vento? Estudioso da tradição do povo quimbundo, o angolano Óscar Ribas, em *Ilundu: espíritos e ritos angolanos*, nos ensina que a alma acompanha o corpo, com ele se fixa no seio da terra e, quando lhe apetece, vem à superfície, de preferência à noite, pois a luz a incomoda.

Destaque para o rico trabalho de Suleiman Cassamo. Ao aproximar sua narrativa do discurso oral, adota um discurso original, o qual recria a linguagem oral ronga. Em *O regresso do morto*, o autor entremeia a língua ronga ao português, conferindo grande musicalidade ao texto.

A morte permeia os contos de *Rio dos bons sinais*, do também moçambicano Nelson Saúte. Logo no primeiro conto, "O viúvo do guarda-chuva amarelo", Eufrigino dos Ídolos é o homem que vai a todos os funerais, chova ou faça sol, levando seu guarda-chuva. O jeito que arrumou para não ter de ajudar a carregar o caixão. Graças à morte violenta da mãe, Eufrigino tem pânico do convívio com os mortos, mas, na verdade, é à sua vida que falta movimento e vivacidade. Homem da biblioteca da cidade, frequentada por mais ninguém a não ser ele, sua mulher não sai de casa desde o casamento. Quando morre a mulher, Eufrigino, no enterro, tem companhia dos habitantes do local, porém todos comparecem com um guarda-chuva na mão. Vida e morte, a par e passo, se mostram entrelaçadas: o que é a vida, essa sim? Se Graciosa parte para o país do silêncio, em vida, da mesma forma, ela e o marido não viviam no silêncio?

Outro conto desse livro, também publicado em *Contos africanos dos países de língua portuguesa*, é "O enterro da bicicleta". Como pano de fundo para uma crítica sociopolítica, uma bicicleta é enterrada no lugar de seu dono, um deputado, uma vez que não há corpo para ser enterrado. O que não se pode é desobedecer à tradição: é preciso cumprir a formalidade do enterro para que o morto descanse em paz. Ao longo do livro, a morte é mostrada sob diversos ângulos, assim como a vida.

Do angolano Dario de Melo, o conto "A senhora dos passarinhos", no livro *Contos do mar sem fim*, expõe o cenário de destruição da guerra. Ambientado em um cemitério, conta a história de um homem que antes coordenava o cemitério e acaba como coveiro, pois já não existem outros para exercer o ofício. Está sozinho com a mulher, dois filhos morreram, outros se foram. A guerra terminou, o povo se foi, a vida é um descampado: o cemitério. Durante a guerra, uma velha habitava esse descampado. No conto, o coveiro conta a história dela, descrita como santa e maluca, portadora de feitiço, a desafiar a guerra e cuidar, como podia, de crianças que vinham ter com ela. A catar ossos para enterrar, cada vez maior o número de mortos. À noite, cantava para a filha enterrada no local, a filha embaixo da terra. A morte imposta pela guerra é cruel: a impossibilidade de a vida acontecer e fluir, total desolação e miséria.

Em "O dia em que explodiu o Mabata-bata", de Mia Couto, em *Contos africanos dos países de língua portuguesa*, é o *ndlati*, ave do relâmpago, quem traz a morte. Na verdade, uma mina explode o boi Mabata-bata; outra, mata seu pastor, Azarias. O boi, que estava destinado como prenda de *lobolo* de seu tio Raul, voa pelos ares e Azarias tem medo de voltar para casa. Resolve fugir: "fugir é morrer de um lugar", ele deixaria para trás seus sonhos. Quer ir à escola como os outros, desejo de menino, e seu tio não deixa. A mina que leva o pequeno pastor explode quando avó e tio vêm chamá-lo. Para Azarias, é o *ndlati* que desce das alturas em chamas e incendeia as pessoas.

Ainda que vestida de poesia, a morte a denunciar feições da vida, minas espalhadas, tantas a serem desativadas ainda depois da guerra terminada, tanto em Moçambique quanto em outros países. Mia Couto, a partir da dialética vida-morte, ao entrelaçar sua cultura africana a outras, retoma o sentido místico dos pássaros. Em várias culturas a ave, numa relação com a morte, é identificada com a alma que se liberta do corpo. A fênix, pássaro de fogo, era o símbolo da alma entre os egípcios.

No Ocidente e no Oriente, a morte é encarada de variadas formas. Tabu para umas sociedades, caminho de ascensão espiritual para certas crenças, pode ser revelação e introdução se considerarmos que todas as iniciações atravessam uma fase de morte antes de abrir acesso a um novo caminho. Morte, vida, mistério.

Cada vez que falamos, lemos e escrevemos sobre a morte, tentamos entender também a própria vida. Caetano Veloso inicia a canção "Cajuína" da seguinte forma:

Existirmos: a que será que se destina?

E há um verso muito bonito nessa canção:

Apenas a matéria vida era tão fina.

Como a literatura nos ajuda a dar corpo às inquietações, a nomear o mundo para dar sentido a ele. Nomear a vida, dar sentido a ela.

E, agora, um poema de Ferreira Gullar sobre a morte, para, simplesmente, ler, deixar as palavras soarem...

"Cantiga para não morrer"

Quando você for se embora,
moça branca como a neve,
me leve.
Se acaso você não possa
me carregar pela mão,
menina branca de neve,
me leve no coração.

3.7 NA CONTRAMÃO

Se a literatura é a arte das palavras e dos afetos, as experiências pelas quais passamos, experimentamos, estão lá. Desde as grandes obras da literatura ocidental *Odisseia* e *Ilíada*, as questões da guerra, dos conflitos, da vida, da morte estão todas na literatura.

Nos países africanos de língua portuguesa, a guerra é vivência marcante e largamente registrada pela literatura, que assume, então, uma função histórica e sociocultural. A literatura alcança o que está além dos registros científicos da história e dá aos acontecimentos o toque humano do espanto e do sentimento. Francisco Rui Cádima, da Universidade de Lisboa, defende a tese de que a narrativa é guardiã do tempo humano e que a história (ciência), como narrativa, reinscreve o tempo vivido sobre o tempo cósmico e sobre a memória. Diz que cabe à ficção resolver o que é negligenciado pelo tempo vivido.

Cabo Verde e São Tomé e Príncipe não vivenciaram guerra em solo próprio, a guerra pela independência deu-se em terras da Guiné-Bissau com o PAIGC. A guerra aconteceu em Angola, Moçambique e Guiné-Bissau, não só a guerra anticolonialista como também guerras civis. Em *Terra sonâmbula*, Mia Couto nos dá uma dimensão dos estragos de uma guerra civil ao afirmar que "a guerra não foi feita para vos tirar do país, mas para tirar o país de dentro de vós". O romance fala de esperança sem perder o olhar crítico sobre os acontecimentos de um Moçambique devastado pela guerra. Entrecruzando as histórias do velho Tuahir e do menino Muidinga com as histórias dos cadernos de Kindzu, que Tuahir e Muidinga encontram pela estrada por onde seguem, Mia Couto, com seu fazer poético, nos expõe a história de seu país e o pensamento.

Um aspecto de *Terra sonâmbula* são as marcas que uma guerra pode imprimir na infância, também tema do conto "O relógio" no primeiro livro de ficção angolana publicado após a independência, em 1977, pela UEA: *Sim, camarada!*, de Manuel Rui. O conto põe em cena um comandante mutilado na guerra contra os portugueses — os "tugas" — que conta suas façanhas a meninos pioneiros.

Convém esclarecer que, em Angola, o termo "pioneiro" primeiro se referiu a uma organização de jovens do MPLA para, mais tarde, se estender às crianças em geral.

Ao juntar a fala do comandante às intervenções e reações dos pioneiros, essa narrativa reproduz, na palavra escrita, o modo de contar da oralidade. Na história, que traz um relógio como fio condutor, o MPLA se acerca de Luanda. Clara é a desigualdade de condições entre combatentes portugueses e angolanos, e, decisiva, a participação popular. O tempo aguarda a independência para a concretização de sonhos. Depois da independência, "quando todos souberem ler", o comandante propõe que, juntos, transformem a história daquele relógio em livro. O tempo aguarda enquanto a guerra impregna os dias e dita a vida. Para os meninos, até as brincadeiras reproduzem a guerra, seja na confecção de armas de brinquedo ou na invenção de estratégias e operações militares. Muitas vezes pegam em armas reais. Tempo de uma infância roubada, que se resgata no ato da troca da contação da história, na qual a história se faz mais de amor e de esperança do que de ódio.

Na linguagem lírica de Manuel Rui, os meninos são levados a escrever, naquele dia, um novo fim para a história, de acordo com seus desejos e valores de criança. Assim como na oralidade, a narrativa se tece pelo encontro do contador com seus ouvintes.

Do também angolano Pepetela, *As aventuras de Ngunga* foram escritas com uma função pedagógica. De passagem pela Frente Leste, enquanto combatente, para um levantamento das bases do MPLA, Pepetela escreve uma série de textos de apoio ao ensino do português na escola. Os textos foram, ainda, traduzidos para o mbunda para que as crianças pudessem aprender na sua língua e recorrer a ela diante de dificuldades com palavras na língua portuguesa. Escrito em 1972 e publicado em 1973, em cópias mimeografadas pelos serviços de cultura do MPLA, o livro chegou a ser publicado no Brasil.

Ngunga é um jovem determinado, de caráter firme, que segue seu percurso de pioneiro pela guerrilha do MPLA. Luta, pega em armas, amadurece e se torna homem. Ngunga vive momentos dramáticos, cenas de horror. Na obra, Pepetela retrata e critica algumas questões da história da tradição angolana, descreve percursos pelo interior do país, sua geografia, fauna e flora, além de sublinhar os ideais políticos do MPLA. A obra faz a apologia à conduta ideal de um jovem pioneiro.

Já num tempo de desencanto, quase no fim da guerra civil, em 2001, o angolano João Melo lança seu livro de contos *Filhos da pátria*. Os contos apresentam teor político, oscilam entre a prosa de ficção e a prosa de ensaio. Dois deles expõem, de maneira crua, a infância prejudicada — por que não dizer arruinada? — como uma das consequências do extenso período de lutas.

Na intenção de transmitir uma tese sobre o conceito de angolanidade, conforme declara em entrevista a Aguinaldo Cristóvão, no site da UEA, o autor não se esconde na figura do narrador. Ao contrário, discute o papel dessa figura, chega a desmembrá-la em narrador-personagem e narrador-autor. No entanto, e apenas nos contos "Tio, mi dá só cem" e "O feto", mantém o narrador em primeira pessoa. Como se efetivamente uma ferida só pudesse ser contada, por inteiro, por quem a sofre. De um fôlego só, num longo e único parágrafo, esses dois contos, sem a mediação aparente da palavra do autor, tratam de temas contundentes relacionados a crianças com a vida marcada pela guerra: orfandade, desamparo, falta de perspectiva, marginalidade, prostituição, fome, miséria.

Em "Tio, mi dá só cem", um menino pede dinheiro para poder comer. É seu costume, seu dia a dia, um revólver é sua força, pois com ele pode ameaçar. O menino vive em Luanda, em meio ao lixo e à miséria. Ele costuma abordar carros com homens acompanhados de mulheres, os carros parados em local protegido, fora do movimento, para encontros sexuais. Muitas vezes são meninas com esses homens, como é o caso do que acabou sendo morto pelo menino que veio do mato para Luanda por causa da guerra. No mato o menino viu a mãe ser brutalmente estuprada e morta queimada, viu o pai sumir porque muitos homens diziam "vou na lavra e desapareciam", ou por serem mortos ou por terem sido capturados para a luta. No mato ele deixou as irmãs, os irmãos. Essa a figura do menino no conto de João Melo: de revólver em punho, dizendo "eu sou um bicho, tio, um bicho desgraçado".

Se João Melo aborda a questão de desamparo dos meninos de Angola, lembramos Jorge Amado em *Capitães da areia*, com os meninos de rua, e Rosa Amanda Strausz, com *Uólace e João Victor*, na literatura infantil. E ainda Lygia Bojunga, com *A casa da madrinha, Os colegas* e outras obras que tratam da infância abandonada.

O IBBY, criado no momento após a Segunda Guerra Mundial por Jella Lepman, divulga, anualmente, uma mensagem que é traduzida nos países filiados, atualmente mais de sessenta. Em 1997, Boris A. Novak, poeta esloveno, criou uma mensagem com espírito de denúncia a favor das crianças e das brincadeiras e contra a guerra. Vamos conhecer um pequeno trecho da mensagem, que está divulgada no site da FNLIJ, que a traduziu para o português:

> Visitei Sarajevo durante a cruel ocupação daquela bela cidade.
> [Em meio às
> horríveis cenas de destruição, as que mais me comoveram e,
> [por sua vez, me
> alegraram foram precisamente as crianças: eu as via por todas
> [as partes, em
> todas as esquinas, como brincavam, como corriam atrás da
> [bola, como se

escondiam e perseguiam e com pedaços de pau improvisados
[brincavam de
guerra. Inclusive durante os tiroteios, dos adultos, com
[absoluta seriedade.
Toda vez que observava isso, me dava calafrios, já que as
[posições mais
próximas dos franco-atiradores estavam distantes apenas
[cem ou duzentos
metros. E já se sabe com que frequência os franco-atiradores
[disparam para
essas pequenas cabecinhas! Esse crime é o mais infame e
[repugnante dessa
guerra! Como é possível que um adulto conscientemente
[dirija a mira
telescópica para uma criança? Aqui se acaba o mundo!
[Retiveram-me
sentimentos encontrados: junto ao temor por suas vidas
[compreendi a
profunda necessidade de brincar das crianças de Sarajevo.

A guerra chega à infância e mata, surpreende, traz indignação. A menina protagonista de "O feto", outro conto de *Filhos da pátria*, também vai do mato para Luanda, fugida. Vai com pai e mãe; seus irmãos desapareceram na guerra. Vivem num ambiente doméstico de miséria e violência; o pai, bêbado e sem trabalho, bate diariamente na mãe. No entendimento da filha, o pai vai sendo "comido lentamente pela saudade da nossa casa no mato". O elo de afeto é a mãe, que, devido à fome e à total falta de perspectiva, encaminha a filha para a prostituição. Trata-se de um texto em que cada frase é denúncia. Uma menina que diz que "os homens não são homens, são bichos" e se desfaz de seu feto jogando-o no lixo.

O seu grito: "desde que tive que abandonar às pressas a minha casa no mato nunca mais que pude ter sonhos".

Do escritor cabo-verdiano Jorge Araújo temos dois livros para jovens que abordam a guerra. *Comandante Hussi*, vencedor do Grande Prêmio Gulbenkian de Literatura para Crianças e Jovens em 2003 (Portugal), atinge mais especificamente a faixa dos pré-adolescentes. O livro, que tem Guiné-Bissau por cenário, retrata a guerra pela visão de um garoto de 12 anos. Hussi vê o pai partir para a luta ao mesmo tempo em que perde seu bem mais precioso: sua bicicleta. Hussi parte, então, ao encontro do pai, em meio a uma realidade dura, marcada pela violência do mundo adulto. O autor foi para Guiné-Bissau, como jornalista, em 1999, cobrir um golpe de Estado que acabara de ocorrer no país. Lá conheceu Hussi, menino de família pobre, com três irmãos, e escreveu o livro com base em sua história, uma história real.

Cinco balas contra a América é um livro para jovens. A guerra, na história, é pano de fundo. No verão de 1974, os combatentes pela independência continuam nas matas da Guiné-Bissau, onde, conforme já dito, se deu a guerra pela independência desse país e de Cabo Verde. De Portugal, chegam ecos da Revolução dos Cravos. Nesse clima, quatro garotos — Zapata, Bob, Aristóteles e Frederico — recebem a missão de montar guarda na praia deserta de São Pedro, ilha de São Vicente, Cabo Verde. A missão de vigilância do PAIGC visa a deter um eventual e improvável ataque contrarrevolucionário dos imperialistas americanos. Trata-se de um jogo perigoso de faz de conta que se transforma em uma noite de perda da inocência, rito de passagem em que cada garoto é levado a descobrir o que quer e o que não quer ser. Os garotos se deparam com suas diversidades, cada um com sua história e com seu medo. Ao visitá-los durante a noite, para certificar-se do andamento da missão, é o próprio comandante Zero quem denuncia, apesar de encontrar todos em seu lugar, "a irresponsabilidade que era colocar um revólver na mão de quatro crianças".

O autor dá uma visão do que poderia ser "a maneira escolhida pelo PAIGC para cativar, mobilizar a juventude para a causa da independência", conforme fala do comandante Zero. Os garotos, os "camaradas pioneiros" da luta armada.

3.7.1 Sobre as violências

Lembramos a obra *As pequenas memórias*, de José Saramago, em que ele conta sua infância e juventude. Saramago era pobre; os livros transformaram a sua história. Ele lia livros em bibliotecas de Portugal. Na obra *José Saramago: o amor possível,* em entrevista ao jornalista Juan Árias, Saramago conta que, quando jovem, depois do jantar ia a pé até a biblioteca do Palácio de Galveias, longe de sua casa, e lia livremente até a hora de a biblioteca fechar, sem nenhuma orientação sobre o que fosse ruim ou bom.

O livreiro do Alemão, de Otávio Júnior, traz a história de um jovem autor e promotor de leitura, personagem principal dessa obra que mostra como a presença de um livro na vida de uma pessoa pode fazer diferença. De morador do Complexo da Penha a produtor cultural e mediador de leitura em favelas, grotões e comunidades, Otávio é poeta e um cuidador da região onde nasceu, o Morro do Caracol, na Penha.

Como ele mesmo diz, o artista anda na contramão: enquanto as aspirações da maioria dos jovens de uma favela são a fama do futebol, o enriquecimento e a saída do morro, com esse autor o movimento foi inverso. Ele literalmente sobe o morro e leva os livros aonde a cultura escrita não chega: no bem alto das favelas; insiste em contar e ler histórias para crianças alijadas do mundo das artes e se mantém um morador fiel de onde passou a sua infância, além de ter criado uma biblioteca comunitária no alto da favela.

Em linguagem bastante coloquial e lúcida, *O livreiro do Alemão* registra as memórias, um depoimento emocionado e comovente, da história de uma criança de origem humilde que encontra um livro no lixão. A partir daí, sua vida ganha interesse pela literatura, pelas palavras, pelos materiais impressos. Além dessa obra publicada, Otávio acumula histórias que ouviu, que viveu e que cria para contar às crianças: adivinhas, poemas, contos.

Ao falar de violência, lembramos também o preconceito, a fome, o desemprego, a falta de moradia, o abandono, o estar alijado. As diversas formas de violência com as quais convivemos. E como a questão da banalização da violência está presente na cidade grande, na indiferença que se instala no dia a dia. "De frente pro crime", canção do João Bosco e Aldir Blanc, nos mostra isso. Vamos ver um trecho:

> Tá lá o corpo
> Estendido no chão
> Em vez de rosto uma foto
> De um gol
> Em vez de reza
> Uma praga de alguém
> E um silêncio
> Servindo de amém...

E agora um trecho da canção "Hino de Duran", de Chico Buarque:

> Se pensas que burlas as normas penais
> Insuflas, agitas e gritas demais

> A lei logo vai te abraçar, infrator
> com seus braços de estivador

A violência chega de várias formas e silencia, mata, impede a criação. Ainda bem que contamos com as palavras como armas para nossa defesa. Para defesa da nossa vida. Como Otávio Júnior, que nos dá exemplos com suas palavras e com as suas ações como promotor da leitura, ao criar *Barracotecas* no alto de morros do Complexo da Penha, no Rio de Janeiro. De beco em beco, os livros passam por casebres, barracos, casas, quartos, residências e mãos de muita gente.

3.8 OUTRA FALA

A discussão sobre o que é literatura, o que distingue um texto comum de um texto ficcional, não tem fim. Se há condições para uma escrita ser literária, diríamos que é a reinvenção da linguagem. O que marca o estilo e a identidade de um escritor é a linguagem que cria, que reinventa. Por que reconhecemos logo um texto de Machado de Assis? De Fernando Pessoa? De Guimarães Rosa? De José Saramago? De Mia Couto? É como se a escrita de cada um desses autores viesse com uma assinatura: a sua linguagem, a sua sintaxe, a sua musicalidade.

Escrever e viver para Clarice Lispector eram duas coisas tão próximas, dois caminhos de estar no mundo. Avessa às teorias da literatura, recusava o título de intelectual. Em sua obra — romances, crônicas, contos — percebemos seu diálogo permanente com o escrever, o fazer literário. Ela dividia com o leitor as suas dúvidas, angústias e descobertas sobre a escrita. Respondia a leitores de suas crônicas de jornal, respondia a cartas que recebia e estabelecia uma troca que tinha o texto como foco. Sua vida era escrever.

Com uma seleção temática, *Crônicas para jovens: de escrita e vida* foi organizado por Pedro Karp Vasquez, depois do volume *Crônicas para jovens: de amor e amizade*. Mais recentemente, foi lançada a obra *Crônicas para jovens: do Rio de Janeiro e seus personagens*.

Embora a edição esteja endereçada aos jovens, os textos de Clarice podem ser bem apreciados pelos adultos: aqueles que já conhecem as suas obras supostamente vão identificar elementos vistos em algum texto; os que não a conhecem poderão se encantar. E, mais do que tudo, é uma obra metalinguística, para os que gostam de escrever: os desafios, as entrelinhas, o papel em branco, a necessidade de escrever de madrugada, o depoimento ao revisor dos textos, a preferência por uma máquina de datilografar.

São dezenas de crônicas que mostram os bastidores de uma autora que vivia pela escrita e da escrita. Ofício? Aprendizagem? Como é que se escreve? Essas são algumas das questões que Clarice compartilha com o leitor, de um jeito íntimo e apaixonado pela vida e pela escrita.

O ato de escrever e a criação são dos temas centrais da obra e da própria vida de Clarice, visíveis nesses textos em linguagem espontânea. Há crônicas em que ela abre a sua intimidade com o leitor, ao se declarar uma não leitora, alguém que precisa escrever, que não viveria sem a escrita.

Quem sabe esse pode ser um caminho para a sua entrada na obra de Clarice, para ler seus contos, seus romances, suas crônicas.

Aproximar os jovens do universo de Clarice pode ser um passo para apreciarem contos e romances de uma das mais importantes autoras da literatura brasileira. Sua obra, de caráter bastante subjetivo, de acentuados elementos metalinguísticos, engloba também crônicas escritas para o *Jornal do Brasil*, no Rio de Janeiro, de 1967 a 1973. Em *Crônicas para jovens: do Rio de Janeiro e seus personagens*, estão reunidos 39 pequenos textos que têm em comum a cidade do Rio de Janeiro, por quem Clarice era assumidamente apaixonada.

Como cantos de amor à Cidade Maravilhosa, suas crônicas revelam um olhar sobre a vida, as pessoas e a cidade. Um olhar sobre a escrita. No fundo, tocam na questão da condição humana, da nossa existência frente à literatura e à vida.

Os olhos de Clarice passeiam pelas matas, pelos morros, pelo mar e por diálogos com pessoas comuns, como motoristas de táxi, feirantes e empregadas domésticas. Além disso, se deixam levar pela existência de um rato asqueroso que a faz pensar em Deus e na escrita, como em "Perdoando Deus". Aliás, a escrita era motor da vida dessa surpreendente autora, que dizia escrever por necessidade e transpirava literatura sem ser uma intelectual assumida. Cada crônica é uma declaração de amor à Cidade Maravilhosa e à palavra: essa é Clarice Lispector!

Autor de romances e contos, o angolano Ondjaki também tem poemas que reproduzem uma linguagem híbrida (o português e outros falares de Luanda, cidade onde nasceu) e própria: uma singularidade poética. *Há prendisagens com o xão: o segredo húmido da lesma & outras descoisas*, é uma obra que homenageia o poeta pantaneiro Manoel de Barros, com uma nota, no fim, repleta de emoção e humildade.

Alguns poemas também homenageiam outras pessoas: Clarice Lispector, Paula Tavares. Em versos livres, a sonoridade se sobrepõe aos conteúdos e o uso coloquial de palavras e expressões deixa os versos leves: fluem como água em direção ao mar.

Percebemos diálogos com o tempo, a liberdade, a palavra, a literatura, a natureza. Ondjaki nos leva a acompanhar as formigas, a seguir sinais da natureza e a reparar em pessoas, lugares, mosquitos e pequenas coisas e seres diferentes, como as *descoisas*, expressão usada pelo poeta.

Aqui títulos de poemas que por si só já são poesia: "Quinto mim guante"; "Arve jánãoelógica", "Geadações & orvalhamentos". São poemas que penetram na existência das coisas, dos seres, do humano e da própria poesia. Em "Penúltima vivência", temos:

> quero só
> o silêncio da vela.
> o afogar-me
> na temperatura
> da cera.
> quero só
> o silêncio de volta:
> infinituar-me; em poros quer hajam
> num chão de ser cera.

Imagens e musicalidade nos convidam a um mergulho na poesia de Ondjaki.

3.8.1 Além das letras

Que tal pensarmos na paixão pela palavra? Na palavra como matéria bruta, pedra preciosa, como tradução e expressão de sentimento, de espanto.

O poeta João Cabral de Melo Neto nos deixou a obra *A educação pela pedra*, na qual a palavra está descrita como matéria-prima do texto. Vamos ver um trechinho de um poema:

> "Catar feijão"
>
> Catar feijão se limita com escrever:
> jogam-se os grãos na água do alguidar

e as palavras na folha de papel;
e depois joga-se fora o que boiar.

O poeta fala do ato da seleção de palavras. Ainda vai apontar o risco de se encontrar uma palavra que seja como uma pedra entre os grãos de feijão e diz que essa é que dará vivacidade ao verso, que dará um toque instigante ao ritmo do poema — o diferente, a marca.

Graciliano Ramos, em 1948, numa entrevista a um jornal da época, igualmente descreveu o trabalho da escrita como minucioso. A busca da precisão é comparada ao trabalho das lavadeiras de Alagoas que molham e torcem o pano na beira da lagoa ou do riacho, voltam a molhar e a torcer, colocam anil, ensaboam, lavam e torcem uma, duas vezes. Em seguida, batem o pano numa laje ou pedra limpa e torcem-no mais uma vez, torcem, torcem, até não pingar do pano mais uma só gota. Assim a roupa lavada vai para o varal, para secar. Pois da página escrita, diz Graciliano, devem pingar as palavras desnecessárias, nenhuma mais. Trabalho de delicadeza, persistência e firmeza. Corte de excessos, busca do que é essencial.

Essa busca talvez seja a grande aventura. É célebre a foto de Guimarães Rosa em lombo de cavalo pelo sertão, chapéu de vaqueiro. Nas informações disponíveis no site da Fundação Guimarães Rosa (http://www.fgr.org.br), sabemos ter sido em 1952 que o escritor acompanhou uma condução de boiada e que, durante a viagem, ele anotava tudo que via e ouvia em suas famosas cadernetas, material para seus livros. Da viagem, inclusive, a reportagem poética "Com o vaqueiro Mariano", hoje em *Estas estórias*, sob o título "Entremeio: com o vaqueiro Mariano". Mas não só da linguagem sertaneja e de neologismos é marcado o estilo rosiano, também da utilização da estrutura de outros idiomas. Rosa era profundo conhecedor de vários idiomas.

Sabemos, conforme citado anteriormente, que, do outro lado do Atlântico, em 1964, *Sagarana* chega às mãos de José Luandino Vieira, preso político em Luanda. Também pela citada entrevista do escritor a Michel Laban, sabemos que Luandino veio a ler *Grande sertão: veredas,* em 1969, já na prisão do Tarrafal. E que, com a leitura de Guimarães Rosa, entendeu que um escritor tem a liberdade de construir uma linguagem que não seja a que personagens utilizam. Interessado pela linguagem popular, Luandino diz ter percebido que deveria prestar atenção aos processos, conscientes ou inconscientes, com que o povo se apropriava da língua portuguesa, quando as suas estruturas linguísticas eram outras, por exemplo as da língua quimbunda. Declara ter percebido que não deveria ater-se apenas às deformações fonéticas, mas à estrutura da própria frase, ao discurso e à sua lógica interna.

Sua intenção se assemelhava com a do movimento modernista brasileiro, cujo propósito era conferir brasilidade à língua portuguesa. Os países colonizados por Portugal têm em comum na história de suas literaturas a busca por uma língua portuguesa própria, com o toque de suas culturas.

Assim, também por entrevista a Laban, sabemos que Mia Couto afirma trabalhar mais dentro da língua portuguesa, apesar de declarar que, para subverter a norma, muitas vezes se inspira na forma como os moçambicanos se apropriam do português, marcando a língua com traços da cultura africana. Sabemos, ainda, que Mia Couto acredita que o tratamento quase artesanal de palavra a palavra só a poesia pode ensinar.

A linguagem é, sim, assinatura. O estilo, a linguagem de um autor, elege afinidades. Por que preferir determinado autor? Prosa?

Poesia? A linguagem é forma de se relacionar com o mundo, entendê-lo, traduzi-lo — a forma de cada um, autor, leitor. De linguagem e vida, fala Ferreira Gullar em seu poema "Traduzir-se", da obra *Na vertigem do dia*.

> Uma parte de mim
> é só vertigem:
> outra parte,
> linguagem.
> Traduzir uma parte
> na outra parte
> — que é uma questão de vida ou morte —
> será arte?

Da vertigem, essa que leva à necessidade de palavra que a traduza, podemos nos aproximar pelo poema de Adélia Prado "Explicação de poesia sem ninguém pedir", da obra *Bagagem*.

> Um trem de ferro é uma coisa mecânica,
> mas atravessa a noite, a madrugada, o dia,
> atravessou minha vida,
> virou só sentimento.

O leitor pode se encantar pelo modo encontrado para dar corpo à vertigem, esse trem. O encanto do leitor pode estar no estilo do autor, por identificar-se com ele. Ou pode ser justamente por estar diante de uma linguagem até então impensada, diferente da sua maneira, quer por ser ousada, quer por ser imaginativa, sofisticada, simples, quer mesmo por ser delicada. Outra fala: a maneira como um autor conta a história, como descreve um sentimento, uma cena, algo acontecido ou inventado. Uma fala que quer tocar, fazer sentir.

No livro *José Saramago: o amor possível*, entrevista a Juan Árias, o escritor português conta como firmou sua escrita corrida, quase sem parágrafos. Quando escrevia *Levantado do chão*, sobre os portugueses do Alentejo, aconteceu-lhe o que disse ser talvez uma das coisas mais bonitas desde que havia começado a escrever: na altura das páginas 24, 25, sem sentir, sem se dar conta, começou a escrever interligando discurso direto e discurso indireto, ignorando regras sintáticas. No fim, voltou às primeiras páginas para torná-las iguais, escritas da mesma forma. Sua conclusão: ele recolhera material no meio camponês, onde quase todos eram analfabetos e a cultura se transmitia oralmente. Acabou por reproduzir a fala dos camponeses, sua música e seu ritmo. Em devolução ao que tinha recebido deles, como se tivesse se transformado em um deles. Habitado pela fala dos camponeses, encontrou a linguagem adequada para a história.

Tantas vezes essa outra fala provoca diálogos e admiração. O romance *Nação Crioula*, do angolano José Eduardo Agualusa, tem como um de seus protagonistas o aventureiro Carlos Fradique Mendes, personagem principal do livro *A correspondência de Fradique Mendes*, de Eça de Queiroz. No romance de Agualusa, *Nação Crioula* é o último navio negreiro que cruza o Atlântico levando consigo a última partida de escravos da rota Angola-Brasil. Uma época é narrada através da história de amor entre o aventureiro português Carlos Fradique Mendes e Ana Olímpia Vaz de Caminha, que nasceu escrava e se tornou uma das pessoas mais ricas e poderosas de Angola no fim do século XIX.

Também de admiração é feita a canção de Caetano Veloso e Milton Nascimento "A terceira margem do rio", título de um conto de Guimarães Rosa:

> Oco de pau que diz:
> Eu sou madeira, beira

Boa, dá vau, triztriz
Risca certeira
Meio a meio o rio ri
Silencioso, sério
Nosso pai não diz, diz:
Risca terceira

3.9 ANOS ROUBADOS

Você, que na sua lida profissional se defronta com a infância e a juventude, que tal se aproximar delas por meio das obras literárias? Por meio de imagens, de metáforas e de outras figuras de linguagem... Tanto na literatura produzida no Brasil quanto na literatura produzida em países da África, a questão da infância, da adolescência, aparece volta e meia em romances que questionam o lugar da criança e do jovem na nossa sociedade. Na verdade, essa é uma questão da escola, a ser discutida entre educadores, entre pais, entre professores e seus alunos.

Você também foi um adolescente e, certamente, tem suas experiências ainda muito frescas dessa época tão especial da nossa vida: um momento de descobertas, de conquista da autonomia, de vivências amorosas...

Quando estamos diante da literatura infantil e juvenil, a questão da infância chega em memória. Como escrever sobre ou para a infância se não a resgatamos? Se não a reeditamos em palavras novas?

Vamos entrar em obras que nos levarão por situações bem peculiares à infância e à adolescência. *Capitães da areia* (1937) é o sexto romance do baiano Jorge Amado, um dos mais consagrados e traduzidos escritores brasileiros do século XX, membro da ABL.

Ele deixa registrado na abertura da obra que com essa publicação encerra os romances sobre a Bahia, sua terra natal, tão encenada e presente nas suas obras que se transformaram em famosas novelas de televisão, filmes, peças de teatro.

A narrativa traz as peripécias de um grupo de meninos de rua que sobrevive de furtos e pequenas trapaças. Moram em um trapiche velho e abandonado, como um armazém à beira do cais, são liderados por Pedro Bala e conhecidos como *capitães da areia*, por suas aventuras e malandragens. É lá, no trapiche abandonado, que Pedro Bala se refugia com seu grupo. Chama-se Pedro Bala porque o pai foi morto a bala por liderar uma greve; da mãe, não sabe o paradeiro. História que mostra a capacidade de improvisação, tão peculiar a nós, brasileiros. As crianças abandonadas à sorte inventam modos de viver que fogem aos padrões aceitos social e eticamente.

A prosa é conduzida em função dos destinos individuais de cada integrante do bando. Assim, Jorge Amado ilustra a marginalização definitiva de alguns, como o Sem-Pernas e o Volta-Seca. Aborda também a desalienação de outros, como Professor, Pirulito e Pedro Bala. Esse, ao tomar consciência das injustiças sociais, ao fim da obra, torna-se líder, como o falecido pai. Vai lutar ao lado dos trabalhadores grevistas. Pirulito, devido à vocação, descrita desde o início da obra, torna-se frade capuchinho, o que justifica a incansável luta de padre José Pedro para resgatar aqueles jovens da marginalidade. Padre José Pedro é uma das poucas personagens adultas, juntamente com a mãe de santo Don'Aninha, a se aproximar do grupo marginalizado.

Grande parte da origem da rica bagagem cultural brasileira veio do continente africano. Será que conhecemos o que esse continente tem na atualidade? O que uma obra de autoria de um angolano poderia nos dizer sobre seu país? *Bom dia, camaradas*, de Ondjaki, é um romance que traz um narrador jovem, um testemunho dos ecos da guerra, da vida cotidiana em Luanda (a família, a escola, os amigos, as paixões). Em outro livro de Ondjaki, *AvóDezanove* e *O segredo do soviético*, a questão dos ecos da guerra em Luanda fica bem clara: uma personagem, um vizinho, está na guerra, vem de vez em quando a sua casa em Luanda, na Praia do Bispo. Os meninos do local, protagonistas da história, têm medo de ser mandados para a frente de combate, no interior, essa é uma fantasia deles. Nesses livros, a fala fica tão íntima do leitor que, por vezes, o leitor se identifica com o narrador e as personagens.

Destacamos algumas questões abordadas pelo autor em seu romance:

- a escola/o ensino (a relação entre os alunos, entre os alunos e os professores).
- a presença dos estrangeiros: os cubanos, os professores; os portugueses, como António; e os soviéticos.
- a relação da natureza com a vida cotidiana (a presença do abacateiro, a manhã, a água).
- os dizeres do pai, da avó: a tradição oral, os ditados populares.
- a guerra e os destroços trazidos por ela.
- a infância x o mundo adulto.
- o abandono do país, das pessoas, dos aparatos e objetos culturais (como da escola, por exemplo: não há luz elétrica, cadeiras quebradas).
- o MPLA.
- o não duvidar das histórias, do que vai acontecer em Luanda. Lá, tudo é possível, diante do absurdo e das consequências catastróficas da guerra.
- a linguagem com sonoridades, uma linguagem que traz a intimidade, o falar afetivo entre as pessoas: *num t'avisei*.

- a decadência humana: pessoas que desaparecem, que adoecem, que morrem, que vão embora... *Serei o próximo?*, pensaria o narrador.
- as despedidas: sempre há alguém em despedidas, que parte para outro lugar, que morre, que desaparece, que se muda. Seria a vida?
- a água: o cheiro, o filtro, algo que flui... como o tempo.

Primeiro romance do angolano Ondjaki, a história se passa na década de 1980, em Luanda, quando o país estava sob o regime monopartidarista e a população vivia o racionamento de compras feito por meio de cartões de abastecimento. A personagem António, cozinheiro da família, um português que carrega a nostalgia típica do povo lusitano, traz uma voz que contradiz a vida com a história: fazendo parte do povo colonizador, comunga com a voz do colonizado. Entre António e o protagonista há um jogo de questões que indagam sobre a situação de Angola àquela época.

Organizada em capítulos, com epígrafes, ora tiradas do próprio texto, ora de autoria de outros escritores, a obra nos coloca em contato com um menino angolano de classe média, narrador e *alter ego* do escritor. Questiona, reflete e traz uma oralidade envolvente e natural. Há brincadeiras, descobertas...

Se na obra de Ondjaki a escola e o país (Angola) fazem o pano de fundo do cenário vivido pelos jovens, na obra de Jorge Amado é a rua, a miséria, o abandono que são o pano de fundo. A marginalização marca presença na vida, nos nomes das crianças, como se não houvesse outra saída. Ou seja, a saída seria a própria literatura ou a linguagem construída pela gangue de Pedro Bala.

Se você é professor, como é com seus alunos? Como interagem em sala de aula? Há um diálogo possível entre eles e entre eles e você? A leitura de uma obra literária pode nos abrir frentes para uma conversa, um diálogo. Ler um romance e conversar sobre ele, associar livremente à vida de cada um, à atualidade, coloca o jovem frente à responsabilidade de viver. Isso lhe traz autonomia. Quando você passa um questionário de perguntas interpretativas, de análises, isso robotiza o aluno. Não abre para o debate, fecha, pois certamente você espera respostas certas ou erradas.

Por sua vez, quando você cria um espaço de discussão, você dá voz e corpo ao aluno, às dúvidas deles, às angústias... E, nesse aspecto, uma obra também pode ser um motivo interessante para o diálogo entre pais e filhos e entre amigos.

Sabemos da existência do filme *Capitães da areia* (de Cecília Amado), que poderia ser exibido após a leitura da obra. Que tal pegar numa locadora? E há ainda o site do filme: http://www.capitaesdaareia.com.br/ para pesquisas e enriquecimento do trabalho.

Outro romance que pode estabelecer diálogo com *Capitães de areia* é *Esteiros,* do português Soeiro Pereira Gomes, escritor neorrealista e militante comunista. *Esteiros* se passa na freguesia portuguesa de Alhandra, onde o escritor viveu parte de sua vida. Conta a história de um grupo de meninos que vive entre o trabalho, a mendicância e a vadiagem. O romance denuncia a miséria e a injustiça social; denuncia a dura condição de vida das crianças que trabalham numa fábrica de tijolos, sua luta contra a miséria e opressão.

Em O *menino de engenho* (1932), o paraibano José Lins do Rego (1901-1957) transforma matéria bruta do memorialismo em história recriada de um menino que perde a mãe e é obrigado a amadurecer e a conviver com o mundo dos adultos.

E agora vejamos dois trechos de canções de Chico Buarque relacionadas à infância:

João e Maria (com Sivuca [1930-2006])

> Agora eu era o herói
> E o meu cavalo só falava inglês
> A noiva do caubói
> Era você além das outras três

E *Ciranda da bailarina* (com Edu Lobo):

> Só a bailarina que não tem
> Medo de subir, gente
> Medo de cair, gente

Vejamos um trecho de um soneto de Jorge de Lima, da obra *Poemas negros*, de 2007:

> Tempo de infância, cinza de borralho,
> tempo esfumado sobre vila e rio
> e tumba e cal e coisas que eu não valho
> cobre isso tudo em que me denuncio.
> Há também essa face que sumiu
> e o espelho triste e o rei desse baralho.
> ponho as cartas na mesa. Jogo frio.
> veste esse rei num manto de espantalho.

Entre a infância e a vida madura, chegam as memórias amargas, há uma dor (quase) de morte. Se por um lado notamos um tom lúdico no rei do baralho, por outro há uma crueza diante de uma vida sofrida.

Na obra de contos *A cidade e a infância*, o angolano José Luandino Vieira comparece com marcas da sua literatura comprometida com a subjetividade do povo angolano: um ar urbano de cidades decadentes; a pobreza à flor da pele; a marginalidade da capital de Angola, Luanda, que concentra mais da metade da população daquele país; as consequências e os ecos da guerra; a prevalência da oralidade na narrativa. Estamos diante de dez relatos inspirados na infância do próprio Luandino. Tensões entre brancos e negros, a infância vivida em locais de extrema pobreza estão presentes nas narrativas.

Luandino tem preferido, tal qual Guimarães Rosa, chamar seus textos de estórias. Destacamos "A cidade e a infância", "A fronteira de asfalto", "O nascer do sol". Em "A fronteira do asfalto", conhecemos a história de duas crianças, uma negra e uma branca, que estão proibidas de se encontrar, de brincar, de se falar. Também estão separadas pela fronteira do asfalto, que divide os bairros ricos e os *musseques* da capital angolana.

Aqui, lembramos a obra *Cidade partida*, do jornalista mineiro residente do Rio de Janeiro Zuenir Ventura. Obra densa, de caráter social e existencial, *Cidade partida* divide a cidade do Rio de Janeiro em, pelo menos, duas: a do asfalto (dos que vivem a urbanização organizada) e a do morro (das favelas). Não se pode mais pensar o Rio de Janeiro sem lembrarmos essa obra de Zuenir.

Na obra *Exercícios de ser criança,* Manoel de Barros nos diz que a infância é a fase da vida em que o conhecimento da realidade se dá pelo sensível, pela emoção, pela intuição. Daí Manoel de Barros relacionar a infância ao fazer poético.

3.9.1 Que lugar tem a criança na prosa de Guimarães Rosa?

O grande romancista Guimarães Rosa nos deixou um importante acervo de contos, gostosos de serem lidos por adultos, por adolescentes, por crianças. E importantes para entendermos a infância. Que etapa é essa do desenvolvimento?

Em alguns contos, nos deparamos ainda com questões da passagem para a puberdade, do confronto entre vida e morte e entre infância e velhice. O que há de tão misterioso nessa nossa existência? Guimarães trata o sobrenatural como algo que faz parte da vida, da literatura, da infância, da arte. Num mesmo conto, ele inclui questões da infância, da morte, do sobrenatural.

E também podemos ler seus contos para discutir o que é a literatura infantil. Haveria, de fato, uma literatura destinada às crianças? Ou são os editores que preparam as obras com feições para os pequenos? O que seria mais relevante numa obra para crianças: o ponto de vista do narrador que respeite o olhar da infância? Ou o tratamento da língua, cheia de jogos de linguagem, de palavras? Ou a presença da personagem criança?

Contos como "Fita verde no cabelo", "Ave, palavra" (publicados separadamente) e "As margens da alegria", "Os cimos" e "A menina de lá", incluídos em *Primeiras estórias*, nos dão pistas para essa reflexão sobre a infância, sobre as passagens de diferentes etapas do desenvolvimento humano, sobre as produções culturais voltadas para os pequenos leitores. São obras com personagens crianças que vivenciam descobertas, perdas, mudanças, as dificuldades de entendimento de um mundo cheio de regras e valores adultos.

Em primeiro lugar, notamos como a criança em Guimarães Rosa tem voz e vez: é sujeito de suas ações. Em "Fita verde no cabelo", temos uma menina que se depara com a velhice, com a partida da avó, com o mistério e com o inexplicável. A menina está em crescimento, vê a morte, atravessa o medo e o desconhecido.

Já em "A menina de lá", a personagem franzina, miúda, econômica na comunicação, pressente acontecimentos, faz milagres.

Na verdade, a menina prevê a própria morte. Isso é confirmado após a sua partida, já que havia deixado o desejo de ser enterrada em caixãozinho rosa com verdes funebrilhos. A perda da menina é reparada com o próprio milagre: o de Santa Nhinhinha.

Em "As margens da alegria", passeamos e nos deslocamos com um menino que vai para a casa do tio na capital que está sendo construída, supostamente Brasília. A primeira vez em que viaja de avião está sem a mãe, sente medo, estranha o mundo grande. O menino se encanta por um peru, que acaba na mesa de refeição. Ele vive a alegria, a tristeza, a perda, o não entendimento das coisas ao seu redor.

Já em "Os cimos", esse mesmo menino viaja para a capital, com a mãe adoentada, e perde seu macaquinho bonequinho. Descobre, na natureza, o tucano, ave encantadora! Como num processo de amadurecimento e crescimento, o menino vive seus silêncios, seus assombros, seus fantasmas... Aprende a substituir o brinquedo perdido pelo pássaro recém-admirado.

Nas duas situações, o menino se depara com um mundo diferente, crescido, amplo, de coisas, pessoas e natureza exuberante. Com suas expressões coloquiais e neologismos, Guimarães usa uma linguagem bastante musical, com uma pontuação e ortografia peculiares às falas de pessoas do campo. Ele não ridiculariza o homem do campo, nem deprecia seus sentimentos, ele mostra como ali há uma sabedoria: de crenças populares, de sensibilidade da infância, da existência do sobrenatural em convivência com o mundo lógico e racional das relações. A prosa de Guimarães Rosa é para todos os leitores: crianças e adultos, cada um vai ler do tamanho que alcança suas metáforas, suas metamorfoses, suas mudanças, inclusive a da própria palavra, como matéria de salvação da nossa alma.

3.10 RECORDAR É VIVER

Uma das coisas mais importantes na literatura é a memória. Ela é o magro espólio do poeta, como nos disse Francisco José Viegas, em junho de 1997, no prefácio "Duas pátrias e nenhuma", para a obra *O monhé das cobras*. Sem ela, não haveria a construção narrativa, o brincar com as palavras em versos. A memória atualiza o que foi vivido e o faz em palavras escritas. Para escrever, precisamos lembrar as palavras. E para ler também precisamos reconhecer as palavras, os sons, os sentimentos. A fantasia se presentifica nas construções literárias, por quem escreve e quem lê.

Muitos autores se debruçam sobre a memória na literatura brasileira. Em especial, na literatura para a juventude, destacamos: Ziraldo (*Menina Nina*); Joel Rufino dos Santos (*Quando eu voltei, tive uma surpresa: cartas para Nelson*); Bartolomeu Campos de Queirós (*Por parte de pai* e *O olho de vidro do meu avô*); Lygia Bojunga (*Feito a mão* e *Livro: um encontro*) e Ana Maria Machado (*Tropical sol da liberdade* e *Infâmia*).

Juntamente com a memória, chega o tempo na literatura. O tempo inventado, o tempo recordado, o tempo vivido, o tempo desejado. O tempo, simplesmente.

Em outro soneto de Jorge de Lima, da obra *Poemas negros*, temos:

> As palavras são outras, mas a cena:
> a nuvem, o rochedo, o sol sem pino,
> a sombra amante, o mar, a praia amena,
> o cajado do pai são do menino.
>
> Só a medida unânime é pequena:
> a mão sobre o missal, o galo, o sino,

o medo, a imperfeição, o verso e a pena,
a mão em paz contando o seu destino.

Há um misto de recordações, com perdas, com dores. Com coisas e sentimentos que não voltam mais, que as palavras conseguem reeditar.

Um livro recheado de crônicas nos abre a possibilidade de passear pelas páginas do cotidiano reinventado, de fazer diferentes leituras de nós e do mundo. Um episódio, um *flash* do dia a dia, é traduzido em relatos cheios de humor, de jogos. Vida e invenção se misturam: o olhar do escritor, o olhar do leitor... Em *Crônicas para ler na escola*, Carlos Heitor Cony, também conhecido pelos seus premiados romances (*Matéria de memória* e *Quase memória*), membro da ABL, é cronista de mão cheia, com seus relatos que retomam o tempo e a memória. E o que seria da literatura sem esses temas fundantes da arte da vida?

A crônica de abertura da obra, "O buraco da memória", evidencia o trabalho com o tempo e a memória feito pelo autor. Em outras, há uma nostalgia e uma lembrança retomadas, que podem ser lidas pelos jovens leitores no intuito de conhecerem fatos passados numa atualidade subjetiva.

A obra faz parte da coleção Para Ler na Escola, com títulos que dão espaço a diferentes autores consagrados das letras, como Carlos Heitor Cony, João Ubaldo Ribeiro, João Cabral de Melo Neto, Moacyr Scliar, Ignácio Loyola Brandão, Ruy Castro... E outros autores mais que estão por ser publicados, como Bartolomeu Campos de Queirós.

São 49 crônicas breves, como breve é o olhar do escritor sobre uma cena do cotidiano. Há crônicas para todo gosto: para serem lidas pelos alunos, pelos professores, pelos educadores, como parte da formação leitora de cada um. Podem ser lidas em sequência ou escolhidas aleatoriamente, ao gosto de quem lê.

A organização das crônicas e a apresentação desse volume ficaram a cargo da professora Marisa Lajolo, autora de inúmeras obras de ensaios sobre leitura e literatura.

António Lobo Antunes, um dos consagrados escritores contemporâneos de Portugal, conta com uma obra em prosa, de romances e de crônicas. No caso dos romances, ele transgride a narrativa e cria uma linguagem e fio narrativos absolutamente próprios. Sua estreia se deu com *Memória de elefante*, romance que traz a densa separação de um casal e a mudança de vida do narrador, um médico psiquiatra português que retorna da guerra anticolonialista em Angola.

Com a crônica, Lobo Antunes lida com naturalidade, mistura passado e presente, recria memórias, dialoga com ficção e realidade, faz interferências subjetivas que fisgam o leitor na primeira linha. O autor conta com uma significativa presença no Brasil, com uma dúzia de obras publicadas que merecem ser lidas por adolescentes e adultos.

Em *As coisas da vida: 60 crônicas* estão reunidos sessenta textos, que foram publicados no jornal *Público* e na revista *Visão*, ambos de Portugal. Divididas em sete blocos temáticos (infância, literatura/metalinguagem, relações amorosas, humor, cotidiano, guerra em Angola, memórias), as crônicas nos levam a passear em Portugal, em Angola (onde o autor serviu como médico do Exército português, nos últimos anos da guerra) e no Brasil.

Nesse conjunto de narrativas curtas, o autor nos abre sua intimidade, seus enlaces, rompimentos, suas paixões, seus desamores, suas memórias, questões com a criação, a família, a literatura, os países onde viveu. É um passeio por uma história vivaz, por uma linguagem singular e envolvente.

E agora vamos a um poeta do centro-oeste brasileiro, Manoel de Barros, com *Memórias inventadas para crianças*. As memórias seriam uma invenção? Ou a memória é o que impede a fantasia de fluir? Do que tratam as memórias inventadas do escritor Manoel de Barros, homenageado na Flist (Festa Literária de Santa Teresa, iniciativa do Centro Educacional Anísio Teixeira [Ceat], no Rio de Janeiro) de 2010? As vivências que chegam com as memórias trazem um universo mágico do que foi (o vivido) e do que pode ser (a ficção).

Em prosa, narrativas brevíssimas, o poeta de Mato Grosso revive instantes que se passaram em sua infância. Pode ser até na infância interna, a das imaginações. Em um tempo em que os brinquedos eram inventados e feitos pelas crianças — boizinhos de ossos, bolas de meias, automóveis de lata...; um tempo de descobertas dos heróis e das estátuas das cidades grandes.

Em cada narrativa, uma palavra criada, um sentimento descoberto. São seis contos que nos deixam com gosto de querer ler mais: "Escova"; "O lavador de pedra"; "Fraseador"; "O apanhador de desperdícios"; "Brincadeiras" e "Sobre sucatas". Ler como criança, ler para e ler com as crianças.

São prosas quase poemas, em linguagem condensada, poucas palavras, metáforas, jogos de sentidos e de palavras. Instantes de vida. Sopros de lembranças.

As iluminuras da artista Martha Barros, filha do autor, acompanham os relatos, ampliam as ideias do texto para o território do sonho. Imprimem bichos, flores, figuras minúsculas pintadas sobre tecidos de texturas diferentes. Trazem rodopios, nascimentos, encontros... Deixam o leitor voar com os passarinhos, com as reminiscências de um tempo que se foi, mas continua vivo dentro de cada adulto. E deixam cada leitor pasmo a descobrir uma infância outra, de outrem, que existe na literatura, mas também na história dos adultos, dos nossos antepassados. As memórias inventadas inventam um tempo do antes, para todos nós.

Os da minha rua, do angolano Ondjaki, é um livro de contos construído a partir da memória. São 22 histórias que expõem a Luanda das décadas de 1980 e 1990, anos da infância e adolescência do autor. Luanda pelos olhos de um menino, o tempo de antigamente: lugar que já não existe, revisitado pela memória, guardado no sentimento. Paula Tavares, em carta que integra o livro em forma de posfácio, nomeia as ruas desse lugar que já não existe como o espaço "onde cresciam miúdos aos gritos a ver o mundo sem ninguém dar conta". E acrescenta: "O teu livro dá conta de como crescem em segredo as crianças."

Pela reconstituição do universo da infância, conhecemos um pouco da experiência socialista de Angola. Tanto a experiência individual do narrador quanto a experiência coletiva, inclusive de problemas de abastecimento relacionados ao regime econômico, como as filas e os cartões que racionavam as compras. O narrador-menino fala dos companheiros de brincadeira e da escola, dos professores cubanos, de suas descobertas, de festejos, da família, da vizinhança. No conto "O homem mais magro de Luanda", somos levados a uma reunião de amigos em um quintal luandense, o da casa do tio Chico e da tia Rosa, onde havia um banquinho para o menino poder alcançar a torneira da botija de cerveja, que ficava no quartinho-geleira, e encher os copos, missão que é narrada com grande ternura.

A presença da indústria cultural estrangeira se mostra no cotidiano, em especial a brasileira, por meio das novelas *O Bem-Amado* e *Roque Santeiro* e das músicas de Roberto Carlos. O conto "A televisão mais bonita do mundo" fala da inveja que o menino sente dos filhos do Lima, que, por serem proprietários da televisão, poderiam acompanhar a novela *O Bem-Amado* ou o desenho *A pantera cor-de-rosa* em cores. Rara na época, em Luanda, uma televisão colorida, a primeira que o menino via na vida, um dia com tio Chico e tia Rosa na casa do amigo Lima.

Esse conto ainda vislumbra os ecos da guerra em Luanda, a guerra civil que acontecia no interior. A guerra tornara-se fato cotidiano, fazia parte da linguagem corriqueira, como a do menino chamando a atenção da tia Rosa: "Cuidado com as minas". Iam à casa do Lima por uma rua escura e as minas eram a *dibinga* (fezes) dos cães no caminho.

Podemos dizer que os contos fazem uma crônica poética da Luanda desse tempo de antigamente. As personagens têm um lastro na vida real e o universo é recriado por um texto marcado pela oralidade, buscando exprimir a sintaxe e o léxico do português falado em Angola. O autor narra a época sem preocupação de análise: são palavras puxando o fio da memória e do afeto e descrevendo, sem sentir, os sentimentos e o cenário de uma cidade — suas relações sociais e seus aspectos políticos.

No último conto, "Palavras para o velho abacateiro", essa árvore, aqui quase mítica, conta segredos ao narrador-menino. Mas são os últimos que ele soube entender, pois o momento, para o menino, é de passagem para uma idade mais amadurecida. Esse menino vai estudar em outro país. E o que lhe diz sua avó Agnette, acalmando seus medos, é que ele vai poder encontrar seu lugar, mesmo longe, porque uma casa se encontra, está em muitos lugares. A sabedoria da mais velha é bálsamo. Os alicerces do nosso interior, esse que é a nossa casa, não seriam feitos do que foi vivido e tornou-se memória?

Pensamos assim com o conto "Nós choramos pelo cão tinhoso", quando o menino-narrador descreve a leitura em voz alta, na escola, de "Nós matamos o cão tinhoso", do moçambicano Luís Bernardo Honwana. O conto trata da memória do sentimento da passagem do tempo, na sua leitura o menino identifica estar mais crescido.

Do antigamente, também nos fala outro escritor angolano, Luandino Vieira, no livro *No antigamente, na vida*, que se constitui de três histórias que entrelaçam tempos.

3.10.1 Das lembranças

Para os antigos gregos, a memória era sobrenatural, um dom a ser exercitado. Mnemósine, mãe das musas — protetoras das artes, história e astronomia —, possibilitava aos poetas lembrar o passado e transmiti-lo aos mortais. O poeta, ou *aedo*, então, resgatava do esquecimento o que era importante, fazia-se memória viva do seu grupo. Era um porta-voz da palavra.

Mnemósine é a deusa grega que personifica a memória. Filha de Urano (o Céu) e de Gaia (a Terra), é uma das seis titânides. De sua união com Zeus, nasceram as nove musas, as que inspiram poetas e literatos, músicos e dançarinos, astrônomos e filósofos. Na época romana, ganharam atribuições específicas: Calíope é a musa da poesia épica, Clio da história (ciência), Euterpe da música, Érato da poesia lírica, Terpsícore da dança, Melpomene da tragédia, Tália da comédia, Polímnia dos hinos sagrados e Urânia da astronomia.

Para as sociedades tradicionais africanas, os contadores de história em volta das fogueiras, figuras da oralidade como os *aedos* gregos, cumpriam esse papel de memória coletiva. Pelas narrativas míticas e pelos contos da tradição (em Angola, *missossos*), cuja função é simultaneamente didática e lúdica, ficavam garantidos os valores e as leis da comunidade.

O conceito de memória e seu funcionamento são objeto de estudos científicos e filosóficos há séculos. Atualmente, uma metáfora utilizada para explicar como funciona a memória humana é o computador. Ou terão sido os conhecimentos de como funciona nossa memória que possibilitaram a construção de um computador, primeiramente conhecido como cérebro eletrônico?

A invenção da imprensa e a urbanização trouxeram importantes mudanças para a memória individual e a coletiva. Distanciando-se das sociedades baseadas na transmissão oral, a vida nas cidades passou a demandar novos registros, o que culminou, nos dias de hoje, com o computador, capaz de armazenar grandes quantidades de informação.

Ao pensar sobre as memórias, não podemos deixar de lembrar o uso de objetos que têm ficado obsoletos e fora de moda. Você se lembra dos *long plays* (LPs)? Fizeram muito sucesso nas décadas de 1960, 1970 e 1980. Depois, vieram os CDs.

Por sua vez, também há as agendas eletrônicas e, quanto aos arquivos de computador, existem os chamados *arquivos em nuvem*, que ficam guardados virtualmente, em algum provedor, por exemplo o Google. Os mecanismos de armazenamento de memória se transformaram com o desenvolvimento tecnológico. Antes, havia os álbuns, os diários, as coleções de selos, de cartões postais, de figurinhas, mas o mundo virtual traz novas possibilidades. Na verdade, também não sabemos onde fica a nossa memória afetiva e subjetiva. E a literatura? Não seria um local privilegiado para a memória?

Na obra *A maleta de meu pai*, o escritor turco Orhan Pamuk, vencedor do Prêmio Nobel em 2006, conta no primeiro dos três textos, em discurso de agradecimento ao Nobel, sua relação com o pai. Pouco antes de morrer, o pai lhe entregara uma maleta cheia de papéis, de textos e manuscritos. O que haveria na maleta? Histórias do pai? A revelação de que ele era um grande escritor? Pamuk associa essas questões ao ato de escrever e conta sobre seu processo de criação. Ali, percebemos como as memórias são teias de construção das histórias. Como os sentidos, cheiros, ruídos, as imagens, sensações chegam ao escrevermos.

Em *O fio da palavra*, recente obra de Bartolomeu Campos de Queirós, ilustrações de Salmo Dansa, o autor fala da memória ao escrever: ela traz o vivido. Em *Minha vida de menina*, de Helena Morley, livro do qual foi feito um filme, o diário de uma adolescente nos leva por um Brasil patriarcal e rural dos fins do século XIX. Assim como *Memórias do cárcere*, de Graciliano Ramos, nos conta o drama desse autor e seus companheiros de cadeia, presos políticos no Brasil da década de 1930. Sejam memórias afetivas, sejam memórias de acontecimentos históricos e pensamentos, na literatura temos um tesouro incrível.

Quando Ana Maria Machado defende a leitura dos clássicos em seu livro *Como e por que ler os clássicos universais desde cedo*, ela afirma:

> Temos de herança o imenso patrimônio da leitura de obras valiosíssimas que vêm se acumulando pelos séculos afora.

Um patrimônio que guarda a história da humanidade através dos tempos, fatos, sentimentos, pensamentos. Grande e valiosa memória!

4. Um enredamento de culturas: a língua, as tradições

A língua é dinâmica: as tradições culturais e os povos se mesclam. Com isso, as literaturas ganham novos enfoques. Linguagens e tendências. Talvez não seja pelas semelhanças entre as literaturas de língua portuguesa que você se encantará. Você poderá se encantar pela singularidade de uma obra, de um autor. Ou quem sabe se encantará pelas semelhanças e diferenças na palavra, na pronúncia, nas comidas, nas músicas, nas danças, nas festas populares...

Abordaremos semelhanças e diferenças culturais de vários países que têm em comum a língua portuguesa e, em especial no Brasil, como agregamos e combinamos essa herança e criamos um mosaico, rico e diversificado, como é a cultura brasileira. Propomos passear por vários aspectos de nossa cultura herdados do colonizador europeu e também dos escravos africanos. Logo, perceberemos esses traços na nossa literatura e também na literatura de língua portuguesa de outros países.

Lembramos que cultura é o conjunto das expressões de comportamentos, de crenças, de instituições, de manifestações artísticas e intelectuais transmitidas coletivamente e típicas de uma sociedade. Ou ainda o conjunto de costumes, crenças, arte e pensamento de um povo. No caso do Brasil, nossa cultura é oriunda de uma fusão de outras culturas, herdadas inicialmente dos indígenas, do colonizador português e dos escravos africanos, que recebe a contribuição mais tarde de outros imigrantes, como os italianos, alemães, holandeses, franceses, árabes, judeus e japoneses. Mas, sem dúvida, foram os portugueses que mais influenciaram na formação da cultura brasileira. A maior das heranças foi o legado da língua portuguesa, além da religião católica, crença de grande parte da população, das danças e festas populares, da culinária e das artes.

Embora tenhamos herdado dos portugueses o idioma, o português que falamos tem vocábulos próprios do nosso falar, fruto da combinação de palavras trazidas pelos africanos que aqui chegaram como escravos e dos povos indígenas que já habitavam estas terras antes da chegada do colonizador.

Dos africanos herdamos vocábulos como: bagunça, dengo, fubá, batuque, fofoca, moleque, cafuné, pileque, quitanda, bafafá, cachaça, zanga, sopapo, senzala, quiabo, cuíca, macaco, minhoca, marimbondo e tantos outros.

Como dos portugueses herdamos a língua propriamente, a maioria dos vocábulos que usamos é de origem portuguesa. Portanto, vamos aqui destacar palavras diferentes, usadas em Portugal e no Brasil, para se dizer a mesma coisa: no Brasil se fala "sorvete" e em Portugal se diz "gelado"; lá se chama "parvo" quem aqui designamos de "bobo"; os portugueses chamam as "crianças" de "miúdos"; no Brasil usamos "celular", em Portugal usa-se "telemóvel". "Estás a perceber?" Ou melhor, entendeu?

Existem também alguns ditos populares próprios de cada país, que variam de uma geração para outra. Exemplo de alguns ditos muito usados entre nós: "É melhor prevenir do que remediar"; "Quem não tem cão caça com gato"; "Um homem prevenido vale por dois"; "Em terra de cego quem tem um olho é rei"; "Antes tarde do que nunca"; "Não adianta chorar sobre o leite derramado". Já os portugueses têm provérbios como: "Agora Inês é morta"; "A barriga não tem fiador"; "A culpa morreu solteira"; "Cada um puxa a brasa para a sua sardinha"; "Cada terra com seu uso, cada roca com seu fuso"; "Casa de pobre, tacho de cobre". Mas há alguns que são ditos tanto lá quanto cá exatamente da mesma forma: "Cada macaco no seu galho"; "A ocasião faz o ladrão"; "A pressa é inimiga da perfeição"; "A união faz a força".

Ao tratar do português falado no Brasil, não podemos deixar de mencionar os vocábulos herdados dos povos indígenas, que tornaram o nosso jeito de falar ainda mais peculiar: amendoim, curumim, cipó, abacaxi, caboclo, Ipanema, pipoca, catapora.

Se você for um professor, poderá trabalhar com seus alunos textos (contos, poemas) nos quais eles possam identificar vocábulos herdados do colonizador português, dos africanos ou dos povos indígenas, como o conto "Como nascem as estrelas", de Clarice Lispector, do livro *Como nasceram as estrelas: doze lendas brasileiras*. Ou ainda o livro de poemas *Há prendisajens com o xão*, do escritor angolano Ondjaki, no qual o aluno entrará em contato com o idioma português, mas diferente do que ele habitualmente ouve e fala.

Também a nossa culinária sofreu grande influência dos portugueses, africanos e indígenas. Afinal, a cozinha brasileira é um reflexo de nossa cultura: rica e diversificada. Isso se deve à união de várias culturas: dos indígenas herdamos a mandioca, o aipim, a abóbora, o gosto pelo consumo do peixe, o pirão, a paçoca de amendoim. Os africanos nos deram o azeite de dendê, temperos e ervas, o inhame, a pimenta-malagueta, o quiabo, que ajudaram a criar iguarias como o vatapá, o caruru, o acarajé, a moqueca, além da famosa feijoada. Sem falar nos doces: o quindim, a canjica, a pamonha, a rapadura. Já os portugueses disseminaram o gosto pela carne (boi, porco, carneiro, bode) e seus subprodutos provenientes desses animais, como o leite, o queijo, o requeijão, os embutidos; sem falar no azeite, no bacalhau, na azeitona e no vinho. Outra valiosa contribuição foram os doces: papos de anjo, sequilhos, fios de ovos, queijadinhas, pastéis de natas.

O nosso leitão à pururuca, famoso principalmente em Minas Gerais, é herança do hábito português de assar o leitão, como o famoso leitão da Bairrada, comida típica dessa parte de Portugal. O doce ambrosia, que conhecemos como mineiro, também é muito comum em Portugal. Mas há iguarias próprias de Portugal, de acordo com cada região. O cabrito assado é uma comida típica do norte de Portugal, provável herança dos mouros que dominaram aquela parte do país por vários séculos, e tem inclusive um nome peculiar: chama-se "foda" ao cabrito assado no forno com arroz de açafrão. Prato típico da Beira Litoral e também muito conhecido nos arredores de Coimbra, em especial em Vila Nova de Poiares, a "chanfana", carne cozida mergulhada no vinho feita no forno a lenha, em panelas de barro, é servida fumegante com batatas cozidas ou com broa também cozida no forno a lenha, de preferência perto da adega.

Outra iguaria portuguesa com nome diferente é a "punheta". Trata-se de uma salada de bacalhau cru desfiado, com rodelas de cebola e azeitonas, regada com muito azeite e servida com fatias de pão. Diz-se que a origem desse nome vem dos camponeses que trabalhavam em terras próximas ao rio, onde lavavam o bacalhau salgado na água corrente, usando os punhos. Também temos comidas próprias de cada região, como a moqueca capixaba (Espírito Santo); o tutu à mineira (Minas Gerais); a paçoca de pinhão (Rio Grande do Sul); o pato no tucupi (Pará); o vatapá (Bahia).

Dos africanos herdamos muitos hábitos alimentares. Afinal, no início de nossa colonização eram as escravas africanas que cozinhavam para os colonizadores. E elas introduziram temperos e ervas que foram determinantes para a nossa culinária. Uma das mais importantes contribuições foi o azeite de dendê, indispensável para o preparo de vários dos nossos pratos típicos, em especial no nordeste do país. A feijoada, considerada o mais apreciado dos pratos típicos brasileiros, também tem sua origem na adaptação dos negros às condições difíceis em que viviam na escravidão.

Os indígenas, já conhecedores das riquezas do país bem antes da chegada dos portugueses, nos ensinaram como apreciar frutas e outros alimentos, como o caju, o milho, a tapioca, a mandioca e sua farinha, que depois se agregou a pratos de origem africana e portuguesa, como a farofa e o pirão. Além da caça e da pesca, também apreciadas pelos portugueses e africanos.

Obras de Jorge Amado, como *Gabriela, cravo e canela* e *Dona Flor e seus dois maridos*, revelam iguarias da culinária brasileira, preparadas por essas exímias personagens-cozinheiras. Também encontramos iguarias de nossa culinária no livro *Não me deixes*, de Rachel de Queiroz. Sem falar nos quitutes preparados pela Tia Nastácia e apreciados não só pelos moradores do *Sítio do Pica Pau Amarelo*, de Monteiro Lobato, mas também pelos leitores dessa obra. Lobato trouxe a comida caipira do Vale do Paraíba. Que tal propor a seus alunos uma busca por outros romances da literatura de língua portuguesa nos quais sejam revelados tesouros culinários diferentes?

Lembramos *O banquete*, de Platão, com reflexões sobre a vida, o homem e o amor. Até meados do século XVIII as poesias celebravam Baco e suas dádivas, associavam o vinho ao amor. Novas descobertas traziam à mesa prazeres como o açúcar, o café, o chá, o chocolate. Com isso, a porta da cozinha foi definitivamente aberta para poetas e escritores e os ingredientes mais variados foram postos nas páginas, com a mescla da gula e da paixão, do lirismo e da saciedade.

Mário de Andrade, por sua vez, apresentou no conto "Peru de Natal" uma refeição conturbada, em que uma família luta com o vulto do pai morto ao comer a ave. José de Alencar mostra os costumes e a geografia do Brasil em seus romances regionais. E Guimarães Rosa, no conto "Substância", mostra a vida em torno do polvilho, amido da mandioca (raiz consumida no Brasil de norte a sul): "Estendeu também as mãos para o polvilho — solar e estranho: o ato de quebrá-lo era gostoso, parecia um brinquedo de menino". Em *Indez*, Bartolomeu Campos de Queirós faz poesia com a falta de comida (a pouca fartura de carne). Faltava carne e não faltava imaginação na mãe que, ao cozinhar arroz, chuchu e ovo frito, criava a bandeira do Brasil.

Nossas músicas e danças, tão apreciadas em todo o mundo, também são fruto da mistura das heranças que recebemos. Na música, recebemos dos portugueses instrumentos como a guitarra (violão), a viola, o cavaquinho, a flauta. Dos africanos recebemos, acima de tudo, a força rítmica. Foi com a herança da música negra que criamos o samba, o maracatu, o maxixe, graças a instrumentos como agogô, atabaque, chocalho, cuíca, berimbau, tambor, entre outros. As danças também revelam toda a riqueza e a diversidade propiciada por herança tão generosa.

Em todos os cantos do Brasil, percebemos nas danças a marca da herança recebida. Os portugueses nos ensinaram as dramáticas: bumba meu boi, pastoris, folias de reis, ciranda. Com os indígenas aprendemos a dançar o caboclinho e o cateretê. Mas foram os africanos que colocaram o tempero que fez toda a diferença — a ginga e o requebro. Essa força está no maracatu, no maculelê, no samba, na capoeira, no tambor de crioula.

São as festas populares que mostram a riqueza dessa mistura tão bem-feita, já que aí temos a música e a dança, além dos figurinos e adereços. Destacamos as principais: o Carnaval, a Festa do Divino, a Festa de São João, o Círio de Nazaré, a Cavalhada, a Congada, a Folia de Reis ou Reisado.

Embora não se saiba a origem exata do carnaval, sabemos que ele chegou ao Brasil proveniente das festas carnavalescas europeias, com personagens que não faziam parte da nossa cultura, mas que foram incorporados, como o rei momo, o pierrô e a colombina. Inicialmente consistia em um desfile de pessoas fantasiadas e mascaradas que saíam pelas ruas cantando e dançando. Apenas a partir do século XIX é que começaram a surgir os blocos carnavalescos, com carros decorados e pessoas fantasiadas, semelhante ao que vemos hoje. Foi no século XX que ele se popularizou, com as animadas marchinhas carnavalescas.

Como a este país criatividade é que não falta, foram criados vários tipos de músicas e também de danças, que variam de uma região para outra, para celebrar essa grande festa. No Rio de Janeiro, o carnaval conhecido internacionalmente é realizado com o desfile das escolas de samba e seus sambas-enredos e teve início no fim da década de 1920 com a criação da primeira escola de samba, a Deixa falar, que mais tarde mudou o nome para Unidos de São Carlos e depois para Estácio de Sá. Foi a partir daí que o carnaval de rua ganhou um formato que evoluiu para o que temos hoje, tanto no Rio de Janeiro quanto em São Paulo.

Atualmente, o Rio testemunha a retomada das ruas pelos foliões nos blocos que arrastam multidões, desde os tradicionais Bola Preta, Simpatia é Quase Amor, Suvaco do Cristo e Carmelitas aos mais recentes (nem tanto), como Escravos da Mauá e Monobloco. Ainda no Sudeste, temos o animado carnaval de Ouro Preto, cidade histórica mineira, com os blocos que arrastam a multidão de foliões pelas ladeiras da cidade para se encontrarem na Praça Tiradentes. É de Ouro Preto o bloco carnavalesco mais antigo, o Zé Pereira dos Lacaios, fundado na década de 1960, também famoso por seus bonecos gigantes, chamados catitões.

O Nordeste é outro berço de festas populares. No Recife, o carnaval tem ritmo próprio, o frevo. A palavra frevo vem de ferver, remetendo a um estilo de dança que faz parecer que as pessoas dançam sobre uma superfície com água fervendo. Na verdade, é uma dança elaborada que inclui gingado, rodopios, malabarismos, passos miúdos e que exige muita disposição e resistência do folião. A música se assemelha a uma marchinha de ritmo acelerado, sem letra, tocada apenas por uma vigorosa banda que segue os blocos formados por uma multidão que invade principalmente a cidade. E ainda há o carnaval de Olinda, com os bonecos gigantes, tradicionais personagens da festa, que são uma atração à parte e que exercem grande fascínio sobre os foliões. Muitos desses bonecos gigantes simbolizam personalidades da história e da cultura nordestina, como Zé Pereira, Lampião, Maria Bonita, Barba Papa, Seu Malaquias, Gilberto Freyre, Capitão Alceu Valença, Gonzagão, Galega de Olinda, entre outros.

Não podemos falar de Nordeste e carnaval sem falar em Salvador. Lá a festa é feita com o desfile dos trios elétricos, imortalizados por Dodô e Osmar, os pioneiros dessa invenção. Trata-se de caminhões adaptados com um poderoso equipamento de som, de onde bandas ou cantores e cantoras (Ivete Sangalo, Moraes Moreira, Gilberto Gil, Claudia Leitte) comandam blocos como Nana Banana (Chiclete com Banana), Cheiro de Amor, Eva, Papa (Papa-léguas), e levam a multidão ao delírio. O carnaval de Salvador traz ainda o Afoxé, bloco cujos integrantes são vinculados a um terreiro de candomblé, que representa uma manifestação afro-brasileira com origem no povo iorubá. O maior e mais famoso é o Afoxé Filhos de Gandhi, criado por estivadores e composto exclusivamente por homens, inspirado nos ensinamentos de não violência e paz de Mahatma Gandhi e que leva para as ruas a tradição da religião africana ritmada pelo agogô nos seus cânticos de ijexá, cantado na língua iorubá.

De origem portuguesa, a festa do Divino tradicionalmente acontece após a Páscoa. São dez dias de folguedos, romarias e procissões que terminam no Pentecostes, com missa e coroação. É uma festa na qual se cultua o Espírito Santo e uma das mais antigas manifestações do catolicismo. Essa festa é cultuada em praticamente todas as regiões, e, embora haja variações de um lugar para outro, existem algumas características comuns: a presença da pomba branca e coroa; a coroação e a distribuição das esmolas. As festas mais famosas são as de Pirenópolis (Goiás), Alcântara (Maranhão) e São João del-Rei (Minas Gerais).

A festa de São João é a mais conhecida das festas juninas, festas dos santos populares, outra herança do colonizador português, agora para celebrar o nascimento de São João (João Batista, o profeta que previu a chegada do Messias). O ponto alto da festa é a dança da quadrilha, na qual as pessoas dançam de mãos dadas como se fizessem uma oração. O som é feito com instrumentos conhecidos da música popular e folclórica: o cavaquinho, a sanfona, o triângulo, o reco-reco. A "caipira" é o traje típico da festa e é também uma referência à origem camponesa do povo que inicialmente ocupou o Nordeste do Brasil. Os enfeites (bandeirinhas, balões, lanternas e pólvora) também são herança dos portugueses, que conheceram essas novidades em suas andanças pela Ásia. Aliás, balões e fogos de artifício são paixões do povo português, e até hoje são cultuados nas festas populares de lá. A boa mesa farta, comum às festas juninas, é também marca do povo português. Em nossas festas juninas incorporamos doces e comidas herdados dos indígenas e africanos, como a pamonha, o bolo de aipim, a canjica. Embora aconteça em várias partes do país, como São Paulo, Paraná e Minas Gerais, o Nordeste é o berço dessa festa. Lá o forró, o baião e o xote ditam o ritmo dos festejos.

A festa do Círio de Nazaré, a maior festa religiosa popular do país, que é realizada em Belém do Pará, em devoção a Nossa Senhora de Nazaré, é mais uma herança dos portugueses. A imagem da santa é uma réplica da imagem de Nossa Senhora de Nazaré de Portugal. Lá a festa é celebrada na Vila de Nazaré, inicialmente de pescadores. Aqui a devoção a essa santa foi introduzida, no Pará, pelos padres jesuítas. A festa começa com uma romaria no fim da tarde que entra pela noite, por isso o uso de velas, que dão origem ao nome "círio", que vem do latim *cereus* (vela grande).

De acordo com a tradição local, a imagem da santa foi encontrada entre pedras lodosas por um caboclo, que a recolheu e com ela formou um altar. Porém, sem aparente explicação, a imagem sumiu e foi parar no mesmo local onde ele a tinha achado por várias vezes. O fato foi considerado um milagre e a notícia se espalhou por toda a região, o que levou os habitantes a visitarem o local. E assim foi que começou a peregrinação e a celebração da santa. Atualmente, a imagem de Nossa Senhora de Nazaré sai em procissão da basílica até a igreja matriz (em um município vizinho a Belém), percorre as ruas em carro aberto e lá fica até o dia seguinte, com o povo em vigília rezando a noite toda. Os principais símbolos dessa festa são as velas, o manto e a corda (que sustenta a fé dos devotos). Outra tradição semelhante às festas religiosas de Portugal é o almoço em família no domingo da procissão, em sinal de comunhão, quando em geral é servido pato ao tucupi, tradicional comida do Pará.

A Cavalhada é mais um folguedo da tradição portuguesa, com origem nos torneios medievais realizados por cavaleiros. Trata-se de uma encenação das batalhas entre cristãos e mouros. Muitas se inspiram nas aventuras do rei Carlos Magno e seus 12 leais cavalheiros. Teve início no Brasil no século XVII e ocorre durante a Festa do Divino nas regiões Sul, Sudeste e Centro-Oeste do Brasil. Os elementos principais são os cavaleiros — os cristãos vestidos de azul e os mouros vestidos de vermelho — armados com lanças e espadas.

Além de personagens da corte: o rei, o general, príncipes e princesas e plebeus. As cavalhadas mais famosas são as de Pirenópolis (Goiás), com personagens mascarados, que representam o povo; de Poconé (Mato Grosso) e de Guarapuava (Paraná).

A Congada é manifestação cultural e religiosa que mistura cultos católicos e africanos, mostra o sincretismo religioso tão característico de nossa cultura, por meio de um ritual com danças, cantos, coroações e cavalgadas. Sua origem está na lenda de Chico Rei, imperador do Congo que se tornou escravo batizado em Minas Gerais e depois de alforriado conseguiu alforriar também os demais escravos, tornando-os seus súditos. Contam que quando conseguiu sua alforria, em agradecimento dançou na igreja de Nossa Senhora do Rosário. Assim, esse festejo popular celebra a coroação do rei do Congo, em um cortejo com passos e cantos que ocorre durante a festa dos Reis Magos e de Nossa Senhora do Rosário.

A Folia de Reis, também de origem portuguesa, é uma festa que celebra o culto católico do Natal. Refere-se à passagem da visita dos três reis magos a Jesus quando de seu nascimento e está na base de nossa formação cultural. As celebrações se estendem até o dia 6 de janeiro e consistem em visitas de grupos de músicos que tocam instrumentos (flautas, reco-reco, tambores, rabeca, sanfona) e de cantores. Em alguns locais, o grupo é também composto por dançarinos, palhaços e outras figuras folclóricas, e todos comandados pelo mestre da folia, que carrega a bandeira e lidera o cortejo. São realizadas principalmente em pequenas cidades de São Paulo, Rio de Janeiro, Minas Gerais, Espírito Santo, Paraná e Goiás.

Depois de termos percorrido algumas de nossas mais importantes festas populares, sugerimos a leitura de algumas obras literárias que retratam algumas delas, como *Cavalhadas de Pirenópolis*, de Roger Mello; *Cordel das festas e danças populares*, de Nezite Alencar, e *Maroca e Deolindo*, de André Neves.

Autores como Câmara Cascudo (1898-1986), historiador, antropólogo e jornalista; Gilberto Freyre (1900-1987), historiador, antropólogo, sociólogo; e Tristão de Ataíde, cujo nome era Alceu Amoroso Lima (1893-1983), crítico literário e pensador da cultura, contam com obras de ensaios sobre os costumes, a moradia, a alimentação, a arquitetura, as tradições culturais dos brasileiros. Cascudo fez recolhas de histórias da tradição oral brasileira e situou a origem delas (portuguesa, africana, indígena...). Possui dezenas de obras publicadas. Freyre conta com obras em que reflete sobre as relações sociais, a alimentação, as idiossincrasias, a relação senhor de engenho e escravo. E Ataíde escreveu diversos ensaios sobre o trabalho, a regionalização.

Antonio Candido, estudioso da literatura; Alberto da Costa e Silva, autor, estudioso da cultura africana; e o antropólogo Roberto DaMatta são pensadores contemporâneos que contam com obras, publicações para serem consultadas e conhecidas. São leituras que nos ajudam a entender o nosso povo, a nossa cultura, a nossa literatura.

E ainda lembramos autores como Sérgio Buarque de Holanda (1902-1982), historiador, jornalista e crítico de arte, com a obra *Raízes do Brasil* (1936); Darcy Ribeiro (1922-1997), antropólogo e político, com a obra *O povo brasileiro: a formação e o sentido do Brasil* (1995), com ensaios sobre a cultura nacional. Nelas, identificamos as nossas origens, a miscigenação e todo o hibridismo pelo qual tem passado a cultura nacional.

A língua faz parte do dia a dia, das literaturas, das culturas dos diferentes países. É traço de identidade e instrumento de comunicação, de expressão dos sentimentos e de transmissão. Instrumento de resistência e de afirmação identitária, a língua portuguesa pode unir e facilitar as trocas entre os países lusófonos. Por meio dela, nos colocamos em contato com outros mares, com as literaturas de falantes do português, podemos ir além, lançados em oceanos de subjetividades. Podemos criar sentidos culturais, conhecer outros mundos, outras falas, outros tons. Alargar horizontes. São mundos que se comunicam pelas letras, pela língua comum!

5. Para navegar mais longe

5.1 REFERÊNCIAS BIBLIOGRÁFICAS

Obras literárias

ABELAIRA, Augusto. *A cidade das flores.* Barcarena: Presença, 2004.

_____. *Bolor.* Rio de Janeiro: Lacerda Editores, 1999.

AGUALUSA, José Eduardo. *Nação Crioula.* Rio de Janeiro: Gryphus, 2001.

_____. *O filho do vento.* Rio de Janeiro: Língua Geral, 2006 (Coleção Mama África).

ALBASINI, João. *O livro da dor.* Lisboa: Tipografia Popular de Roque Ferreira, 1925.

ALENCAR, Nezite. *Cordel das festas e danças populares.* São Paulo: Paulus, 2011.

ALMADA, José Luís Hopffer (org.). *Mirabilis: de veias abertas ao sol.* Lisboa: Caminho, 1991.

ALMEIDA, Germano. *O testamento do Sr. Napomuceno da Silva Araújo.* São Paulo: Companhia das Letras, 2004.

ALMEIDA, Viana de. *Maiá Poçon.* Lisboa: Momento, 1937.

AMADO, Jorge. *Gabriela, cravo e canela.* São Paulo: Companhia das Letras, 2008.

_____. *Tieta do Agreste.* São Paulo: Companhia das Letras, 2009.

_____. *Dona Flor e seus dois maridos.* São Paulo: Companhia das Letras, 2008.

_____. *A morte de Quincas Berro D'água.* São Paulo: Companhia das Letras, 2008.

_____. *Capitães da areia.* São Paulo: Companhia das Letras, 2009.

ANDRADE, Carlos Drummond de. *Corpo*. Rio de Janeiro: Record, 1985.
_____. *As impurezas do branco*. Rio de Janeiro: Record, 1973.
_____. *Claro enigma*. Rio de Janeiro: Record, 1951.
_____. *O amor natural*. Rio de Janeiro: Record, 2002.
_____. *José*. Rio de Janeiro: Record, 2003.
_____. *Amar se aprende amando*. Rio de Janeiro: Record, 2001.
ANDRESEN, Sophia de Mello Breyner. *A fada Oriana*. Lisboa: Figueirinhas, s.d.
ANTUNES, António Lobo. *Memória de elefante*. Rio de Janeiro: Alfaguara, 2009.
_____. *A explicação dos pássaros*. Rio de Janeiro: Alfaguara, 2009.
_____. *As coisas da vida: 60 crônicas*. Rio de Janeiro: Alfaguara, 2011.
APARÍCIO, João. *À janela de Timor*. Lisboa: Caminho, 1999.
_____. *Uma casa e duas vacas*. Lisboa: Caminho, 2000.
ARANHA, Graça. *Canaã*. São Paulo: Martin Claret, 2005.
ARAÚJO, Jorge. *Comandante Hussi*. Ilustrações de Pedro Sousa Pereira. São Paulo: Editora 34, 2006.
_____. *Cinco balas contra a América*. Ilustrações de Pedro Sousa Pereira. São Paulo: Editora 34, 2008.
ARIAS, Juan. *José Saramago: o amor possível*. Rio de Janeiro: Manatï, 2003.
ASSIS JÚNIOR, Antonio de. *O segredo da morta: romance de costumes angolenses*. Lisboa: Edições 70, 1979.
ASSIS, Machado de. *Memórias póstumas de Brás Cubas*. Rio de Janeiro: Record, 1998.
_____. *Quincas Borba*. Rio de Janeiro: Record, 1998.
_____. *Dom Casmurro*. Rio de Janeiro: Record, 1998.
BANDEIRA, Manuel (org.). *Antologia dos poetas brasileiros da fase romântica*. Rio de Janeiro: Nova Fronteira, 1996.
_____. *Antologia dos poetas brasileiros da fase parnasiana*. Rio de Janeiro: Nova Fronteira, 1996.
_____. *Antologia dos poetas brasileiros da fase moderna, v. 1*. Rio de Janeiro: Nova Fronteira, 1996.
_____. *Antologia dos poetas brasileiros da fase moderna, v. 2*. Rio de Janeiro: Nova Fronteira, 1996.

_____. *Antologia dos poetas brasileiros bissextos contemporâneos*. Rio de Janeiro: Nova Fronteira, 1996.

_____. *Antologia dos poetas brasileiros: poesia simbolista*. Rio de Janeiro: Nova Fronteira, 1996.

BARBOSA, Jorge. *Arquipélago*. São Vicente: Claridade, 1935.

_____. *Ambiente*. Praia: Minerva de Cabo Verde, 1941.

_____. *Caderno de um ilhéu*. Lisboa: Agência Geral do Ultramar, 1956.

_____. *Poesia inédita e dispersa*. Prefácio, organização e notas de Elsa Rodrigues dos Santos. Linda-a-Velha: África, Literatura, Arte e Cultura, 1993.

BARRETO, Lima. *Triste fim de Policarpo Quaresma*. Rio de Janeiro: Record, 1998.

BARROS, Filinto de. *Kikia Matcho*. Bissau: Fundação Camões/Centro Cultural Português da Guiné-Bissau, 1997.

BARROS, Manoel de. *Exercícios de ser criança*. São Paulo: Salamandra, 1999.

_____. *Memórias inventadas para crianças*. São Paulo: Planeta do Brasil, 2010.

BOJUNGA, Lygia. *Aula de inglês*. Rio de Janeiro: Casa Lygia Bojunga, 2006.

_____. *Os colegas*. Rio de Janeiro: Casa Lygia Bojunga, 2010.

_____. *Tchau*. Rio de Janeiro: Casa Lygia Bojunga, 2003.

_____. *O Rio e eu*. Rio de Janeiro: Casa Lygia Bojunga, 2011.

_____. *Nós três*. Rio de Janeiro: Casa Lygia Bojunga, 2005.

_____. *A casa da madrinha*. Rio de Janeiro: Casa Lygia Bojunga, 2011.

_____. *Feito a mão*. Rio de Janeiro: Casa Lygia Bojunga, 2004.

_____. *Livro: um encontro*. Rio de Janeiro: Casa Lygia Bojunga, 2004.

BRAGA, Maria Ondina. *Nocturno em Macau*. Lisboa: Caminho, 1993.

BRAGA, Rubem. *O conde e o passarinho*. Rio de Janeiro: Record, 2002.

BRAGANÇA, Albertino; CARDOSO, Boaventura; AGUALUSA, José Eduardo; VIEIRA, Luandino; HONWANA, Luís Bernardo *et alli*. *Contos africanos dos países de língua portuguesa*. São Paulo: Ática, 2010.

BRANDÃO, Raul. *Húmus*. Lisboa: Frenesi, 2000.

BUENO, Alexei. *Grandes poemas do romantismo brasileiro*. Rio de Janeiro: Nova Fronteira, 1994.

_____. *Obra completa de Augusto dos Anjos*. Rio de Janeiro: Nova Aguilar, 1994.

_____. *Obra completa de Cruz e Sousa*. Rio de Janeiro: Nova Aguilar, 1995.

_____. *Obra completa de Mário de Sá-Carneiro*. Rio de Janeiro: Nova Fronteira, 1956.

_____. *Obra reunida de Olavo Bilac*. Rio de Janeiro: Nova Aguilar, 1996.

_____. *Os Lusíadas (edição comentada)*. Rio de Janeiro: Nova Fronteira, 1996.

_____. *Obra completa de Almada Negreiros*. Rio de Janeiro: Nova Fronteira, 1997.

_____. *Poemas de amor: Fernando Pessoa*. Rio de Janeiro: Ediouro, 2001.

_____. *Poesia completa de Jorge de Lima*. Rio de Janeiro: Nova Aguilar, 1998.

_____. *Poesia e prosa completas de Gonçalves Dias*. Rio de Janeiro: Nova Aguilar, 1998.

_____. *Poesia completa e prosa de Vinicius de Moraes*. Rio de Janeiro: Nova Aguilar, 1998.

CALLADO, Antonio. *Quarup*. Rio de Janeiro: Nova Fronteira, 2006.

CAMÕES, Luís de. *Os Lusíadas*. Rio de Janeiro: Francisco Alves, 2007.

CARDOSO, Luís. *Crônica de uma travessia: a época do ai-dik-funam*. Lisboa: Publicações Dom Quixote, 1997.

_____. *Olhos de coruja, olhos de gato bravo*. Lisboa: Publicações Dom Quixote, 2001.

_____. *A última morte do coronel Santiago*. Lisboa: Publicações Dom Quixote, 2003.

_____. *Réquiem para um navegador solitário*. Rio de Janeiro: Língua Geral, 2010.

CARDOSO, Pedro. *Jardim das Hespérides*. Famalicão: Tipografia Minerva de Cruz, Sousa & Barbosa, 1926.

_____. *Hespérides*. Famalicão: Tipografia Minerva de Cruz, Sousa & Barbosa, 1930.

CARPINEJAR, Fabrício. *Mulher perdigueira: crônicas*. Rio de Janeiro: Bertrand Brasil, 2010.

_____. *O amor esquece de começar*. Rio de Janeiro: Bertrand Brasil, 2006.
_____. *Canalha*. Rio de Janeiro: Bertrand Brasil, 2008.
_____. *Borralheiro*. Rio de Janeiro: Bertrand Brasil, 2011.
CARRERO, Raimundo. *Somos pedras que se consomem*. São Paulo: Iluminuras, 1995.
CASSAMO, Suleiman. *O regresso do morto*. Lisboa: Caminho, 1997.
CHIZIANE, Paulina. *Balada de amor ao vento*. Lisboa: Caminho, 2003.
_____. *Niketche: uma história de poligamia*. São Paulo, Companhia das Letras, 2004.
COLASANTI, Marina. *E por falar de amor*. Rio de Janeiro: Rocco, 1987.
_____. *Fino sangue*. Rio de Janeiro: Record, 2005.
CONY, Carlos Heitor. *Crônicas para ler na escola*. Rio de Janeiro: Objetiva, 2009.
_____. *Matéria de memória*. Rio de Janeiro: Alfaguara Brasil, 2010.
_____. *Quase memória*. Rio de Janeiro: Ponto de Leitura, 2010.
COSTA E SILVA, Alberto da; BUENO, Alexei (seleção e introdução). *Antologia da poesia portuguesa contemporânea: um panorama*. Rio de Janeiro: Lacerda Editores, 1999.
COUTO, Mia. *Raiz de orvalho e outros poemas*. Lisboa: Caminho, 2000.
_____. *Estórias abensonhadas*. Rio de Janeiro: Nova Fronteira, 1996.
_____. *Vozes anoitecidas*. Lisboa: Caminho, 2001.
_____. *Terra sonâmbula*. São Paulo: Companhia das Letras, 2007.
CRAVEIRINHA, José. *Xigubo*. Lisboa: Edições 70, 1980.
_____. *Karingana ua Karingana*. Lisboa: Edições 70, 1982.
CUNHA, Euclides da. *Os sertões*. Rio de Janeiro: Record, 2003.
DOMINGUES, Mario. *O menino entre gigantes*. Lisboa: Prelo, 1960.
DOURADO, Autran. *O risco do bordado*. Rio de Janeiro: Difel, 1981.
DUARTE, Fausto. *Auá: novela negra*. Lisboa: Livraria Clássica, 1934.
DUARTE, Vera. *Amanhã amadrugada*. Lisboa: Vega, 1993.
EMBALÓ, Filomena. *Tiara*. Lisboa: Instituto Camões, 1999.
EVARISTO, Conceição. *Ponciá Vicêncio*. Belo Horizonte: Mazza, 2003.
FERNANDES, Henrique de Senna. *Amor e dedinhos de pé: romance de Macau*. Rio de Janeiro: Gryphus; Lisboa: Direcção-Geral do Livro e das Bibliotecas, 2008.

_____. *Nam Van: contos de Macau*. Rio de Janeiro: Gryphus; Lisboa: Direcção-Geral do Livro e das Bibliotecas, 2008.

_____. *A trança feiticeira*. Rio de Janeiro: Gryphus; Lisboa: Direcção-Geral do Livro e das Bibliotecas, 2009.

FERREIRA, Antonio Baticã. Poesia e ficção. In: FERREIRA, Manuel. *No reino de Caliban*. v. I. Lisboa: Editora Plátano, 1989.

_____. *Polião* (caderno de poemas com 11 autores). Bissau: edição do autor, 1973.

FERREIRA, Filipe. *A nona do Pinto Brás*. Lisboa: Editora ERL, 1992.

FERREIRA, José da Silva Maia. *Espontaneidades da minha alma. Às senhoras africanas (texto actualizado da edição de Luanda, 1849)*. Luanda: UEA (União dos Escritores Angolanos), 1985.

FERREIRA, Vergílio. *Em nome da Terra*. Lisboa: Bertrand, 1993.

_____. *Para sempre*. Rio de Janeiro: Bertrand Brasil, 1996.

FONSECA, Aguinaldo. *Linha do horizonte*. Lisboa: CEI (Casa dos Estudantes do Império), 1951.

FORGANES, Rosely. *Queimado queimado, mas agora nosso!* São Paulo: Labortexto, 2002.

FORTES, Corsino. *Pão & fonema*. Lisboa: Sá da Costa, 1980.

_____. *Árvore & tambor*. Lisboa: Dom Quixote, 1986.

FREIRE, Marcelino. *Os cem menores contos brasileiros*. São Paulo: Ateliê Editorial, 2004.

_____. *Contos negreiros*. Rio de Janeiro: Record, 2008.

GALEANO, Eduardo. *O livro dos abraços*. Tradução de Eric Nepomuceno. Porto Alegre: L&PM, 1995.

GERSÃO, Teolinda. *Os guarda-chuvas cintilantes*. São Paulo: Planeta do Brasil, 1984.

_____. *A árvore das palavras*. São Paulo: Planeta do Brasil, 2004.

GOMES, Francisco A. *Uma deusa no "inferno" de Timor*. Braga: edição do autor, 1980.

GOMES, Soeiro Pereira. *Esteiros*. Lisboa: Caminho, 1997.

GONÇALVES, Zetho Cunha. *Debaixo do arco-íris não passa ninguém*. Rio de Janeiro: Língua Geral, 2006 (Coleção Mama África).

_____. *A palavra exuberante*. Lisboa: Parceria A.M. Pereira, 2004.

_____. *Rio sem margem*. Vila Nova de Cerveira: Nóssomos, 2011.

_____. *Poesia de Cabo Verde*. Não publicado.
_____. *Poesia da Guiné-Bissau*. Não publicado.
_____. *Poesia de Moçambique*. Não publicado.
_____. *Poesia de São Tomé e Príncipe*. Não publicado.
_____. & MELO, João. *Antologia do conto angolano*. Não publicado.
_____. & PATRAQUIM, Luís Carlos. *Antologia da poesia africana de língua portuguesa*. Não publicado.
GULLAR, Ferreira. *Na vertigem do dia*. Rio de Janeiro: José Olympio, 2004.
_____. *Poema sujo*. Rio de Janeiro: José Olympio, 2004.
GUSMÃO, Xanana. *Mar meu: poemas e pinturas*. Porto: Granito Editores e Livreiros, 1998.
HATOUM, Milton. *Relato de um certo oriente*. São Paulo: Companhia das Letras, 2000.
_____. *Dois irmãos*. São Paulo: Companhia das Letras, 2000.
HOMERO. *Ilíada*. São Paulo: Martin Claret, 2003.
_____. Tradução de Vera Trajano. *Odisseia*. São Paulo: Editora 34, 2011.
HONWANA, Luís Bernardo. *Nós matamos o cão tinhoso*. São Paulo: Ática, 1980.
_____. "As mãos dos pretos". In: *Contos africanos dos países de língua portuguesa*. São Paulo: Ática, 2009 (Coleção Para Gostar de Ler).
JORGE, Lidia. *A costa dos murmúrios*. Rio de Janeiro: Record, 2004.
JUNIOR, Otavio. *O livreiro do Alemão*. São Paulo: Panda, 2010.
KNOPFLI, Rui. *O monhé das cobras*. Lisboa: Caminho, 1998.
_____. *Antologia poética*. Belo Horizonte: UFMG, 2010.
LIMA, Conceição. *O útero da casa*. Lisboa: Caminho, 2004.
LIMA, Jorge de. *Poemas negros*. Rio de Janeiro: Record, 2007.
LISBOA, Henriqueta (org.). *Antologia de poemas portugueses para a juventude*. São Paulo: Peirópolis, 2005.
LISPECTOR, Clarice. *A paixão segundo GH*. Rio de Janeiro: Rocco, 1998.
_____. *Um sopro de vida*. Rio de Janeiro: Rocco, 1999.
_____.*Crônicas para jovens: de escrita e vida*. Organização de Pedro Karp Vasquez. Rio de Janeiro: Rocco, 2010.
_____. *Crônicas para jovens: de amor e amizade*. Organização de Pedro Karp Vasquez. Rio de Janeiro: Rocco, 2010.

_____. *Crônicas para jovens: do Rio de Janeiro e seus personagens*. Organização de Pedro Karp Vasquez. Rio de Janeiro: Rocco, 2011.

_____. *Como nasceram as estrelas: doze lendas brasileiras*. Organização de Pedro Karp Vasquez. Rio de Janeiro: Rocco, 2011.

LOBATO, Monteiro. *A menina do narizinho arrebitado*. São Paulo: Globo, 2009.

LOPES, Baltasar. *Chiquinho*. Lisboa: Cotovia, 2008.

LOPES, José. *Hesperitanas*. Lisboa: Livraria J. Rodrigues, 1928.

_____. *Jardim das Hespérides*. Lisboa: Livraria J. Rodrigues, 1928.

LOPES, Manuel. *Os flagelados do vento leste*. São Paulo: Ática, 1979.

MACHADO, Ana Maria. *De olho nas penas*. São Paulo: Salamandra, 2003.

_____. *Tropical sol da liberdade*. Rio de Janeiro: Nova Fronteira, 2008.

_____. *Mistérios do mar oceano*. São Paulo: Global, 2009.

_____. *No imenso mar azul*. São Paulo: Salamandra, 1988.

_____. *Na praia e no luar, tartaruga quer o mar*. São Paulo: Ática, 1999.

_____. *O mar nunca transborda*. Rio de Janeiro: Nova Fronteira, 2008.

_____. *Sinais do mar*. São Paulo: Cosac Naify, 2009.

_____. *Nas asas do mar*. São Paulo, Ática, 2011.

_____. *Infâmia*. Rio de Janeiro: Alfaguara Brasil, 2011.

MAGALHÃES, Ana Maria; ALÇADA, Isabel. *Coleção Uma Aventura*. Lisboa: Caminho, 1982/2010.

MARGARIDO, Alfredo (org.). *Contistas angolanos*. Lisboa: CEI (Casa dos Estudantes do Império), 1960.

MARKY, Sum. *Vila Flogá*. Lisboa: Tipografia do Jornal do Fundão, 1963.

_____. *Crônica de uma guerra inventada*. Lisboa: Vega, 1999.

MENDES, Orlando. *Cinco poesias do Mar Índico*. Lisboa: Seara Nova, 1947.

_____. *Portagem*. Lisboa: Edições 70, 1981.

MEIRELES, Cecília. *Ou isto ou aquilo*. Rio de Janeiro: Nova Fronteira, 2002.

_____. *Poetas novos de Portugal*. Rio de Janeiro: Dois Mundos, 1944 (Coleção Clássicos e Contemporâneos).

MELO, Filipa. *Este é meu corpo*. São Paulo: Planeta do Brasil, 2001.

MELO, João. *Imitação de Sartre e Simone de Beauvoir*. Lisboa: Caminho, 1999.

_____. *Filhos da pátria*. Rio de Janeiro: Record, 2008.

MELLO, Roger. *Cavalhadas de Pirenópolis*. Rio de Janeiro: Agir, 1998.

MENEZES, Ângela Dutra. *O português que nos pariu*. Rio de Janeiro: Record, 2011.

MIGUEIS, José Rodrigues. *Passos confusos*. Lisboa: Estampa, 1982.

MORAES, Vinícius. *A arca de Noé*. São Paulo: Companhia das Letrinhas, 1997.

MORICONI, Ítalo (org.). *Os cem melhores contos brasileiros do século*. Rio de Janeiro: Objetiva, 2000.

_____. *Os cem melhores poemas brasileiros do século*. Rio de Janeiro: Objetiva, 2001.

MORLEY, Helena. *Minha vida de menina*. São Paulo: Companhia das Letras, 2005.

MOURÃO-FERREIRA, David. *Antologia poética*. Lisboa: Dom Quixote, 1999 (Autores de Língua Portuguesa).

MOUTINHO, José Viale (org.). *Contos populares de Angola: folclore quimbundo*. São Paulo: Landy, 2006.

NABUCO, Joaquim. *Minha formação*. Belo Horizonte: Itatiaia, 2004.

_____. *O abolicionismo*. Brasília: UNB, 2003.

NASSAR, Raduan. *Lavoura arcaica*. São Paulo: Companhia das Letras, 1975.

_____. *Um copo de cólera*. São Paulo: Companhia das Letras, 1992.

_____. *Menina a caminho*. São Paulo: Companhia das Letras, 1972.

NAVA, Pedro. *Baú de ossos*. São Paulo: Ateliê Editorial, 2005.

NEVES, André. *Maroca e Deolindo*. São Paulo: Paulinas, 2011.

NEVES, João Alves das (org.). *Poetas e contistas africanos*. São Paulo: Brasiliense, 1963.

NETO, João Cabral de Melo. *A educação pela pedra*. Rio de Janeiro: Alfaguara, 2008.

NOGAR, Rui. *Silêncio escancarado*. Lisboa: Edições 70, 1982.

NORONHA, Rui. *Sonetos*. In: FERREIRA, Manuel. *No Reino de Caliban*, v. III. Lisboa: Plátano, 1989.

ONDJAKI. *Bom dia, camaradas*. Rio de Janeiro: Agir, 2006.

_____. *Os da minha rua*. Rio de Janeiro: Língua Geral, 2007.

_____. *AvóDezanove e o segredo do soviético*. São Paulo: Companhia das Letras, 2009.

_____. *Há prendisagens com o xão: o segredo húmido da lesma & outras descoisas*. Rio de Janeiro: Pallas, 2011.

PAMUK, Orhan. *A maleta do meu pai*. Tradução de Sérgio Flaksman. São Paulo: Companhia das Letras, 2007.

PATRAQUIM, Luís Carlos. *Monção*. Lisboa: Edições 70, 1980.

PEDRINHA, Pontes (pseudônimo de Henrique Borges). *Andanças de um Timorense*. Lisboa: Colibri, 1993.

PEDROSA, Inês. *Fazes-me falta*. Rio de Janeiro: Alfaguara, 2010.

_____. *Nas tuas mãos*. Rio de Janeiro: Alfaguara, 2011.

PEPETELA. *As aventuras de Ngunga*. São Paulo: Ática, 1981.

_____. *A geração da utopia*. Rio de Janeiro: Nova Fronteira, 2000.

_____. *A parábola do cágado velho*. Rio de Janeiro: Nova Fronteira, 2005.

_____. *Predadores*. Rio de Janeiro: Língua Geral, 2008.

_____. *Jaime Bunda, agente secreto*. Rio de Janeiro: Record, 2010.

PESSOA, Fernando. *Mensagem*. São Paulo: Companhia das Letras, 1998.

PIÑON, Nélida. *A casa da paixão*. Rio de Janeiro: Record, 1998.

PLATÃO. *O banquete*. Rio de Janeiro: Difel, 2006.

PRADO, Adélia. *Bagagem*. Rio de Janeiro: Record, 2003.

_____. *O coração disparado*. Rio de Janeiro: Record, 2006.

PROENÇA FILHO, Domício. *Capitu: memórias póstumas*. Rio de Janeiro: Record, 2005.

QUEIRÓS, Bartolomeu Campos de. *Ah! Mar...* Belo Horizonte: RHJ, 1996.

_____. *Vermelho amargo*. São Paulo: Cosac Naify, 2011.

_____. *Por parte de pai*. Belo Horizonte: RHJ, 1995.

_____. *O olho de vidro do meu avô*. São Paulo: Moderna, 2004.

_____. *O fio da palavra*. Rio de Janeiro: Record, 2011.

_____. *Indez*. São Paulo: Global, 2004.

QUEIROZ, Eça de. *A correspondência de Fradique Mendes*. Porto Alegre: L&PM, 1997.

QUEIROZ, Rachel de. *Não me deixes*. Rio de Janeiro: José Olympio, 2010.

QUINTINHA, Julião. *Novela africana*. Lisboa: Nunes de Carvalho, 1933.

RAKMABEAN, Kay Shaly. *Versos do oprimido*. Braga: Real Associação de Braga, 1995.

RAMOS, Graciliano. *Memórias do cárcere*. Rio de Janeiro: Record, 2008.

_____. *Vidas secas*. Rio de Janeiro: Record, 2006.
_____. *Angústia*. Rio de Janeiro: Record, 2011.
RÉCIO, Manuel e FREITAS, Domingos S. *Fortunas d'África*. Lisboa: Casa Ventura Abrantes, 1933.
REGO, José Lins do. *Menino de engenho*. Rio de Janeiro: José Olympio, 2010.
RIBEIRO, Grácio. *Caiúru*. Lisboa: Coleção Amanhã, 1939.
RILKE, Rainer Maria. *Cartas a um jovem poeta e A canção de amor e morte do porta-estandarte Cristóvão Rilke*. Tradução de Cecília Meirelles e Paulo Rónai. São Paulo: Globo, 2001.
ROMANO, Luís. *Contravento: antologia bilíngue de poesia cabo-verdiana*. Atlantis: Taunton, 1982.
ROSA, Guimarães. *Estas estórias*. Rio de Janeiro: Nova Fronteira, 2001.
_____. *Sagarana*. Rio de Janeiro: Nova Fronteira, 2001.
_____. *Ave, palavra*. Rio de Janeiro: Nova Fronteira, 2001.
_____. *Primeiras estórias*. Rio de Janeiro: Nova Fronteira, 2005.
_____. *Fita verde no cabelo*. Rio de Janeiro: Nova Fronteira, 1992.
_____. *Grande sertão: veredas*. Rio de Janeiro: Nova Fronteira, 2006.
RUAS, Joana. *Corpo colonial*. Coimbra: Centelha, 1981.
RUFFATO, Luiz. *Eles eram muitos cavalos*. Rio de Janeiro: Record, 2007.
RUI, Manuel. *Sim, camarada!* Luanda: UEA (União dos Escritores Angolanos), 1977.
___. *1 morto & os vivos*. Lisboa: Cotovia, 1999.
___. *Regresso adiado*. Lisboa: Cotovia, 2000.
___. *Quem me dera ser onda*. Rio de Janeiro: Gryphus, 2005.
SALUSTIO, Dina. *A barca de Serrano*. Mindelo: Spleen, 1998.
SAMY, Domingas. *A escola* (recolha de contos). Bissau: edição da autora, 1993.
SANTO, Alda do Espírito. *É nosso o solo sagrado da terra*. Lisboa: Ulmeiro, 1978.
SANTOS, Fernando Fonseca. *A morte e a sorte*. Lisboa: Quetzal, 2002.
SANTOS, Joaquim Ferreira dos (org.). *As cem melhores crônicas brasileiras*. Rio de Janeiro: Objetiva, 2007.
SANTOS, Joel Rufino. *Quando voltei tive uma surpresa (cartas a Nelson)*. Rio de Janeiro: Rocco, 2000.

SANTOS, José Rodrigues dos. *A ilha das trevas*. Lisboa: Gradiva, 2007.
SANT'ANNA, Sílvio L. (org.). *Timor Leste: este país quer ser livre (poemas, contos e crônicas de autores timorenses)*. São Paulo: Martin Claret, 1997.
SAÚTE, Nelson. *Rio dos bons sinais*. Rio de Janeiro: Língua Geral, 2007.
_____. *O homem que não podia olhar para trás*. Rio de Janeiro: Língua Geral, 2006 (Coleção Mama África).
SARAMAGO, José. *Ensaio sobre a cegueira*. São Paulo: Companhia das Letras, 1995.
_____. *Levantado do chão*. Rio de Janeiro: Bertrand Brasil, 2000.
_____. *Memorial do convento*. Rio de Janeiro: Bertrand Brasil, 2002.
_____. *As pequenas memórias*. São Paulo: Companhia das Letras, 2006.
_____. *O Evangelho segundo Jesus Cristo*. São Paulo: Companhia das Letras, 1991.
SEMEDO, Carlos. *Poemas*. Bolama: Imprensa Nacional da Guiné, 1963.
SENA, Jorge de. *Os grão-capitães*. Lisboa: Edições 70, 1982.
_____. *Sinais de fogo*. Lisboa: Guimarães, 2009.
_____. *Novas andanças do demónio*. São Paulo: Edições 70, 1989.
_____. *O físico prodigioso*. Rio de Janeiro: 7 Letras, 2009.
_____. *40 poemas*. Rio de Janeiro: 7 Letras, 1998.
_____. *Sobre o romance*. São Paulo: Edições 70, 1985.
_____. *Gênesis*. São Paulo: Edições 70, 1986.
SKAKESPEARE, William. *Romeu e Julieta*. Rio de Janeiro: Objetiva, 2003 (Coleção Shakespeare).
SILA, Abdulai. *Eterna paixão*. Bissau: Ku Si Mon, 1994.
____. *Mistida*. Bissau: Ku Si Mon, 1997
____. *A última tragédia*. Rio de Janeiro: Pallas, 2006.
SOROMENHO, Castro. *Terra morta*. Lisboa: Cotovia, 2008.
_____. *Viragem*. Lisboa: Cotovia, 2008.
_____. *A chaga*. Lisboa: Cotovia, 2008.
STRAUSZ, Rosa Amanda. *Uólace e João Victor*. Rio de Janeiro: Objetiva, 2003.
SYLVAN, Fernando. *A voz gagueira de Oan Timor*. Lisboa: Colibri, 1993.
TAVARES, Eugénio. *Mornas cantigas crioulas*. Luanda: Liga dos Amigos de Cabo Verde, 1969.
TAVARES, Miguel de Sousa. *Equador*. Rio de Janeiro: Nova Fronteira, 2004.

TAVARES, Paula. *Amargos como os frutos: poesia reunida.* Rio de Janeiro: Pallas, 2011.

TELLES, Lygia Fagundes. *A disciplina do amor.* São Paulo: Companhia das Letras, 2010.

TENREIRO, Francisco José. *Ilha de nome santo.* Coimbra: Imprensa Atlântica, Portugália, 1942.

TEZZA, Cristovão. *O filho eterno.* Rio de Janeiro: Record, 2007.

TRONI, Alfredo. *Nga Mutúri.* Lisboa: Edições 70, 1973.

VARELA. *O primeiro livro de Notcha.* São Vicente: Publicações Gráfica do Mindelo, 1975.

VÁRIO, João (pseudônimo de João Varela). *Exemplo geral.* Coimbra: Textos Êxodo 1, 1966.

VENTURA, Zuenir. *Cidade partida.* São Paulo: Companhia das Letras, 1994.

VIEIRA, Alice. *Contos e lendas de Macau.* Ilustrações de Alain Corbel. São Paulo: SM, 2006.

VIEIRA, Carlos Edmilson (org.). *Contos de N'Nori.* São Tomé e Príncipe: União Nacional de Escritores e Artistas, 2005.

VIEIRA, José Luandino. *No antigamente, na vida.* Lisboa: Caminho, 2005.

_____. *Luuanda.* São Paulo: Companhia das Letras, 2006.

_____. *A cidade e a infância.* São Paulo: Companhia das Letras, 2007.

VIEIRA, Luandino; MBOTOH, Tamba; RIBEIRO, Esmeralda; MELO, João. OLONKÓ *et alli. Contos do mar sem fim.* Rio de Janeiro: Pallas, 2010.

VEIGA, Marcelo da. *O canto do Ossôbó.* Linda-a-Velha: África, Literatura, Arte e Cultura, 1988.

WALDMAN, Mauricio e SERRANO, Carlos. *Brava gente de Timor: a saga do povo maubere.* São Paulo: Xamã, 1997.

ZINK, Rui. *O reserva.* São Paulo: Planeta do Brasil, 2001.

ZIRALDO. *Menina Nina.* São Paulo: Melhoramentos, 2002.

Obras de referência

ABDALA JÚNIOR, Benjamin. *De voos e ilhas: literatura e comunitarismos.* São Paulo: Ateliê, 2003

_____. *Fronteiras múltiplas, identidades plurais: um ensaio sobre mestiçagem e hibridismo cultural.* São Paulo: Senac, 2002.

_____. (org.) *Margens da cultura: mestiçagens, hibridismo & outras misturas.* São Paulo: Boitempo, 2004.

AFONSO, Maria Fernanda. *O conto moçambicano.* Lisboa: Caminho, 2004.

APPIAH, Kwame Anthony. *Na casa de meu pai: a África na filosofia da cultura.* Tradução de Vera Ribeiro. Rio de Janeiro: Contraponto, 2008.

BOSI, Alfredo. *História concisa da literatura brasileira.* São Paulo: Cultrix, 1985.

BHABHA, Homi K. *O local da cultura.* Tradução de Myriam Ávila *et alli.* Belo Horizonte: Editora UFMG, 2003.

BUENO, Alexei. *Uma história da poesia brasileira.* Rio de Janeiro: G. Ermakoff, 2007.

CANDIDO, Antonio. *Formação da literatura brasileira.* 2 v. Belo Horizonte: Itatiaia, 1993.

_____. *Iniciação à literatura brasileira: resumo para principiantes.* 3ª ed. São Paulo: Humanitas/FFLCH, 1999.

CAVACAS, Fernanda. *Mia Couto: acrediteísmos.* Lisboa: Mar Além, 1999.

COUTINHO, Afrânio. *Introdução à literatura brasileira.* Rio de Janeiro: Bertrand Brasil, 2001.

COUTO, Mia. *Pensatempos.* Lisboa: Caminho, 2005 (Comunicação na ABL: "O sertão brasileiro na savana moçambicana").

CHEVALIER, Jean; GHEERBRANT, Alain. *Dicionário de símbolos.* Rio de Janeiro: José Olympio, 2009.

DUARTE, Eduardo de Assis e FONSECA, Maria Nazareth Soares (org.). *Literatura e afrodescendência no Brasil: antologia crítica.* 4 v. Belo Horizonte: Editora UFMG, 2011.

HALL, Stuart. *Da diáspora: identidades e meditações culturais.* Tradução de Adelaine Resende *et alli.* Belo Horizonte: Editora UFMG, 2003.

HOLANDA, Sérgio Buarque. *Raízes do Brasil.* São Paulo: Companhia das Letras, 1997.

LABAN, Michel; ERVEDOSA, Carlos; FERREIRA, Manoel; MARTINHO, Fernando J.B. *et alli.* "Luandino — José Luandino Vieira e a sua obra". In: *Estudos, testemunhos, entrevistas.* Lisboa: Edições 70, 1980.

_____. *Moçambique: encontro com escritores/Mia Couto*. Porto: Fundação Eng. Antonio de Almeida, 1998. V. III.

LARANJEIRA, Pires. Colaboração de MATA, Inocência; SANTOS, Elsa Rodrigues de. *Literaturas africanas de expressão portuguesa*. Lisboa: Universidade Aberta, 1995.

MACHADO, Ana Maria. *Como e por que ler os clássicos universais desde cedo*. Rio de Janeiro: Objetiva, 2002.

MEMMI, Albert. *Retrato do colonizado precedido pelo retrato do colonizador*. Rio de Janeiro: Civilização Brasileira, 2007.

MOISÉS, Massaud. *A literatura portuguesa*. São Paulo: Cultrix, 1973.

NUNES, José Joaquim. *Crestomatia arcaica: excertos da literatura portuguesa desde o que mais antigo que se conhece até ao século XVI*. Lisboa/Porto: Livraria Clássica, 1970.

PADILHA, Laura Cavalcante. *Entre voz e letra: o lugar da ancestralidade na ficção angolana do século XX*. Rio de Janeiro: Eduff/ Pallas, 2007.

PLATÃO. O banquete. Porto Alegre: L&PM Editores, 2009.

PROENÇA FILHO, Domício. *Nova ortografia da língua portuguesa*. Rio de Janeiro: Record, 2009.

RIBAS, Óscar. *Ilundu: espíritos e ritos angolanos*. Porto: ASA, 1989.

RIBEIRO, Darcy. *O povo brasileiro: a formação e o sentido do Brasil*. São Paulo: Companhia das Letras, 1995.

ROSÁRIO, Joaquim da Costa Lourenço do. *A narrativa africana de expressão oral: transcrita em português*. Lisboa: Instituto de Cultura e Língua Portuguesa; Luanda: Angolê, 1989. Também disponível em: http://cvc.instituto-camoes.pt/index.php?option=com_docman&task=cat_view&gid=54&Itemid=69. Acesso em: nov. 2011.

SARAIVA, António José; LOPES, Óscar. *História da literatura portuguesa*. Lisboa: Porto, 1985.

SANDRONI, Laura. *De Lobato a Bojunga: as reinações renovadas*. Rio de Janeiro: Agir, 2011.

SEPÚLVEDA, Maria do Carmo e SALGADO, Maria Teresa. *África & Brasil: letras em laços*. Rio de Janeiro: Atlântica, 2000.

VEIGA, Manuel. *Introdução à gramática do crioulo de Cabo Verde*. Praia: Instituto Cabo-verdiano do Livro e do Disco, 1996.

ZILBERMAN, Regina. *Como e por que ler a literatura infantil brasileira*. Rio de Janeiro: Objetiva, 2005.

5.2 ARTIGOS

BÁ, Hamadou Hampaté. "Palavra africana". In: *O Correio da Unesco*. Paris/Rio, ano 21, n° 11, nov. 1993, pp. 16-20.

COSTA, Rosilene Silva da. "O regresso do morto: oralidade, memória e tradição constituintes da identidade nacional". In: *Revista eletrônica de crítica e teoria de literaturas. Dossiê: literatura, oralidade e memória*, PPG-LET-UFRGS, Porto Alegre, v. 4, n° 1, jan/jun 2008. Disponível em: *seer.ufrgs.br/NauLiteraria/article/download/5819/3423*. Acesso em nov. 2011.

EMBALÓ, Filomena. "A literatura da Guiné-Bissau". Disponível em: opatifundio.com/site/?p=2754. Acesso em nov. 2011.

FONSECA, Maria Nazareth Soares; MOREIRA, Terezinha Taborda. "Panorama das literaturas africanas de língua portuguesa". Disponível em: www.ich.pucminas.br/posletras/Nazareth_panorama.pdf. Acesso em nov. 2011.

KABWASA, Nsang O'Khana. "O eterno retorno". In: *O Correio da Unesco*. Brasil, ano 10, n° 12, dez. 1982, pp. 14 e 15.

MACEDO, Tânia. "A delicadeza e a força da poesia". Disponível em: http://setorlitafrica.letras.ufrj.br/mulemba/artigo.php?art=artigo_4_3.php. Acesso em nov. 2011.

MARQUES, Moama Lorena de Lacerda. "A condição feminina em contos de Suleiman Cassamo". In: *Revista África e Africanidades*, ano 3, n° 10, ago. 2010. Disponível em: www.africaeafricanidades.com/documentos/10082010_18.pdf. Acesso em nov. 2011.

MIRANDA, Maria Geralda. "A África e o feminino em Paulina Chiziane". Disponível em: http://setorlitafrica.letras.ufrj.br/mulemba/artigo.php?art=artigo_2_6.php. Acesso em nov. 2011.

PENAFORTE, Roberta. "Uma viagem muito particular ao Timor", *O Estado de S. Paulo*, São Paulo. Disponível em: http://www.estadao.com.br/noticias/impresso,uma-viagem-muito-particular-ao-timor-leste,525242,0.htm. Acesso em nov. 2011.

RUI, Manuel. "Eu e o invasor". In: *Encontro Perfil da Literatura Negra*. São Paulo, 1985.

SECCO, Carmen Lúcia Tindó Ribeiro (coord.). "Antologia do mar na poesia africana de língua portuguesa do século XX", v. I: Angola, v. II:

Cabo Verde, v. III: Moçambique, São Tomé e Príncipe, Guiné-Bissau. Letras Vernáculas, Faculdade de Letras/ UFRJ, 1999.

_____. "Dona Alda e Conceição Lima: uma geografia de paixões, afetos e memórias". Disponível em: http://www.unisuam.edu.br/semioses/pdf_edicoes_anteriores/n4/Semioses_n4_Artigo1.pdf. Acesso em nov. 2011.

_____. "Ruminações do tempo e da memória na poesia de Paula Tavares". Disponível em: http://www.ueangola.com/index.php/criticas-e-ensaios/item/105-ruminações-do-tempo-e-da-memória-na-poesia-de-paula-tavares.html?tmpl=component&print=1. Acesso em nov. 2011.

TAVARES, Paula; SILVA, Paulo César Andrade. "Corpo lavrado, a poesia telúrica". Anais do X Seminário de Estudos Literários: Cultura e Representação, Assis, Unesp. Disponível em: http://www.assis.unesp.br/posgraduacao/letras/mis/sel/anais2010/paulocesar.pdf. Acesso em nov. 2011.

SAVAZONI, André Tarchiani. "Literatura do Timor Leste foi toda destruída, diz bispo de Díli". Folha de S. Paulo, São Paulo. Disponível em: www1.folha.uol.com.br/fol/cult/ult28042000155.htm.

VALENTIM, Jorge. "Paulina Chiziane: uma contadora de histórias no ritmo da contradança", UFSCar. Disponível em: http://www.uff.br/revistaabril/revista-01/002_Valentim.pdf. Acesso em nov. 2011.

"Cuanhamas do sul de Angola: um pouco do seu cotidiano". Adaptado de Padre Carlos, *Etnografia do sudoeste de Angola*, v. I, Lisboa, Junta do Ultramar, 1960, pp. 126-128. Disponível em: http://torredahistoriaiberica.blogspot.com/2010/08/cuanhamas-do-sul-de-angola-3-um-pouco.html. Acesso em nov. 2011.

"Literatura". Centro Juvenil Padre Antonio Vieira, Lisboa. Disponível em: www.cjpav.pt. Acesso em nov. 2011.

"Um brevíssimo olhar sobre a literatura de Timor". UEA, Luanda. Disponível em: www.ueangola.com. Acesso em nov. 2011.

5.3 SUGESTÕES DE OBRAS DE REFERÊNCIA

ABREU, Márcia (org.). *Leitura, história e história da leitura*. Campinas: Mercado de Letras/Associação de Leitura do Brasil/Fapesp, 1999 (Coleção Histórias da Leitura).

ALMEIDA, José Mauricio Gomes de. *A tradição regionalista no romance brasileiro*. Rio de Janeiro: Topbooks, 1999.

ANDRADE, Mário de. *Aspectos da literatura brasileira*. 6ª ed. Belo Horizonte: Itatiaia, 2002.

AUERBACH, Erich. *Introdução aos estudos literários*. Tradução de José Paulo Paes. 4ª ed. São Paulo: Cultrix, 1987.

ARISTÓTELES, Horácio e Longino. *A poética clássica*. Tradução direta do grego e do latim de Jaime Bruna. São Paulo: Cultrix, 1997.

ARRIGUCCI JR., Davi. *Enigma e comentário: ensaios sobre literatura e experiência*. São Paulo: Companhia das Letras, 1987.

_____. *Humildade, paixão e morte: a poesia de Manuel Bandeira*. São Paulo: Companhia das Letras, 1990.

_____. *Outros achados e perdidos*. São Paulo: Companhia das Letras, 1999.

_____. *O cacto e as ruínas: a poesia entre outras artes*. São Paulo: Duas Cidades/Editora 34, 2000 (Coleção Espírito Crítico).

_____. *Coração partido — Uma análise da poesia reflexiva de Drummond*. São Paulo: Cosac Naify, 2002.

BALANKIAN, Anna. *O simbolismo*. Tradução de José Bonifácio A. Caldas. São Paulo: Perspectiva, 1985.

BARBOSA, João Alexandre. *A biblioteca imaginária*. São Paulo: Ateliê, 1996.

_____. *Entrelivros*. São Paulo: Ateliê, 1999.

BECKETT, Wendy. *História da pintura*. São Paulo: Ática, 1997.

BLOOM. Harold. *Como e por que ler*. Tradução de José Roberto O'Shea. Rio de Janeiro: Objetiva, 2001.

BROCA, Brito. *A vida literária no Brasil — 1900*. Rio de Janeiro: José Olympio/Academia Brasileira de Letras, 2005.

BOAVENTURA, Maria Eugenia (org.). *22 por 22 — A Semana de Arte Moderna vista pelos seus contemporâneos*. São Paulo: Edusp, 2000.

BOSI, Alfredo. *Céu, inferno: ensaios de crítica literária e ideológica*. São Paulo: Ática, 1988 (Série Temas).

_____. *Dialética da colonização*. São Paulo: Companhia das Letras, 1992.

_____. *Machado de Assis: o enigma do olhar*. São Paulo: Ática, 1999 (Série Temas).

____. *Literatura e resistência*. São Paulo: Companhia das Letras, 2002.

____. *O ser e o tempo da poesia*. 6ª ed. São Paulo: Companhia das Letras, 2002.

____. (org.). *Cultura brasileira: temas e situações*. São Paulo: Ática, 1987.

____. (org.). *Leitura de poesia*. São Paulo: Ática, 1996 (Série Temas).

BOSI, Alfredo *et alli*. *Machado de Assis*. São Paulo: Ática, 1982 (Coleção Escritores Brasileiros: Antologia e Estudos).

____. *Graciliano Ramos*. São Paulo: Ática, 1987. (Coleção Escritores Brasileiros: Antologia e Estudos).

BOURDIEU, Pierre. *As regras da arte: gênese e estrutura do campo literário*. Tradução de Maria Lucia Machado. São Paulo: Companhia das Letras, 1996.

BRADBURY, Malcolm; MCFARLANE, James (org.). *Modernismo: guia geral 1890-1930*. Tradução de Denise Bottmann. São Paulo: Companhia das Letras, 1989.

BRAYNER, Sônia (org.). *Carlos Drummond de Andrade*. Rio de Janeiro: Civilização Brasileira, 1978 (Coleção Fortuna Crítica).

BROCA, Brito. *Ensaios da mão canhestra*. São Paulo: Polis, 1981.

____. *Românticos, pré-românticos e ultrarromânticos: vida literária e romantismo brasileiro*. São Paulo: Polis, 1979.

BUENO, Eduardo. *Brasil: uma história*. 2ª ed. São Paulo: Ática, 2003.

CADEMARTORI, Ligia. *Períodos literários*. São Paulo: Ática, 1993 (Série Princípios).

CAMARGOS, Márcia. *Semana de 22 entre vaias e aplausos*. São Paulo: Boitempo, 2002.

CANDIDO, Antonio. *Literatura e sociedade: estudos de teoria e história literária*. 7ª ed. São Paulo: Nacional, 1985.

____. *Na sala de aula — Caderno de análise literária*. São Paulo: Ática, 1985.

____. *A educação pela noite e outros ensaios*. São Paulo: Ática, 1987.

____. *Ficção e confissão: ensaios sobre Graciliano Ramos*. Rio de Janeiro: Editora 34, 1992.

____. *Tese e antítese: ensaios*. 4ª ed. São Paulo: T. A. Queiroz, 2000.

____. *O romantismo no Brasil*. São Paulo: Humanitas/FFLCH, 2002.

____. *Vários escritos*. 4ª ed. reorganizada pelo autor. Rio de Janeiro: Ouro Sobre Azul/ São Paulo: Duas Cidades, 2004.

_____. *O estudo analítico do poema.* 4ª ed. São Paulo: Humanitas/FFL-CH, 2004.

CARA, Salete de Almeida. *A poesia lírica.* São Paulo: Ática, 1989 (Série Princípios).

CASTRO, Dácio A. de. *Roteiro de leitura: Vidas secas.* São Paulo: Ática, 1997.

CARPEAUX, Otto Maria. *História da literatura ocidental.* 2ª ed., 8 v. Rio de Janeiro: Alhambra, 1978.

CASTELLO, José Aderaldo. *A literatura brasileira: origens e unidade (1500-1960).* 2 v. São Paulo: Edusp, 1999.

CASTRO, Sílvio (org.). *História da literatura brasileira.* 3 v. Lisboa: Alfa, 1999.

CAVALCANTI, Nireu. *O Rio de Janeiro setecentista.* Rio de Janeiro: Jorge Zahar Editor, 2004.

CHARAU-DEAU, Patrick; MAINGUENEAU, Dominique. *Dicionário de análise do discurso.* Tradução de Fabiana Komesu (coord.). São Paulo: Contexto, 2004.

CHARTIER, Roger. *A aventura do livro: do leitor ao navegador.* Tradução de Regina Moraes. São Paulo: Unesp, 1998 (Coleção Prismas).

CHAVES, Rita de Cássia Natal. *Angola e Moçambique: experiência colonial e territórios literários.* São Paulo: Ateliê Editorial, 1999.

CITELLI, Adilson. *Romantismo.* São Paulo: Ática, 1990 (Série Princípios).

COELHO, Jacinto do Prado (dir.). Dicionário de literatura brasileira, portuguesa, galega e de estilística literária. 5 v. 3ª ed. Porto: Figueirinhas, 1983.

COSTA, Cristina. *Questões de arte: o belo, a percepção estética e o fazer artístico.* 2ª ed. São Paulo: Moderna, 2004.

COSTA, Ligia M. da. *A poética de Aristóteles.* São Paulo: Ática, 1992 (Série Princípios).

COUTINHO, Afrânio; COUTINHO, Eduardo de Faria (dir.). *A literatura no Brasil.* 4ª ed. 6 v. São Paulo: Global, 1997.

COUTINHO, Eduardo de Faria (org.). *Guimarães Rosa.* Rio de Janeiro: Civilização Brasileira, 1983 (Coleção Fortuna Crítica).

COTRONEO, Roberto. *Se uma criança, numa manhã de verão.* Rio de Janeiro: Rocco, 2004.

CUMMING, Robert. *Para entender a arte*. Tradução de Isa Mara Lando. São Paulo: Ática, 1996.

DEL PRIORE, Mary e VENÂNCIO, Renato. *O livro de ouro da história do Brasil*. Rio de Janeiro: Ediouro, 2001.

DIMAS, Antônio. *Espaço e romance*. São Paulo: Ática, 1985 (Série Princípios).

D'ONOFRIO, Salvatore. *Literatura ocidental: autores e obras fundamentais*. 2ª ed. São Paulo: Ática, 2000.

DUARTE, Vera. *Amanhã amadrugada*. Lisboa: Veja, 1993.

ECO, Umberto. *História da beleza*. Tradução de Eliana Aguiar. Rio de Janeiro: Record, 2005.

EAGLETON, Terry. *Teoria da literatura: uma introdução*. Tradução de Waltensir Dutra. São Paulo: Martins Fontes, s.d.

FANON, Frantz. *Pele negra, máscaras brancas*. Tradução de Adriano Caldas. Salvador: Fator, 1983.

FERNANDEZ-ARMESTO, Felipe. *Ideias que mudaram o mundo*. Tradução de Luiz Araújo, Eduardo Lasserre e Cristina P. Lopes. São Paulo: Arx, 2004.

FERREIRA, Luiz Antônio. *Roteiro de leitura: O cortiço*. São Paulo: Ática, 1997.

FINAZZI-AGRÒ, Ettore. *Um lugar do tamanho do mundo: tempos e espaços da ficção em João Guimarães Rosa*. Belo Horizonte: UFMG, 2001.

FIORIN, José Luiz. *As astúcias da enunciação: as categorias de pessoa, espaço e tempo*. São Paulo: Ática, 1996.

FONSECA, Maria Nazareth Soares e CURY, Maria Zilda Ferreira. *Mia Couto: espaços ficcionais*. Belo Horizonte: Autêntica, 2008.

FORSTER, Edward Morgan. *Aspectos do romance*. Organização de Oliver Stallybrass. Tradução de Sérgio Alcides. São Paulo: Globo, 2005.

GANCHO, Cândida V. *Como analisar narrativas*. São Paulo: Ática, 1999 (Série Princípios).

GARBUGLIO, José Carlos. *Roteiro de leitura: poesia de Manuel Bandeira*. São Paulo: Ática, 1998.

GLEDSON, John. *Poesia e poética de Carlos Drummond de Andrade*. São Paulo: Duas Cidades, 1981.

_____. *Machado de Assis: ficção e história*. Rio de Janeiro: Paz e Terra, 1986 (Coleção Literatura e Teoria Literária).

GOLDSTEIN, Norma. *Versos, sons e ritmos*. São Paulo: Ática, 1985 (Série Princípios).

_____. *Roteiro de leitura: romanceiro da inconfidência*. São Paulo: Ática, 1998.

GOMBRICH, E.H. *A história da arte*. Tradução de Álvaro Cabral. 16ª ed. Rio de Janeiro: Livros Técnicos e Científicos, 1999.

GOMES, Álvaro Cardoso. *A estética simbolista*. São Paulo: Cultrix, 1985 (Coleção Textos Básicos de Cultura).

GUIDIN, Márcia Ligia. *Roteiro de leitura: A hora da estrela*. São Paulo: Ática, 1998.

GUIMARÃES, Hélio de Seixas. *Os leitores de Machado de Assis: o romance machadiano e o público de literatura no século XIX*. São Paulo: Nankin/Edusp, 2004.

GUINSBURG, J. (org.). *O romantismo*. 4ª ed. São Paulo: Perspectiva, 1978.

HAMILTON, Russell. *Literatura africana, literatura necessária — v. I: Angola*. Lisboa: Edições 70, 1981.

_____. *Literatura africana, literatura necessária — v. II: Moçambique, Cabo Verde, Guiné-Bissau, São Tomé e Príncipe*. Lisboa: Edições 70, 1984.

HAUSER, Arnold. História social da literatura e da arte. 2 v. São Paulo: Mestre Jou, 1982.

HELENA, Lúcia. *Modernismo brasileiro e vanguarda*. São Paulo: Ática, 1989 (Série Princípios).

HOLANDA, Sérgio Buarque de. *Capítulos de literatura colonial*. São Paulo: Brasiliense, 2000.

JAMESON, Frederic. *Marxismo e forma: teorias dialéticas da literatura no século XX*. Tradução de Lumna Maria Simon, Ismail Xavier e Fernando Oliboni. São Paulo: Hucitec, 1985.

JAUSS, Hans Robert. *A história da literatura como provocação à teoria literária*. Tradução de Sérgio Tellarili. São Paulo: Ática, 1994.

JORGE, Lídia. *Contrato sentimental*. Lisboa: Sextante, 2009

KI-ZERBO, Joseph. *Para quando a África? Entrevista com René Holenstein*. Tradução de Carlos Aboim de Brito. Rio de Janeiro: Pallas, 2009.

LAFETÁ, João Luiz. *Figuração da intimidade: imagens na poesia de Mário de Andrade*. São Paulo: Martins Fontes, 1986.

LAJOLO, Marisa. *Como e por que ler o romance brasileiro*. São Paulo: Objetiva, 2004.

_____. *Monteiro Lobato: um brasileiro sob medida*. São Paulo: Moderna, 2000.

LAJOLO, Marisa; ZILBERMAN, Regina. *A formação da leitura no Brasil*. São Paulo: Ática, 1998.

_____. *A leitura rarefeita*. São Paulo: Ática, 2002.

LANCIANI, Giulia; TAVANI, Giuseppe (orgs.). *Dicionário da literatura medieval galega e portuguesa*. 2ª ed. Lisboa: Caminho, 1993.

LEITE, Ana Mafalda. *Oralidades & escritas nas literaturas africanas*. Lisboa: Colibri, 1998.

_____. *Literaturas africanas e formulações pós-coloniais*. Lisboa: Colibri, 2003.

LEITE, Dante Moreira. *O amor romântico e outros temas*. São Paulo: Companhia Editora Nacional/Edusp, 1979.

LIMA, Luiz Costa. *Lira e antilira: Mário, Drummond, Cabral*. 2ª ed. Rio de Janeiro: Topbooks, 1995.

LUCAS, Fábio. *O poeta e a mídia: Carlos Drummond de Andrade e João Cabral de Melo Neto*. São Paulo: Senac, 2003 (Série Livre Pensar).

LYRA, Pedro. *Conceito de poesia*. São Paulo: Ática, 1986 (Série Princípios).

MACHADO, Ana Maria. *Contracorrente: conversas sobre leitura e política*. São Paulo: Ática, 1999.

_____. *Texturas: sobre leitura e escritos*. Rio de Janeiro: Nova Fronteira, 2001.

_____. *Como e por que ler os clássicos universais desde cedo*. Rio de Janeiro: Objetiva, 2002.

_____. *Ilhas no tempo: algumas leituras*. Rio de Janeiro: Nova Fronteira, 2004.

MACHADO, Irene A. *Roteiro de leitura: Inocência*. São Paulo: Ática, 1997.

MAGALDI, Sábato. *Panorama do teatro brasileiro*. 5ª ed. São Paulo: Global, 2001.

MAINGUENEAU, Dominique. *O contexto na obra literária: enunciação, escritor, sociedade*. Tradução de Marina Appenzeller. 2ª ed. São Paulo: Martins Fontes, 2001 (Coleção Leitura e Crítica).

MANGUEL, Alberto. *Lendo imagens: uma história de amor e ódio*. Tradução de Rubens Figueiredo, Rosaura Eichemberg e Cláudia Strauch. São Paulo: Companhia das Letras, 2001.

MARTINS, Nilce Sant'Anna. *O léxico de Guimarães Rosa*. São Paulo: Edusp, 2001.

MARTINS, José de Barros (org.). *Jorge Amado — Povo e terra (40 anos de literatura)*. São Paulo: Martins, 1972.

MARTINS, Luciana de Lima. *O Rio de Janeiro dos viajantes: o olhar britânico (1800-1850)*. Rio de Janeiro: Jorge Zahar Editor, 2001.

MATOS, Maria Vitalina Leal de. *Introdução aos estudos literários*. Lisboa/São Paulo: Verbo, 2001.

MENEZES, Philadelpho. *Roteiro de leitura: poesia concreta e visual*. São Paulo: Ática, 1998.

MEYER, Augusto. *Textos críticos*. Organização de João Alexandre Barbosa. São Paulo: Perspectiva/Brasília: INL/Fundação Nacional Pró-Memória, 1986.

MOISÉS, Massaud. *Literatura brasileira através dos textos*. 19ª ed. São Paulo: Cultrix, 1996.

MORETTI, Franco. *Atlas do romance europeu: 1800-1900*. Tradução de Sandra Guardini Vasconcelos. São Paulo: Boitempo, 2003.

MORICONI, Ítalo. *Como e por que ler a poesia brasileira do século XX*. São Paulo: Objetiva, 2002.

MUNANGA, Kabengele. *Negritude, usos e sentidos*. São Paulo: Ática, 1988.

NOVAES, Adauto (org.). *Anos 70: ainda sob a tempestade*. Rio de Janeiro: Aeroplano/Senac, 2005.

OLIVEIRA, Américo. *A criança na literatura tradicional angolana*. Leiria: Magno, 2000.

PASTOREAU, Michel. *No tempo dos Cavaleiros da Távola Redonda*. São Paulo: Companhia das Letras/Círculo do Livro, 1989.

PATRIOTA, Rosângela. *Vianinha: um dramaturgo no coração de seu tempo*. São Paulo: Hucitec, 1999.

PERRY, Marvin (org.). *Civilização ocidental: uma história concisa* São Paulo: Martins Fontes, 1985.

PICCHIO, Luciana Stegagno. *História da literatura brasileira*. Rio de Janeiro: Nova Aguilar, 1997.

PIZARRO, Ana (org.). *América Latina: palavra, literatura e cultura*. 3 v. São Paulo: Memorial/Campinas: Unicamp, 1995.

PRADO, Décio de Almeida. *Apresentação do teatro brasileiro moderno*. São Paulo: Perspectiva, 2001.

_____. *Teatro em progresso*. São Paulo: Perspectiva, 2002.

PRAZ, Mario. *Literatura e artes visuais*. Tradução de José Paulo Paes. São Paulo: Cultrix/Edusp, 1982.

PROENÇA FILHO, Domício. *A linguagem literária*. São Paulo: Ática, 1997 (Série Princípios).

PROENÇA, Graça. *História da arte*. São Paulo: Ática, 2000.

PROUST, Marcel. *Sobre a leitura*. Tradução de Carlos Vogt. Campinas: Pontes, 1989.

REUTER, Yves. *Introdução à análise do romance*. Tradução de Ângela Bergamini *et alli*. São Paulo: Martins Fontes, 1995 (Coleção Leitura e Crítica).

RIBEIRO, Maria Aparecida. *A carta de Caminha e seus ecos: estudo e antologia*. Coimbra: Angelus Novus, 2003.

RODRIGUES, Claufe e MAIA, Alexandra. *100 anos de poesia: um panorama da poesia brasileira no século XX*. 2 v. Rio de Janeiro: O Verso, 2001.

RONCARI, Luiz. *Literatura brasileira: dos primeiros cronistas aos últimos românticos*. 2ª ed. São Paulo: Edusp/Fundação para o Desenvolvimento da Educação, 1995.

RUEDAS DE LA SERNA, Jorge Antonio. *Arcádia: tradição e mudança*. São Paulo: Edusp, 1995.

SANTILLI, Maria Aparecida. *Estórias africanas: história & antologia*. São Paulo: Ática, 1985.

SARAIVA, António José; LOPES, Óscar. *Iniciação à literatura portuguesa*. São Paulo: Companhia das Letras, 1999.

SARTRE, Jean-Paul. *Que é a literatura?* Tradução de Carlos Felipe Moisés. São Paulo: Ática, 1989.

SECCO, Carmen Lúcia Tindó (org.). *Entre fábulas e alegorias: ensaios sobre literatura infantil de Angola e Moçambique.* Rio de Janeiro: Quartet, 2007.

_____. *A magia das letras africanas: ensaios sobre as literaturas de Angola e Moçambique e outros diálogos.* Rio de Janeiro: Quartet, 2008.

SEMEDO, Odete Costa. *Guiné-Bissau: história, culturas, sociedade e literatura.* Belo Horizonte: Nandyala, 2010.

SILVA, Vítor Manuel de Aguiar. *Teoria da literatura.* Coimbra: Almedina, 1983.

SILVEIRA, Julio; RIBAS, Martha (org.). *A paixão pelos livros.* Tradução de Julio Silveira *et alli.* Rio de Janeiro: Casa da Palavra, 2004.

SOUZA, Roberto A. de. *Teoria da literatura.* São Paulo: Ática, 1995 (Série Princípios).

SOW, Alpha I.; BALOGUN, Ola; AGUESSY, Honorat; DIAGNE, Pathé. *Introdução à cultura africana.* Tradução de Emanuel L. Godinho, Geminiano Cascais Franco e Ana Mafalda Leite. Lisboa: Edições 70, 1977.

STRICKLAND, Carol. *Arte comentada: da pré-história ao pós-moderno.* Tradução de Ângela Lobo de Andrade. Rio de Janeiro: Ediouro, 1999.

SCHWARZ, Roberto. *Ao vencedor as batatas.* São Paulo: Duas Cidades, 1977.

_____. *Que horas são?* São Paulo: Companhia das Letras, 1987.

_____. *Um mestre na periferia do capitalismo: Machado de Assis.* São Paulo: Duas Cidades/Editora 34, 2000 (Coleção Espírito Crítico).

SNOW, C.P. *Os realistas: retratos de oito romancistas.* Tradução de Wilma Ronald de Carvalho. Rio de Janeiro: José Olympio, 1988.

TELES, Gilberto Mendonça. *Vanguarda europeia e Modernismo brasileiro: apresentação dos principais poemas, manifestos, prefácios e conferências vanguardistas.* 9ª ed. Petrópolis: Vozes, 1986.

THOMPSON, E.P. *Os românticos: a Inglaterra na era revolucionária.* Tradução de Sérgio Moraes Rêgo Reis. Rio de Janeiro: Civilização Brasileira, 2002.

TRIGO, Luciano. *O viajante imóvel: Machado de Assis e o Rio de Janeiro de seu tempo.* Rio de Janeiro/São Paulo: Record, 2001.

VAN LOON, Hendrik Willem. *A história da humanidade: a história clássica de todas as eras para todas as eras*. Tradução de Marcelo Brandão Cipolla. São Paulo: Martins Fontes, 2004.
VERÍSSIMO, Érico. *Breve história da literatura brasileira*. São Paulo: Globo, 1995
VIANNA, Lúcia Helena. *Roteiro de leitura: São Bernardo*. São Paulo: Ática, 1997.
WALDMAN, Maurício e SERRANO, Carlos. *Memória D'África: a temática africana em sala de aula*. São Paulo: Cortez, 2007.
ZILBERMAN, Regina. *Fim do livro, fim dos leitores*. Coordenação de Benjamin Abdala Junior e Isabel Maria M. Alexandre. São Paulo: Senac, 2001.

5.4 SUGESTÕES DE SITES, BLOGS E OUTRAS REFERÊNCIAS

Dos autores com obras abordadas

Ana Maria Machado. http://www.anamariamachado.com
André Neves. http://confabulandoimagens.blogspot.com
Carlos Drummond de Andrade. http://www.carlosdrummond.com.br e http://carlos-drummond-de-andrade.blogspot.com
Cecília Meireles. http://meirelescecilia.blogspot.com
Clarice Lispector. http://www.claricelispector.com.br
Cristovão Tezza. http://www.cristovaotezza.com.br
Eça de Queiroz. http://www.feq.pt
Fernando Pessoa. http://casafernandopessoa.cm-lisboa.pt
Graciliano Ramos. http://www.graciliano.com.br
Guimarães Rosa. http://www.fgr.org.br
Jorge Amado. www.jorgeamado.org.br
José Eduardo Agualusa. http://www.agaulusa.info
José Saramago. http://www.josesaramago.org
Lygia Bojunga. http://www.casalygiabojunga.com.br
Milton Hatoum. http://www.miltonhatoum.com.br
Monteiro Lobato. http://lobato.globo.com

Rosa Amanda Strausz. http://rosaamandastrausz.wordpress.com
Vinicius de Moraes. http://www.viniciusdemoraes.com.br
Ziraldo. http://www.ziraldo.com.b

Instituições, universidades

Academia Brasileira de Letras (ABL). http://www.academia.org.br
Associação Brasileira de Literatura de Cordel (ABLC). http://www.ablc.com.br
Associação de Escritores de Moçambique (Aemo). http://www.aemo.org.mz
Associação dos Escritores e Ilustradores de Literatura Infantil e Juvenil (AEILIJ). http://www.aeilij.org.br
Buala (portal de cultura contemporânea africana). http://www.buala.org. Buala (em quimbundo, bwala) significa casa, aldeia, a comunidade onde se dá o encontro.
Comunidade dos Países de Língua Portuguesa (CPLP). http://www.cplp.org
Dicionário de Autores Angolanos. http://www.embaixadadeangola.org/cultura/literatura/autores.html
Do Tejo ao Rovuma. http://dotejoaorovuma-cabel.blogspot.com
Enciclopédias e Dicionários Porto Editora (Infopédia). http://www.infopedia.pt
Fundação Calouste Gulbenkian. http://www.gulbenkian.pt
Fundação Nacional do Livro Infantil e Juvenil (FNLIJ). www.fnlij.
Instituto Camões. http://www.instituto-camoes.pt
Instituto Internacional da Língua Portuguesa (IILP). http://www.iilp.org.cv
International Board on Books for Young People (IBBY). www.ibby.org
International Youth Library (Biblioteca Internacional da Juventude — Munique) www.ijb.de/files/page00.htm
Lusofonia (plataforma de apoio ao estudo da língua portuguesa). http://lusofonia.com.sapo.pt
Maderazinco. http://www.maderazinco.tropical.co.mz
Mulemba (*Revista de Estudos de Literaturas Africanas de Língua Portuguesa*). http://setorlitafrica.letras.ufrj.br/mulemba
Museu da Língua Portuguesa. http://www.museudalinguaportuguesa.org.br
Portal da Língua Portuguesa. http://www.portaldalinguaportuguesa.org

Portal da Literatura (o portal da literatura em português). http://www.portaldaliteratura.com
Portal Literafro UFMG. http://www.letras.ufmg.br/literafro
Programa Lusofalante. http://programalusofalante.blogspot.com
Quilombhoje. http://www.quilombhoje.com.br
Rádio MEC AM 800Hz. http://radiomec.com.br/online/index.php
Revista Abril (Revista do Núcleo de Estudos de Literatura Portuguesa e Africanas [Nepa] da Universidade Federal Fluminense [UFF]). http://www.uff.br/revistaabril
Revista África e Africanidades. www.africaeafricanidades.com
Revista Afro-Ásia do Centro de Estudos Afro-Orientais (Ceao). http://www.afroasia.ufba.br
Revista Pessoa (revista de literatura lusófona). http://www.revistapessoa.com
Sociedade de Autores Portugueses. http://www.spautores.pt
União Brasileira de Escritores (UBE). http://www.ube.org.br
União dos Escritores Angolanos (UEA). http://www.ueangola.com
Vidas Lusófonas (site de biografias). http://www.vidaslusofonas.pt

Agradecimentos

Carla Filipa de Oliveira Patrício
Carmen Lúcia Tindó R. Secco (Universidade Federal do Rio de Janeiro [UFRJ])
Fundação Nacional do Livro Infantil e Juvenil (FNLIJ)
João Melo
Luiz Raul Machado
Maria Cecilia de Castro Fernandes Bosco (Biblioteca do Centro Cultural Banco do Brasil — Rio de Janeiro)
Maria Teresa Salgado (Universidade Federal do Rio de Janeiro [UFRJ])
Ondjaki
Quintal da Língua Portuguesa
Ramiro Osorio
Susana Ruth Vasques
Universidade Federal do Rio de Janeiro (UFRJ)
Zetho Cunha Gonçalves

As autoras

São integrantes do Quintal da Língua Portuguesa, grupo de pesquisa e de divulgação das literaturas de língua portuguesa.

Edna Bueno
Carioca, autora, especialista em literatura infantil e juvenil e em literaturas portuguesa e africanas (Faculdade de Letras da Universidade Federal do Rio de Janeiro [UFRJ]). Membro da Comissão Executiva da revista *Mulemba*, de Estudos da Literatura Africana de Língua Portuguesa/UFRJ, e da Associação de Escritores e Ilustradores de Literatura Infantil e Juvenil (AEILIJ). Página na internet disponível em: www.aeilij.org.br (associados).

Lucilia Soares
Carioca, é licenciada em letras pela Universidade Federal do Rio de Janeiro (UFRJ), atua como professora de língua portuguesa na rede municipal de ensino do Rio de Janeiro. Produtora de projetos literários pela Fundação Nacional do Livro Infantil e Juvenil e curadora do projeto Circuito Jovem de Leitura, da Secretaria Municipal de Cultura do Rio de Janeiro, além de outras atividades culturais e literárias.

Ninfa Parreiras
Mineira, mora no Rio de Janeiro, onde trabalha com profissões marcadas pelas palavras e pelos afetos, como autora, professora e

psicanalista. Mestre em literatura comparada (Universidade de São Paulo), graduada em letras e psicologia (PUC-Rio). É pesquisadora, com experiência na Fundação Nacional do Livro Infantil e Juvenil, Estação das Letras e Fundação Cultural Casa Lygia Bojunga.

Este livro foi composto na tipologia Sabon, em corpo 10/15, e impresso em papel off-white 80g/m² no Sistema Cameron da Divisão Gráfica da Distribuidora Record.